KB242797

필딩의 새로운 글쓰기
"History" as
희극적 로맨스로서의
"히스토리"
A Comic Romance

희극적 로맨스로서의

"히스토리"

조유정 지음

목차

서 론 / 7

Ⅰ. 사실주의와 사실적 재현 / 27

Ⅱ. 서사시적 로맨스와 기독교적 세계관 / 77

Ⅲ. 상호 텍스트성과 장르의 혼합 / 135

Ⅳ. 사회비평으로서의 글쓰기 / 187

결 론 / 229

Bibliography / 241

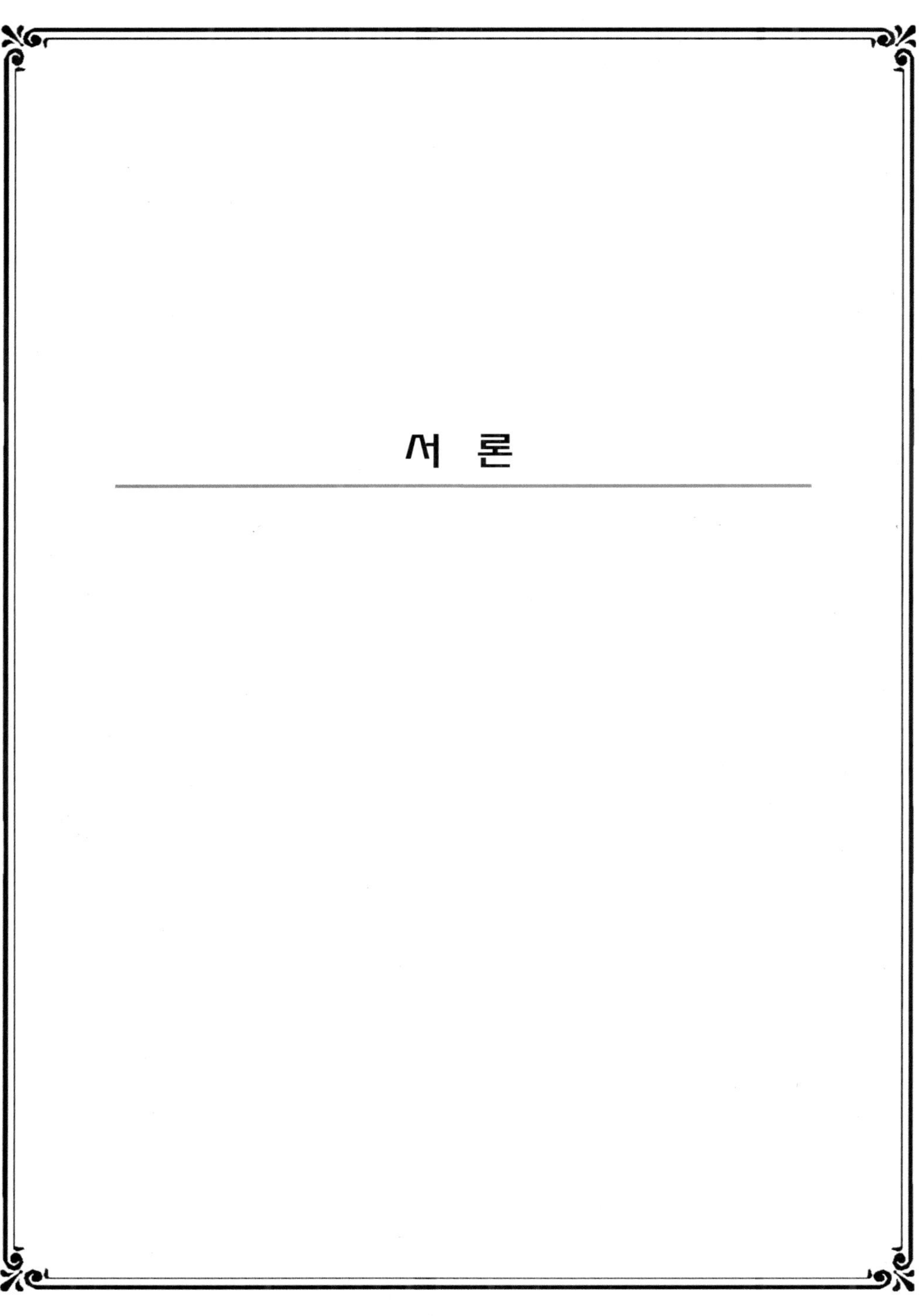

서 론

필딩(Henry Fielding)의 작품은 출판된 이래로 비평가들의 관심을 불러일으키며 다양한 관점에서 분석되어 왔다. 18세기 당시 대표적인 비평가 중의 하나인 존슨(S. Johnson)은 필딩 작품이 도덕적 척도를 벗어난 부도덕한 작품이며 따라서 도덕적 작가의 대명사인 리처드슨(Samuel Richardson)보다 떨어지는 작가로 평가하였다. 필딩과 라이벌 관계로 필딩의 소설과 대조적인 작품을 쓴 리처드슨도 필딩을 하층민의 부도덕한 면을 그린 작가로 평가하였다. 이와는 대조적으로 19세기의 시인이자 비평가인 콜리지(S. T. Coleridge)는 필딩의 작품은 다양한 계층과 유형의 인물들을 통해 인간에 대한 폭넓은 이해와 포용성을 보여 주고 있으며 특히 『톰 존스』(*Tom Jones*)는 『폭군 오이디푸스』(*Oedipus Tyrannous*)와 『연금술사』(*Alchemist*)와 함께 가장 완벽하게 잘 구성된 플롯을 지닌 3대 작품이라고 극찬하였다.

콜리지의 이러한 평가는 19세기 낭만주의 시인인 바이런(G. Gordon Byron)에게서도 이어져 갔다. 바이런은 필딩 작품의 구조와 인물들을 근거로 하여 필딩을 "인간의 본성을 산문으로 그린 호메로스"(Prose Homer of Human Nature)라고 칭하며 인간의 실체를 정확하게 묘사한 작가로 평가하였다. 필딩과 가장 유사한 작품세계를 갖고 있다고 평가되는 19세기 소설가 새커리(W. Makepeace Thackeray)는 존슨이나 리처드슨과는 반대로 필딩의 작품을 우리에게 교훈을 주는 훌륭한 소설이라고 평가하여 작품의 도덕성을 높이 평가하였다.

20세기에 들어서도 필딩에 대한 비평가들의 견해는 실로 다양하였다. 1737년 6월 소위 '극장 검열법'(Theatrical Licensing Act)으로 인해 소설가로 변신하기 이전의 필딩이 드라마 작가로서 활약하였다는 사실을 근거로 필딩의 작품에 나타난 드라마 기법을 연구하는 다수의 논문이 출현하였다. 맥도웰(Alfred McDowell)은 필딩의 작품에서 사용되는 직접 화법에 관심을 가지며 이러한 화법을 통한 드라마적인 효과를 필딩이 거두고 있음을 지적하였고, 트레이너(Charles Trainor)는 필딩이 시각적으로 혹은 청각적으로 장면을 재현하여 마치 독자는 책을 읽는 것이 아니라 무대 위에서 상연되는 연극을 보거나 듣는다는 느낌을 가지게 된다고 설명함으로써 드라마 작가로서의 필딩의 모습이 그의 소설에도 구현되고 있음을 지적하고 있다. 록우드(Thomas Lockwood)도 필딩의 소설에는 극적인 면모가 바탕을 이루고 있다고 주장하면서 필딩의 『톰 존스』나 『조셉 앤드류즈』에서의 몇몇의 희극적 장면들은 왕정복고 시대의 전형적인 희극의 장면과 깊은 연관성이 있음을 밝히고 있다.

  필딩의 작품을 그의 종교와 연관시켜 분석하는 20세기의 논문도 우리의 주목을 끈다. 필딩이 인간의 착한 본성을 믿고 신앙과 믿음, 기도보다도 착한 선행이 기독교인의 보다 훌륭한 덕목임을 믿는 광교회주의자(latitudinarian)임에 착안하여 그의 이러한 기독교적인 믿음이 작품의 주제와 구조에 어떻게 반영되었는가를 분석하는 다수의 논문이 출현하기 시작하였던 것이다. 워크(James Work)는 필딩의 작품에 나타나는 다수의 기독교적인 메시지와 삼위일체나 기독교인에 대한 신의 보상과 같은 내용에 주목하면서 도덕가로서의 필딩의 근본은 그의 기독교 신앙에 그 뿌리를 두고 있다고 주장하고 있다. 그러나 누구보다도 필딩의 광교회주의가 그의 작품 전반에 걸쳐 그 구조와 주제를 형성하고 있음을 지적한 사람은 필딩에 대한 대표적인 비평가 바테스틴(Martin Battestin)이다. 그는 필딩 작품의 질서 정연한 구조는 바로 모든 것을 통괄하고 궁극적인 질서로 이끄는 신의 섭리를 대변하는 것으로 파악하고 필딩 작품에서 강조되는 인간의 선한 품성과 개인의 구원보다는 사회의 개선에 대한 필딩의 관심은 바로 그의 광교회주의 신념의 구현이라고 주장하고 있다. 바테스틴의 비평적 통찰로 기존에 부도덕한 작가로 폄하되었던 필딩의 작품세계에 도덕적인 메시지가 있으며 그 도덕적 메시지는 필딩의 기독교적인 신념에 그 뿌리를 두고 있음을 밝혀 필딩 연구에 새로운 시각을 제시하였다는 점에서 커다란 의미가 있다.

  바테스틴의 종교적 관점에 이어 필딩 작품에 대한 의미 있는 접근 방법은 18세기 당대에 널리 퍼졌던 과학정신, 경험론의 철학에 바탕을 둔 사실주의적 측면에서의 분석이다. 리처드슨은 필딩 소설에 나타난 사실성을 저평가하면서 필딩이 하층민의 생활을 있는 그대로 그렸기 때문에 그의 소설은 그 예술성에 있어서 뒤처진다고 평가하였지만 카터(Elizabeth Carter)는 리처드슨이 저급하다고 평가한 사실성을 칭송하면서 그의 작품은 실제 사회에서 일어나는 것을 가장 자연스럽게 재현한 작품이라고 높이 평가하였다. 코번트리(F. Coventry)도 사실적으로 묘사한 필딩의 작품이 환상적인 로맨스만큼이나 흥미롭다고 평가하면서 필딩의 작품이 실제 삶을 생생하게 재현하였다고 주장하면서 필딩은 불가능한 것이 아니라 우리가 매일 경험하는 것을 제공하고 있다고 필딩의 사실주의적인 면모를 높이 평가하였다(Patrick Reilly 18). 베리(Simon Varey)는 여기서 더 나아가 필딩의 작품은 일종의 역사라고 주장하면서 그의 작품은 18세기 당시의 산물로서 당 시대에 대한 필딩의 견해를 반영한 작품이라고 주장한다. 즉, 베리에 따르면 필딩의 작품은 성, 폭력, 도덕성, 인간의 위선, 허영심, 돈, 계층의 문제 등 당시 사회의 전반부를 사실적으로 재현한 사실주의적인 문학, 더 나아가 일종의 역사라는 것이다.

필딩을 당대의 시대정신인 사실주의 관점에서 분석한 위의 글들은 필딩의 작품이 시대의 산물이며 필딩이 당 시대에 대해 누구보다도 관심을 많이 갖고 있었으며 이를 그의 작품에 구현하였다는 점을 밝힘으로써 필딩 문학에 대한 이해를 한 차원 높이는 데 공헌하였다. 그러나 필딩의 사실주의적인 접근을 시도한 비평과는 대조적으로 소설이라는 장르가 탄생하기 이전의 문학 장르였던 서사시나 로맨스의 전통하에서 필딩을 분석하는 다수의 논문과 저서들도 등장한다. 톤버리(E. M. Thornbury)는 필딩을 최초의 소설가가 아니라 서사시를 쓴 마지막 르네상스 작가로 간주하여야 한다고 주장하면서 필딩의 『톰 존스』는 광대한 범위를 따라 계획된 호머의 『오디세이』(*Odyssey*)와 같은 작품이라고 평가하였다(121). 스토블(Bruce Stovel)과 더든(Homes Dudden)도 필딩의 『톰 존스』를 각각 위대한 서사시의 신화적 보편성을 지닌 작품, 시대상을 그린 서사시라고 칭함으로써 필딩의 문학적 전통을 서사시에 두었다.

필딩을 과거 문학전통의 관점에서 파악하고자 하는 비평 중 꼽을 만한 것은 소위 소설이라는 사실주의적 문학과는 대조적인 장르인 로맨스의 맥락에서 필딩의 소설을 논하는 비평이다. 필딩의 사실주의적 측면을 강조한 여러 비평들과는 대조되는 이런 비평적 관점은 밀러(Henry Knight Miller)에 의해 본격적으로 개진되었다. 밀러는 『톰 존스와 로맨스 전통』(*Tom Jones and the Romance Tradition*)에서 『톰 존스』는 인물, 주제, 모티브, 신화적인 여러 측면에서 로맨스의 전통을 답습하고 있다고 주장하면서 이를 상세하게 논의하고 있다. 베이커(Sheridan Baker)도 『톰 존스』에 나타나는 언어와 등장인물들 그리고 모티브가 프랑스의 로맨스와 유사성을 지니고 있으며 이것은 필딩이 '궁정식 사랑'(courtly love)이나 '영웅의 모험담'(heroic adventure) 등의 전통적 방식을 모방한 것이라고 주장하여 필딩 작품의 근원을 로맨스에서 찾고자 하였다.

이처럼 필딩에 대한 다양한 비평이 존재하고 때로는 서로 대립되는 비평이 공존한다는 사실은 필딩 작품을 한 가지 측면이나 한 가지 시각에서만 바라볼 수 없다는 사실을 시사한다. 필딩의 작품에는 앞서 여러 비평가들이 각각 지적한 대로 종교적인 면, 드라마적인 면, 사실주의적인 면과 서사시적인 면, 로맨스적인 면이 공존하고 있기 때문이다. 따라서 필딩의 작품의 본질을 이해하기 위해서는 어느 특정한 한 가지 측면에서보다는 위 비평가들이 지적한 필딩의 다양한 면모를 포괄하고 이를 아우르는 보다 근원적인 접근을 시도하여야 한다. 그 접근의 실마리는 필딩 자신이 생각하고 자신의 작품을 통해서 실현하고 있는 필딩 나름의 글쓰기의 본질에 대한 고찰에서 찾아야 할 것이다. 이를 위해서는 필딩이 주장하듯 그가 새로운 글쓰기를 시도하게 된 배경과 필딩 자신이 자신의 글의 본질에 대해 내린 정의를 근간으로 삼아 논의를 시작할 필요가 있을 것이다.

'소설'(novel)이라는 용어가 어원적으로 '새롭다'는 의미를 가지고 있다[1]는 사실은 소설이라는 장르 자체가 새로이 만들어진 문학, 새로운 글쓰기라는 의미를 내포하고 있기 때문에 필딩의 새로운 글은 바로 소설인 셈이다. 이러한 소설이 18세기에 탄생한 배경에 대해서는 이미 와트(Ian Watt)의 고전적인 비평이 지적하고 있듯이 중산층이 독자로 부상하였다는 사실에서부터 설명되어야 할 것이다.[2]

---

1) M. H. Abrams. 119. "대부분의 유럽언어에서 소설이란 말은 'roman'인데, 이것은 중세의 Romance로부터의 파생어이다. 그러나 이 형식의 언어명칭은 이탈리아어 novella('조그맣고 새로운 것'이라는 뜻)에서 가져온 것인데, 이것은 산문으로 쓰인 짧은 이야기였다."

2) 이안 와트는 『소설의 발생』(*The Rise of the Novel*)에서 소설의 발생원인 중의 하나를 18세기의 독서 계층의 변화로 보았는데 이것은 대중들

　18세기에 상업의 발달로 인해 사회적 주도계층으로 부상한 중산층은 사회 전반의 여러 상황에서 주도적인 역할을 감당했을 뿐 아니라, 주된 독서층을 이루게 되면서 새로운 형태의 문학의 형성에 영향을 미치게 된다. 기존의 문학가들은 자신들의 주요 후원자인 귀족의 취향에 맞는 문학작품을 쓸 수밖에 없어, 왕이나 귀족들이 주인공으로 등장하고, 이들의 명예와 사랑 등을 다룬 로맨스 종류의 작품들이 주류를 이룰 수밖에 없었다. 그러나 인쇄술의 발달로 대량으로 책 출판이 가능해진 덕분에 귀족뿐만 아니라 일반인도 책을 사서 읽거나, 혹은 빌려 읽을 수 있는 기회가 많아지게 되어, 많은 대중들이 글을 접할 수 있는 계기가 마련되었다. 즉, 일반인, 특히 중산층들이 글을 읽을 기회가 많아졌던 것이다.

　이러한 주된 독서계층의 변화 속에서 귀족이 작가의 후원자가 되던 시절은 사라지고 불특정 다수가 작가의 후원자가 되는 상황이

의 독서에 대한 관심의 증대로 이루어진 독서 인구의 증가와 관계가 있다고 보았다. 대중들의 독서에 대한 관심은 문맹률의 급격한 감소로 인해 글을 읽을 수 있는 사람들이 확산되었고, 향상된 산업의 발달로 인한 경제력과 구매력의 증가, 그리고 인쇄술의 발달로 대량생산이 가능해짐으로써 가격이 하락된 신문이나 정기 간행물의 보급이 원활해졌기 때문이기도 하였다. 신문의 경우 1704년에는 한 주에 43,800부가 판매되던 것이 1753년에는 하루에 23,673부가 판매되었는데 이것은 50년 사이에 3배의 독서 인구가 증가되었다는 것을 보여 주는 것이기도 하다(Ian Watt 36). 이러한 독서 인구의 증가에 큰 영향을 준 요인은 18세기에 사회적, 정치적으로 급부상하였으며 향상된 경제력으로 증대된 구매력을 지니게 된 중산층들과 남성들의 오락세계에서 배척받고 있었던 여성들의 여가생활 그리고 독서를 즐길 수 있게 된 하녀들이 이에 한몫을 같이 하였기 때문이기도 하였다.

벌어진다. 필딩도 이러한 변화된 상황을 분명하게 인식하고 있었고,
이러한 상황 변화를 필딩은 자신의 대표작 『톰 존스』에서 다음과
같이 설명한다.

> 작가는 자신을 개인적이거나 무료 식사를 대접하는 사람으로서
> 가 아니라 돈만 내면 환영받는 대중식당을 경영하는 사람으로 간주
> 하여야 한다. 전자의 경우에 있어, 접대자는 자신이 원하는 음식을
> 제공한다는 것은 잘 알려진 사실이다. 따라서 이 음식이 자신의 동
> 료의 입맛에 전혀 맞지 않는다 할지라도 손님은 이를 불평할 수
> 없고, 앞에 놓인 음식이 무엇이든 간에 칭찬하여야 한다. 이와는
> 반대의 상황이 대중식당의 주인에게는 일어난다. 음식 값을 지불하
> 는 사람은, 자신의 입맛이 아무리 까다롭고 변덕스럽다 할지라도,
> 자신의 입맛이 충족되기를 요구할 것이다. 만일 음식이 입맛에 맞
> 지 않으면 억제할 수 없을 정도로 (앞에 놓인) 음식을 비난하고 욕
> 하고 악평할 자신의 권한을 요구할 것이다.

> An Author ought to consider himself, not as a Gentleman who
> gives a private or eleemosynary Treat, but rather as one who
> keeps a public Ordinary, at which all Persons are welcome for
> their Money. In the former Case, it is well known, that the
> Entertainer provides what Fare he pleases; and tho' this should
> be very indifferent, and utterly disagreeable to the Taste of his
> Company, they must not find any Fault; nay, on the contrary,
> Good-Breeding forces them outwardly to approve and to
> commend whatever is set before them. Now the contrary of this
> happens to the Master of an Ordinary. Men who pay for what

they eat, will insist on gratifying their Plates, however nice and whimsical these may prove; and if every Thing is not agreeable to their Taste, will challenge a Right to censure, to abuse, and to d－－n their Dinner without controul(*Tom Jones,* 31).

위 인용문에서 필딩은 식당 주인과 작가의 유사성을 통해 몇 가지 중요한 사실을 지적하고 있다. 첫째, 식당에 찾아온 손님이 돈을 주고 자신이 먹고 싶은 음식을 사 먹을 권리가 있는 것처럼 독자들은 자신들이 읽고 싶어 하는 책을 살 것이라는 것이다. 둘째, 식당 주인이 손님이 주문하는 음식을 제공해야만 하듯이, 작가는 독자가 원하는 책, 독자의 취향에 맞는 책을 써야 한다는 것이다. 셋째, 작가의 고객은 더 이상 과거처럼 특정한 후원자가 아니라 작가의 책을 직접 돈을 주고 사서 읽는 일반 불특정 다수, 혹은 대중들이라는 점을 필딩이 잘 인식하고 있다는 것이다. 이와 관련하여 필딩이 작가의 작품을 음식(fare)에 비유한 것에는 주목할 점이 또 하나 있다. 그것은 바로 작가와 독자를 식당 주인과 손님의 관계로 보듯이 문학작품 또한 작가가 독자에게 제공하는 하나의 상품으로 보고 있다는 사실이다. 음식점 주인이 제공하는 음식이 손님의 취향에 맞지 않으면 손님은 비난과 욕설을 하며 그 식당을 떠날 것이란 말은 작가가 독자의 취향에 맞는 작품을 써야만 살아남는다는 현실을 나타내기도 하며, 나아가 이 진술은 작가의 작품이 결국 하나의 상품이라는 점을 분명히 그 근간으로 하고 있기 때문이다.

필딩이 문학작품을 작가가 소유하고 있는 하나의 상품이라고 인식하였다는 사실은 『톰 존스』에서 당시에 만연하였던 남의 작품에 대한 표절에 관하여 그가 밝힌 견해에서도 잘 알 수 있다.

난 고대 작가의 글을 그 출처를 적지 않고 내 글에 가져오는 데 조금도 주저하지 않을 것이다. 오히려 난 그들의 글이 내 글로 옮겨지는 순간 그것에 담긴 내용이 모두 나의 것이라고 분명히 주장할 것이며, 그 순간부터 그 글들을 전적으로 순전히 나의 소유물로 독자들이 간주하기를 기대한다. 그러나 이러한 소유권은 나의 가난한 동료들에게는 내가 철두철미 정직함을 유지할 것이라는 조건하에서만 허용되기를 희망한다. 내 가난한 형제들이 소유하고 있는 적은 소유물에서 내가 약간이라도 빌려 오면 난 그들의 이름을 반드시 명기할 것이고 정당한 소유자에게 언제라도 되돌려 줄 준비가 되어 있다. 포프와 친구의 글귀들을 전에 차용하였던 무어 씨가 자신의 경쟁자의 방식을 사용한 드라마에 그것을 마음대로 삽입하면서 그 글귀의 주인 이름을 밝히지 않은 것은 심히 비난받아 마땅한 것이었다.

nor shall I ever scruple to take to my self any Passage which I shall find in an ancient Author to my Purpose, without setting down the Name of the Author from whence it was taken. Nay, I absolutely claim a Property in all such Sentiments the Moment they are transcribed into my Writings, and I expect all Readers henceforwards to regard them as purely and entirely my own. This Claim however I desire to be allowed me only on Condition, that I preserve strict Honesty towards my poor Brethren, from whom if ever I borrow any of that little of which they are possessed, I shall never fail to put their Mark upon it, that it may be at all Times ready to be restored to the right Owner. The Omission of this was highly blameable in one Mr. Moore, who having formerly borrowed some Lines of Pope and Company, took the Liberty to transcribe six of them into his Play of the Rival Modes(*TJ* 621).

필딩은 호메로스(Homer)나 베르길리우스(Virgil) 그리고 호라티우스(Horace) 등의 고전 작가의 작품에서 작가들이 그 내용을 따오고도 출처를 밝히지 않는 것은 잘못이 아니지만, 동시대의 작가의 글은 아무런 표식도 없이 도용해서는 절대 안 된다고 못 박는다. 그 근거로 필딩은 고전 작가를 부자로, 동시대의 작가들을 가난한 자에 비유하며 부자의 것을 조금 가져오는 것은 잘못이 아니지만, 가난한 사람의 것을 아무 말 없이 훔쳐 오는 것은 도적질이라는 논리를 편다(620). 이와 더불어 주목할 점은 필딩이 작가들의 글을 '재산'(Property)이라는 용어로 표현하고 있다는 점이다. 필딩은 문학작품이 작가가 생산한 '작가의 재산'이라는 사실을 분명히 밝히고 있으며, 따라서 남의 글을 출처를 밝히지 않고 사용하는 것은 남의 재산을 도적질하는 행위에 해당한다고 필딩은 주장하고 있는 것이다.

여기서 한 가지 더 주목할 점이 있다. 글이 작가의 재산이라고 주장하면서도, 필딩은 동시대 작가의 글을 표절하는 것은 도적질이지만, 고전 작가의 글을 그 출처를 밝히지 않고 사용하는 것은 도적질로 간주하지 않는다는 사실이다. 이러한 필딩의 견해는 문학작품을 소나 다른 물건처럼 영구적 소유권이 인정되는 '절대적 재산'(absolute property)(Kayman 636)이 아니라 일정한 기간 동안만 소유권이 인정되는 일종의 새로운 형태의 상업적 재산으로서 인식하고 있음을 보여 준다.

필딩처럼 문학작품이 작가의 재산인 점은 인정하나 그 재산권의 성격에 대한 두 가지 다른 견해가 18세기 당시에 공존하고 있었다. 하나는 무형의 자산인 작가의 작품은 작가의 '절대적 재산'이므로 작가는 작품의 출판에 있어서 영구적 법적 권리를 가지고 있다는 견해와 작가의 작품은 '문학적 재산'(literary property)이므로 제한된 기간 동안만 작가의 소유물로 인정해야 한다는 예이츠(Justice Yeats)의 견해가 팽팽히 대립하고 있었고, 이 대립되는 견해는 당시에 복잡한 법적 문제를 일으키기도 했었다.

마찬가지로, 작가의 작품에 대한 독점권을 제한된 기간 동안 인정해 주는 1710년에 통과된 학문의 촉진을 위한 법령이 점차 커가는 출판 시장의 상업적 압력에 대한 반응으로 만들어졌다. 그러나 무엇이 새로운 상업적 재산인 문학 재산인가에 대한 법적 제정은 복잡한 법률적인 문제를 야기하였다. 필딩은 표절에 관한 장에서 사실상 1774년 도날슨과 베켓의 소송사건으로 법률적 원칙이 확립되기 전까지 오랜 세월 동안 법정을 달궈 왔던 문제에 대해서 풍자하고 있는 것이다. 도날슨과 베켓의 소송사건에서 상원은 1769년에 있었던 예이츠의 판결과는 달리 그 결정을 파기하고 법령으로 결정된 기간만을 작가의 소유권으로 제한하였다.

Similarly, the statute passed in 1710 "for the Encouragement of Learning"(8 Anne c. 19), which decreed the author's monopoly over his "copies" for a limited period of time, was created in response to commercial pressures from the growing market in print. However…… the legal institution of what was effectively a new form of commercial property − −literary property − −raised complex legal questions. Fielding's chapter on plagiarism in fact satirizes issues which exercised the courts through much of the century until legal doctrine was finally settled by Donaldson v. Becket(1774), in which the House of Lords overruled the decision(which had been contrary to Yates in the 1769 case) and limited the author's right to the period determined by the statute(Kayman 636).

이처럼 작가의 작품에 대한 소유권에 대해 일치되는 견해가 얼마 동안의 시기가 지난 후에야 성립되었지만 문학작품을 작가의 재산으로 인정해야 한다는 것이 18세기 당시 사회의 공감을 얻게 된 것만은 분명하였다. 이처럼 문학작품도 작가의 무형의 재산이라고 인정하는 사회적 공감대는 자본주의 경제체제와 사유재산의 절대성에 대한 당시 사회의 확고한 의지에 그 뿌리를 두고 있다. 즉, 경제력이 사회에 얼마나 강력한 힘을 미치는가를 잘 알고 있고, 자본주의 사고방식을 지향하던 당시의 중산층들이 문학작품의 상업적 가치를 법적으로도 인정하게 만들었던 것이다.

따라서 경제 논리에 의해 지배되고 있던 당시 시대를 살았던 작가들은 자본주의 경쟁의 논리의 틀 속에서 자신의 작품(상품) '시장 상품'(marketable commodity)(Martin Kayman 637)으로서의 가치를 높이기 위해 독자들의 흥미와 관심을 끌 수 있는 소재와 내용을 취하게 되고 나아가 기존의 다른 작품들과는 차별성을 갖는, 다시 말해 더 높은 상업적 가치를 지니는 새로운 글쓰기를 하고자 하게 되었던 것이다. 다른 작품과의 차별성을 부각시키고 자신의 작품의 가치를 높이기 위해 필딩을 비롯한 18세기 작가들은 기존의 문학적 룰이나 규칙을 거부하고 자신만의 독창적 글쓰기를 시도하게 된다. 필딩의 라이벌로 항상 같이 거론되는 리처드슨은 편지라는 독특한 양식으로 이루어진 장편소설을 집필하며 자신의 글쓰기가 다른 문학과는 다른 새로운 시도라고 주장하였고, 스턴(Laurence Sterne)은 자신의 대표작 『트리스트럼 섄디』(*Tristram Shandy*)에서 자신은 누구의 규칙도 따르지 않겠다고 누누이 강조하며 이를 위해 기존의 소설 양식을 패러디하여 전복시키는 기법을 사용하면서 자신의 글의 독창성을 드러내 보였다. 이들의 이러한 실험은 바로 타 작품과의 차별성이 문학작품의 가치를 결정한다는 믿음에서였는데, 필딩도 기존의 문학적 규칙의 규제를 벗어나 자신이 원하는 새로운 글쓰기를 할 것임을 공언하며 여기서 한 걸음 더 나아가 자신이 누구의 규칙도 따를 필요가 없는 이유를 다음과 같이 설명한다.

사실상 나는 새로운 글쓰기의 영역의 토대를 마련한 자이기에 내가 어떤 법칙을 만드느냐는 내 자유다. 내가 나의 백성으로 간주하는 나의 독자들은 이 법을 믿고 복종해야 한다. 그들이 이 법을 기꺼이 또한 즐겁게 따르게 하기 위해 나는 이 법칙에서 그들의 용이

함과 이로움을 나의 주요 관심사로 삼을 것임을 지금 확언하겠다.

> For as I am, in reality, the Founder of a new Province of writing, so I am at liberty to make what Laws I please therein. And these Laws, my Readers, whom I consider as my Subjects, are bound to believe in and to obey; with which that they may readily and cheerfully comply, I do hereby assure them that I shall principally regard their Ease and Advantage in all such Institutions(*TJ* 621).

필딩은 자신을 새로운 글쓰기를 창조하는 개척자로서 주장하며 이 새로운 글쓰기를 확고히 하기 위해 자신은 새로운 규칙과 법칙을 만드는 사람이며 자신의 독자는 자신의 법칙을 따라야만 하는 국민이라고 진술한다. 이는 작가가 누려야 하는 창작의 자유를 선포한 것이지만 그 근간에는 작품의 독창성을 통한 상업적 가치의 증대를 목적으로 하고 있다. 그렇다면 필딩이 독창성을 주장하면서 시도한 글쓰기는 어떤 모습을 띠는 것인지 살펴보는 것이 그의 소설의 본질에 접근하는 가장 합리적인 방향일 것이다.

필딩은 자신의 문학적 목적과 취지를 밝힌 『조셉 앤드류즈』(*Joseph Andrews*)의 서문에서 자신의 글쓰기의 독창성을 강조하면서 자신의 작품을 '희극적 로맨스' 또는 '산문으로 된 희극적 서사시'라고 정의한다. 즉, 필딩은 희극과 로맨스, 또는 서사시라는 장르의 결합을 통해 새로운 글쓰기를 시도하였다는 것이다. 필딩 비평에서 지적하였듯이 필딩 소설에 희극이 지향하고 있는 사실주의적인 면모와 로맨스적 요소, 서사적 요소가 있었던 것은 우연이 아니라 필딩의 의도적인 시도였음을 우리는 필딩의 이 말에서 짐작할 수 있다. 즉, 자신의 작품의 상업성 확보를 위해 즉, 필딩의 표현대로라면 식당 주인이 손님의 입맛에 맞추어 손님들이 돈을 내고 기꺼이 음식을 먹게 하기 위하여 새로운 글쓰기라는 메뉴의 개발을 위해 필딩은 전통적인 문학 장르였던 서사시나 로맨스에 전통적 작품에서는 찾아볼 수 없었던 '희극적 사실주의'라는 요소를 첨가하였던 것이다. 이는 전통적 문학인 로맨스와 서사시에 결여된 개연성을 확보하면서도 로맨스와 서사시에 대해 독자들이 품고 있는 향수를 충족시키기 위한 것이었다. 그의 작품이 로맨스와 서사시 그리고 코미디의 다양한 장르로 이루어진 총체적 면모를 지닌 것은 바로 이 때문이다. 그러나 필딩 비평가들은 필딩의 작품에 나타난 이러한 면모를 개별적으로 지적하고는 있지만 각 요소 간의 결합이 어떻게 이루어지고 그 결합을 통해 필딩이 과연 어떠한 메시지를 전달하고자 하였는지에 대한 분석을 하고 있지 않았다.

따라서 본 논문은 필딩이 자신의 새로운 글쓰기로서 언급한 '희극적 로맨스' 또는 '산문으로 된 서사시적 로맨스'의 사실주의, 로맨스 그리고 서사시의 특성과 그 각각의 개별적 특성이 작품에서 나타내는 의미와, 그러한 개별적 특성들을 결합하여 필딩이 나타내고자 하는 총체적 의미에 대하여 연구해 보고자 한다. 이를 위해 우선 필딩 소설에 나타난 희극적 사실주의 면모를 분석하고 그 사실주의를 통해 필딩이 지향하고 있는 것이 무엇인가를 논할 것이다. 다음으로는 필딩의 작품에 나타난 로맨스적 요소가 작품의 구조와 내용에 어떤 형태로 구현되고 있는지 살펴봄으로써 필딩의 이상과 신념이 어떻게 전통적 문학 장르의 틀 안에서 전개되는지 살펴볼 것이다. 다음으로 사실주의 태도와 로맨스적 세계관이 어떻게 결합되어 있으며 이러한 결합이 어떤 방식으로 실현되는지를 살펴보고, 나아가 필딩이 다른 기존의 문학작품을 자신의 작품에 어떻게 도입하고 왜 도입하였는지 살펴보아 필딩의 새로운 글쓰기가 전통적 문학을 도외시한 것이 아니라 이를 창조적으로 계승하고 있음을 고찰할 것이다. 이와 더불어 필딩이 자신의 글쓰기로 명명한 '히스토리'(History)가 단순히 역사적 사실을 객관적으로 기술한 것이 아니라 문학작품이라는 점에서 필딩의 '히스토리'가 일반 역사와는 전혀 다르다는 점에 대해서 논의하며 그의 글쓰기의 본질에 대해 왜 그가 '히스토리'라고 명명하였는지 살펴보고 그의 새로운 글쓰기의 본질을 정리할 것이다. 끝으로 본 고는 필딩이 이러한 새로운 글쓰기를 시도한 이유를 앞서 밝힌 문학의 상업적 가치뿐만 아니라 사회개혁가의 측면에서 분석하여 그의 글쓰기의 사회성을 밝히고자 한다.

I. 사실주의와 사실적 재현

18세기는 소위 과학과 이성의 시대다. 1662년 영국의 왕립학술원 (Royal Society)이 공식적인 기구로 영국 정부의 승인을 받은 후 과학정신과 과학적 태도의 우월성이 일반인들에게도 널리 보급되기 시작하였으며, 베이컨(Francis Bacon)이나 존 로크(John Locke)와 같은 경험론 철학자의 등장은 실질과 합리성을 숭상하는 풍토를 더욱 조성하여 당시 영국인들은 실리와 합리성을 우선의 가치로 여기게 되었다. 이러한 풍토는 당대 사람들로 하여금 미신적이고 논리와 경험에 근거하지 않은 과거의 세계관을 배척하게 만들었고, 사람들은 자신이 직접 목격할 수 있는 현실적인 문학을 선호하게 되었다. 비즐리(Jerry C. Beasley)의 지적처럼 17세기에 유행했던 영웅들의 모험을 주로 다루던 프랑스의 '영웅 로맨스'(heroic romance)를 모방하였던 작품들이 1740년대의 영국에서는 더 이상 독자의 호응을 받지 못하게 되고 산문으로 된 로맨스 문학(prose romance)을 작가들이 더 이상 쓰려고 하지 않게 되었다(Beasley 437)는 것은 이러한 분위기의 반영인 것이다.

그것은 로맨스 작품의 지나친 허구성이 독자의 모험심을 만족시켜 주기보다는 비사실성이 주는 현실감의 결여로 더 이상 독자의 공감을 불러일으키지 못하였기 때문이다. 따라서 당시에는 독자의 공감을 얻기 위한 중요한 요소로서 '문학의 사실성'이 요구되었으며, 필딩도 자신의 작품과 과거의 로맨스와의 차별성을 강조하며 사실상 자신의 작품의 사실성의 결여에 대한 의심을 피해야 하는 과제를 안게 되었다. 필딩이 자신의 작품을 '희극적 로맨스'(Comic Romance)라고 정의하면서 자신의 로맨스는 작품의 내용이나 줄거리(Fable)에 있어서 비사실적이고 허구성이 농후한 기존의 로맨스인 '진지한 로맨스'(Serious Romance)와는 다르다[3]고 주장한 것은 기존의 비사실적, 비현실적 로맨스와 차별성을 보이기 위해서였다. 필딩은 『톰 존스』에서 "내가 로맨스 작가라는 의심을 당신에게 일으키고 싶지 않다"[4]고 언급하면서 자신의 작품이 허무맹랑한 상상력에 근거하여 실제 존재하지도 않는 인물이나 괴물들을 등장시키는 기존의 로맨스와 구별되고 있음을 다음과 같이 말한다.

사실은 나의 글들을 자연 세계의 산물이 아니라 병든 두뇌가 만

---

3) It[Comic Romance] differs from the serious Romance in its Fable and Action, in this(*Joseph Andrews* 27).
4) "I do not intend to draw on you the suspicion of being a romance writer"(*Tom Jones* 5).

들어 낸 괴물로 가득 찬 헛된 로맨스, 그래서 어느 저명한 비평가
는 파이 요리사만이 사용할 용도의 종이로 권유한 무익한 로맨스와
구별했듯이, 우리는 독서할 때 한 통의 맥주를 곁들여야만 하는 그
래서 양조업자의 수입으로 고려할 정도밖에 안 된다고 생각하는 그
런 유의 역사책과 닮기를 거부한다.

As Truth distinguishes our Writings from those idle Romances
which are filled with Monsters, the Productions, not of Nature, but
of distempered Brains: and which have been therefore recommended
by an eminent Critic to the sole Use of the Pastry－cook; So, on
the other hand, we would avoid any Resemblance to that Kind of
History which a celebrated Poet seems to think is no less calculated
for the Emolument of the Brewer, as the reading it should be
always attended with a Tankard of good Ale(*TJ* 151).

필딩은 허황된 내용으로 이루어진 로맨스 작품을 요리사가 파이
를 굽는 데 쓰이는 종이로밖에는 쓸 데가 없는 것이라고 비판하며
또한 자신은 술이나 마시며 읽을 정도의 것으로서 술장사의 수입에
나 도움을 주는 그런 작품은 쓰지 않겠노라고 기존의 흥미 위주의
허황된 작품에 비판을 가한다. 필딩은 기존의 로맨스에 대한 이러한
비판을 통하여 주인공이 싸워 물리치는 괴물들을 소재로 다루었던
'허무맹랑한 로맨스'(Idle Romance)와는 구별되는 '사실'(Truth)이
담긴 글이라는 주장을 하고 있는 것이다. 뿐만 아니라 필딩은 사실
성이 결여된 소설들이나 괴물들이 등장하는 로맨스와 같이 황당무
계한 내용을 담고 있는 로맨스 작품들이 출판된다면 결국에 가서는

독자들의 무시를 받게 되어 책 판매자들이 아주 가난해지게 되고 독자들은 가치도 없는 이러한 책들을 읽느라 시간 낭비를 하게 되고, 또한 사실에 근거하지 않은 사건이나 내용을 다룸으로써 정직한 사람들의 명예를 손상시키고, 나아가 독자들의 도덕성 타락을 유발할 수 있음을 경고한다(*TJ* 487).

사회와 독자에게 부정적인 영향을 끼치는 황당무계한 로맨스 작품과는 차별적인 좋은 작품을 쓰는 훌륭한 작가가 되기 위해서는 갖추어야 할 자질이 있다고 필딩은 말한다. 훌륭한 작가는 우리가 접하거나 알고 있는 모든 것들을 꿰뚫어 보거나 그것들의 차이를 구별할 수 있는 정신력(power of Mind) 특히, 많은 경험을 가져야 한다고 주장한다. 문학작품이란 인간의 본성, 나아가 인간의 삶을 다루는 것5)이라는 점을 고려할 때, 작가는 어느 누구보다도 다양하고 많은 사람들을 만나 대화를 나눌 수 있는 기회나 경험이 필요하다. 여러 종류의 인간과의 만남이 사람들의 다양한 특성을 이해할 수 있는 첩경이며 가장 효율적인 방법이기 때문이다. 필딩은 사람들을 직접 만날 기회를 갖지 않고 평생을 대학 안에서 생활하거나 책만을 접한 사람은 인간들의 특성을 제대로 이해할 수 없다며 경험의 중요성을 다음과 같이 강조한다.

학식의 힘 이외에 또 다른 종류의 지식이 있다. 이 지식은 대화

---

5) 필딩은 『톰 존스』의 1권 1장에서 작가가 다루는 소재는 모두 인간의 본성이라는 점을 분명히 하며 이 소재를 어떻게 다루느냐에 따라 여러 종류의 글이 나온다고 주장하고 있다.

를 통해 획득될 수 있는데, 이것은 사람의 성품을 이해하는 데 필요하다. 따라서 책에 파묻혀 대학에서 전생을 살아온 학식 있는 학자들만큼 사람의 성품을 모르는 사람은 없다. …… 우리 작가들의 이 대화는 모든 계층의 인간과 나누는 전반적인 대화여야 한다. 소위 상류사회의 생활에 대한 지식이 하층민에 대해서 알려 주지 못하는 것처럼 하층민의 생활에 대한 지식이 상류층의 풍속도를 알려 줄 수 없기 때문이다.

there is another Sort of Knowledge beyond the Power of Learning to bestow, and this is to be had by Conversation. So necessary is this to the understanding the Characters of Men, that none are more ignorant of them than those learned Pedants, whose Lives have been entirely consumed in College, and among Books……. Now this Conversation in our Historian must be universal, that is, with all Ranks and Degrees of Men: For the Knowledge of what is called High−Life, will not instruct him in low, nor e converso, will his being acquainted with the inferior Part of Mankind, teach him the Manners of the superiors(*TJ* 492−4).

이와 같이 자신의 글쓰기에 있어 경험과 많은 사람과의 접촉의 중요성을 강조한 필딩의 사상의 저변에는 작가는 실제의 세계를 있는 그대로 그려야 한다는 그의 사실주의적 추구가 자리 잡고 있다. 따라서 필딩은 당 시대의 모습을 리얼하게 제시하기 위해 당시 사회의 실제 모습을 가감 없이, 이안 와트의 지적처럼, '당시 사회의 포괄적 재현'을 작품을 통해 제공하여 당시 사람의 삶을 우리에게 생생하게 전달한다. 그중 하나의 대표적인 예는 당시에 횡횡하던 범죄의 문제다.

영국에서는 이전부터 진전되어 오던 상업의 다양화와 자본주의의 발전으로 인해 사회의 중간계층이나 상류층의 실제 생활수준은 향상되었으나 부의 불균등한 분배로 인하여 오히려 하층계급인 도시 빈민들의 생활은 더욱 어렵게 되었다. 사회가 고도로 상업화되고 현금에 의거한 경제가 초래하는 불평등이 빚어낸 양극화는 과시적 소비를 일삼는 지배층의 호화로운 생활방식과 중산층들의 생활수준의 향상으로 부자와 가난한 자의 생활을 더 명백히 대비시켰으며 빈민들의 생활을 더욱 비참하게 만들었다(모건 438−39). 때문에 도시 빈민들이 주로 모여 살고 있던 런던에는 범죄가 날로 더 심각하고 특히 폭력적인 범죄가 흔했으며 일반적인 폭력 또한 도시에서는 흔히 있는 일이었다. 이러한 폭력적 범죄는 필딩의 작품에서 자주 다루어지고 있다.

『조셉 앤드류즈』에서 주인공 조셉은 레이디 부비(Lady Booby)에게 해고를 당한 후 여행을 하던 도중 강도를 만나 부상을 입은 채 옷까지 빼앗기고 도랑에 버려지게 되며, 조셉의 애인 패니(Fanny) 또한 길을 동행하던 남자에게 성폭행을 당할 위기에 처한다. 필딩의 대표작 『톰 존스』에서도 소피아의 지갑을 주워서 톰에게 전해 준 남자가 강도로 돌변하여 톰에게서 돈을 빼앗으려 한다거나 톰의 생모로 오인을 받던 워터즈 부인(Mrs. Waters)이 숲 속에서 성폭행을 당할 위기에 놓였던 사건이 그 대표적인 예들이다.

이러한 당시 사회에서 흔히 벌어지던 범법적인 일 이외에 필딩은 일반 사람들이 흔히 겪게 되는 일련의 사건이나 삶의 여정을 그의 두 주요 작품인 『톰 존스』와 『조셉 앤드류즈』에서 사실적으로 생생하게 제시한다. 그중 특기할 만한 사례는 위 두 작품의 이야기 속의 이야기로 제시되는 조셉의 친부로 판명되는 '윌슨'(Wilson)의 이야기와 톰이 우연히 만나 하룻밤 신세를 지게 되는 '산 사나이'(Man of the Hill)의 이야기가 그 대표적인 예가 될 것이다.

이 두 이야기는 모두 시골 출신의 젊은이가 허영심에 들떠 도회지로 나와 타락의 길을 겪게 되는 그 과정을 그리고 있다. 이 두 이야기는 필딩과 우정을 나누었던 18세기 당대의 대표적인 영국 화가 호가스(William Hogarth)의 대표적인 연작 그림의 하나인 『탕아의 길』(*Progress of Rake*)의 내용과 그 결말 부분만 다를 뿐 매우 흡사하여 이들이 도회지에 와서 겪게 되는 일련의 사건이 당시에 흔히 일어나던 일이며 도회지에서의 이들의 삶이 특이한 것이 아니라 종종 당시 사람들이 접할 수 있는 것임을 예고한다. 먼저 『조셉 앤드류즈』에 등장하는 윌슨의 삶부터 살펴보자면 우리는 그가 호가스가 그림으로 묘사한 전형적인 탕아의 길을 걷고 있음을 알 수 있다. 부친이 물려준 어느 정도의 재산을 가지고 런던에 와 우선 당시의 멋쟁이들이 즐겨 찾은 의상실에 가 옷을 맞추어 입고 당시 젊은이들이 흔히 하듯 극장에 가 허튼소리를 늘어놓으며 다른 사람의 시선을 끈다. 윌슨은 또한 당대 사람들이 흔히 하듯 알지도 못하는 여자와의 스캔들을 의도적으로 흘리고 다니며 자신을 과시하는 탕아의 전형적인 길을 걷는다. 여기에 한발 더 나아가 윌슨은 부도덕한 여성과의 문란한 성생활로 병을 얻게 되어 의사의 신세를 지게 된다. 이러한 부도덕한 일이 흔하였다는 사실은 자기와 같이 동거하던 여자가 이미 이전에 다른 두 명의 남자들과 함께 살았던 사람이라는 윌슨의 언급을 통해서도 짐작될 수 있는데, 필딩은 이러한 남녀 간의 성매매나 동거는 당시의 여러 나라들에서도 흔히 이루어지고 있던 일이었다고 『코벤트가든 저널』(*Covent-Garden Journal*)에서 밝히고 있다.

> 우리 나라만큼이나 종교와 도덕을 중시하는 다른 나라에서도 항상 통제를 받으며 손님들이 원할 때면 항상 상대를 하는 여성들을 위해 어느 특정한 장소가 할애되어 있다. 베니스에서 남자는 하루 동안 혹은 일주일, 한 달 혹은 일 년 단위로 여자를 고용할 수 있다.

> I have been told that in other Nations no less tender of Religion and Morality than our own, certain places are allotted and tolerated for the Entertainment of Women who are kept under Regulations, and are always at the Service of such Customers as are disposed to deal with them. At venice, a Man may hire a Woman for a Night, a Week, a Month, or a Year(*The Covent-Garden Journal* Ⅱ 40).

이처럼 부도덕한 삶을 살던 윌슨은 결국 가진 재산을 모두 탕진하고 많은 빚을 지게 되어 빚 때문에 감옥에 들어가기조차 한다. 이러한 당시 탕아들의 전형적인 삶은 『톰 존스』의 산 사나이에 의해서도 반복된다. 시골 부자 농부의 아들 마크(**Mark**)라는 인물인

'산 사나이'는 시골에 있는 집을 떠나 도회지로 가 대학에 다니며 학업에 전념한다. 그러나 돈 많은 귀족의 아들을 대학에서 만나 성실하고 모범적인 학생이었던 산 사나이는 낭비와 퇴폐적인 생활에 빠지게 되어 퇴학 직전의 상태에 이르게 된다. 그러나 퇴학의 위기는 가까스로 면하게 되지만, 학업에 태만하고 소비가 많아진 그는 빚을 지게 되고 급기야 친구의 돈을 훔치게 된다. 이러한 일로 붙잡힐 위기에 놓이자 그는 훔친 돈을 가지고 여자와 함께 런던으로 가게 된다. 그는 런던에서 돈을 다 탕진하게 되고 여자는 떠나가고 생활하기조차 어려운 형편에 처하게 된다. 그러다가 학교 친구인 왓슨(Watson)을 우연히 만나게 되어 그 친구의 영향으로 도박을 시작하게 된다. 후에 산 사나이는 자신이 경험한 도박꾼들의 사기적 수법에 대하여 다음과 같이 자세히 설명한다.

우리 일행은 도박 테이블에서 온 몇 사람이 끼어 그 수가 늘었다. 후에 알았지만 그들 중 대부분은 술집에 술을 마시러 온 것이 아니라 용무를 보기 위해서 왔다. 이 도박꾼들은 아픈 척하면서 술을 거부하였지만 이 무자비한 도박꾼들은 나중에 강탈을 당한 두 젊은 친구들에게는 술을 많이 권하였다. 그 수법을 알지는 못하였지만 이 강탈행위에서 얻은 이득을 나도 운 좋게 나누어 가졌다.

Our Company was soon encreased by the Addition of several Gentlemen from the Gaming–Table; most of whom, as I afterwards found, came not to the Tavern to drink, but in the Way of Business: For the Gamesters pretended to be ill, and

refused their Glass, while they plied heartily two young Fellows,
who were to be afterwards pillaged, as indeed they were without
Mercy. Of this Plunder I had the good Fortune to be a Sharer,
tho' I was not yet let into the Secret*(TJ* 466).

산 사나이가 직접 경험을 통하여 알게 된 도박꾼들의 수법은, 도
박꾼이 다른 사람들을 속이기 위해 그들에게는 술을 먹이고 자신들
은 몸이 아파서 술을 못 먹는 척을 하면서 그들의 돈을 다 빼앗아
가는 사기인 것이다. 도박은 그 자체만으로도 당시 사람들을 정신적
으로 황폐시키고 경제적 파탄자로 전락시키는 위해한 것이었지만
그에 더하여 남을 속이는 사기로까지 사람들을 타락시키는 사회의
악으로 간주되었던 것이다. 이와 같은 도박이 당시에 대중적인 유흥
으로서 얼마나 많은 사람들의 마음을 사로잡고 있었는지는 나이팅
게일이 1기니를 주고 산 도박 책을 "나의 가장 좋은 호일 책"(my
best Hoyle)이라고 부르며 술집에서 교양도서와도 같이 읽는 장면
을 통해서도 잘 알 수 있다(*TJ* 704). 특히 작품에서 직접 언급되는
당시에 출판되어 많은 사람들에게 읽히기도 한 '호일'(Edmond
Hoyle, 1672-1769)의 도박서적 중에서 『휘스트 게임에 대한 소고』
(*A Short Treatise on the Game of Whist containing the Laws of
the Game*)6)라는 책은, 1742년 이 책의 첫 판이 나와 1기니에 판매

---

6) 1742년에 출판되어 1748년까지 9판이 나올 정도로 많은 인기를 누렸
  고, 19세기까지도 호일(Hoyle)은 도박에 관한 최고의 권위자로 인정받
  았다.

되었고, 이 책은 인기가 있어서 1748년까지 제9판이 출판되었을 정도였다는 점을 고려해 볼 때, 도박이 실제로 당시의 영국에서 얼마나 많은 사람들의 유흥거리로서 널리 자리 잡고 있었음을 짐작해 볼 수 있다. 필딩이 이런 도박사들의 모습을 작품에 소개한 것은 우연이 아니라 당시의 삶을 그대로 재현하고자 하였던 그의 욕망에서 비롯되었음을 알 수가 있다.

필딩은 사실주의의 방법을 통해 당시의 사회 모습을 작품에 제공하는 데 만족하지 않는다. 그는 자신의 작품이 사실주의를 추구하여야 하는 이유를 즉, 그의 사실주의적인 문학적 신념과 세계관을 작품 내에서도 천명하는 것이다. 필딩의 사실주의 추구가 두드러지게 드러나는 장면은 『톰 존스』에서 필딩의 대변자 역할을 하는 화자의 다음과 같은 진술에서 엿보인다.

이 세상에는 미덕이 행복으로 가고 악덕이 비참함으로 가는 확실한 길이라고 가르치는 일단의 종교적 도덕적 작가들이 있습니다. 매우 건전하고 위안을 주는 원칙이지만 여기에 한 가지 반대 의견이 있습니다. 그것은 이 말이 사실이 아니라는 것이죠. …… 이것이 하나의 규칙이라면 이 규칙에는 한 가지 예외가 있는 것 같습니다. 그러나 우리가 인생을 살아가다 보면 이 규칙에 대한 많은 예외를 볼 수 있습니다. 그래서 우리는 이 규칙이 근거한 원칙에 대해 반박을 하고 싶어집니다. 이것은 비기독교적으로 보이며 또한 사실이 아니라고 우리는 확신합니다. 이는 영혼 불멸에 대한 믿음에 대해 이성만이 제공할 수 있는 고귀한 주장의 하나를 무너뜨립니다.

There are a Set of Religious, or rather Moral Writers, who
teach that Virtue is the certain Road to Happiness, and Vice to
Misery in this World. A very wholesome and comfortable
Doctrine, and to which we have but one Objection, namely That
it is not true. ...... This therefore would seem an Exception to
the above Rule, if indeed it was a Rule; but as we have in our
Voyage through Life seen so many other Exceptions to it, we
chuse to dispute the Doctrine on which it is founded, which
don't apprehend to be Christian, which we are convinced is not
true, and which is indeed destructive of one of the noblest
Arguments that Reason alone can furnish for the Belief of
Immortality(*TJ* 783 − 84).

기존의 교훈적인 목적을 위해 많은 작가들이 즐겨 사용하였던 미
덕은 행복으로 이끌고 악덕은 불행을 초래한다는 권선징악의 법칙
에 대해 필딩은 이 세상의 현실에서 미덕(virtue)이 항상 존중받는
것도 권선징악이 항상 실현되는 것도 아니며 권선징악을 역설하는
것은 다만 우리의 소망이지 결코 현실이 아님을 강변하고 있다. 기
독교인으로서의 자세와 모순되는 듯한 필딩의 이러한 진술은 그가
목격한 현실을 얼마나 객관적으로 바라보고자 하였으며 그가 추구
하는 글쓰기에 있어 사실적인 요소를 얼마나 그가 중시하는가를 가
늠케 한다.

사실적이고 객관적인 글의 중요성을 주장하면서 필딩이 이의 실
현을 위해 구체적으로 제시하는 것 중의 하나인 작품 내용의 실현

가능성과 개연성을 『톰 존스』에서 다음과 같이 강조한다. "개연성과 실현가능성 안에서 작품을 써야 한다는 것이 모든 작가에게 요구되는 것은 당연한 것이며, 그 이유는 사람에게 일어날 가능성이 없는 일에 대해서 일어난 일이라고 믿기는 어렵기 때문이다"(396 - 97). 이어서 필딩은 "인물의 행동은 인간이 할 수 있는, 혹은 인간이 할 것이라고 예측되는 행동범위에서 일어나야 하며, 등장인물이나 배우가 할 것 같은 행동이어야 한다. 왜냐하면 어떤 사람에게는 놀라운 일이 다른 사람이 할 때는 불가능하고 개연성이 없을 수도 있으니까 말이다"(405)라고 언급하며, 전통적인 드라마에서 보이는 인물의 급격한 변화, 가령 악인이 갑작스럽게 선인으로 바뀌는 일은 개연성이 없다며 이러한 관행을 자신의 새로운 글에서는 용납하지 않겠다고 선언하게 된다.

필딩은 이처럼 글쓰기에 있어서 개연성과 가능성의 의미를 중시하면서 자신의 글은 항상 어느 한계(some Bound) 내에서 쓰이고 있다고 말하며, 기묘하고 놀라운 사건을 다루기 위해서 실존하지 않는 괴물이라든가 초자연적인 능력을 지닌 주인공을 등장시키는 과거의 로맨스 작가와는 달리, 현대 작가들은 가능성의 한계 내에서 이야기를 전개하여야 하며, 가능성과 개연성의 원칙을 지키기 위해 초자연적인 존재를 어떻게 처리할지에 대해 논한다. 필딩에 따르면, 고대 그리스의 시인 호메로스(Homer)의 서사시의 경우에는 그가 그리스의 신들의 존재를 믿는 이방인들(비기독교인들)을 대상으로 썼으므로 호머의 작품에 신들이 직접 등장하여 초자연적인 힘을 발휘하여도 당시의 독자들은 이에 놀라지 않고 당연시하였으나, 합리성과 논리, 과학정신을 중시하던 필딩의 시대의 기독교 작가들의 경우에 만일 그들이 자신의 믿음을 나타내기 위해서 하늘의 신과 천사(heavenly Host)와 같은 존재를 작품에 등장시킨다면 그것은 유치하고 불합리한 것으로 여겨질 것이라고 주장한다. 따라서 필딩은 작가에게 용인될 수 있는 초자연적인 존재는 유령(Ghost) 정도여야 하며 이것도 아주 절제해서 언급해야 한다고 역설하고 있다(*TJ* 397). 필딩의 작품 속에서 우리는 그의 기독교적 정신과 사상을 쉽사리 발견할 수 있지만 그의 작품에 직접적인 신의 개입이나 유령과 같은 초자연적인 존재도 등장하지 않는 것은 바로 이 때문이다.

필딩은 자신의 글에 유령을 등장시키지 않을 뿐 아니라 유령이나 마법과 같은 초자연적인 존재나 힘을 믿는 사람을 희화화하기까지 한다. 그 대표적인 예가 『톰 존스』에서 톰과 같이 방랑길을 떠나는 파트리지(Partridge)에게서 발견된다. 길을 잃은 톰과 파트리지가 멀리서 보이는 불빛을 발견했을 때, 톰은 그 불빛을 보고 무척 반가워하는 데 반해, 파트리지는 그 불빛이 도깨비불일지 모른다고 두려워하며 곧이어 그들의 귀에 들리는 노랫소리, 웃음소리, 악기소리를 유령들이 모여서 내는 소리라고 생각하며 두려움에 떤다. 그러나 결국 그 소리의 정체는 집시들의 축하연에서 비롯된 소리임이 밝혀져 파트리지의 미신적인 공포는 곧 독자의 웃음거리가 된다. 초자연적인 존재를 믿고 미신적인 것에 쉽사리 빠져 독자의 웃음을 자아내는 파트리지의 이러한 면모는 산속에서 집을 짓고 사는 어느 '산 사나이'에 관한 이야기에서도 제시된다.

톰과 파트리지가 어두운 밤에 산속에서 산 사나이의 집을 발견하고 그 집에 도착했을 때에도 그 집에 인기척이 없고 너무 조용한 것을 보고 파트리지는 이 집의 주인이 귀신, 악마, 혹은 마녀라고 생각하며 두려움에 떨지만, 결국 이 집의 주인이 평범한 사람과는 다르게 큰 키에 하얗고 긴 수염을 기르고 동물의 가죽으로 만든 옷과 부츠 그리고 모자를 착용하고는 있지만, 그는 사람들과의 교제를 극도로 싫어하며 이곳에 은둔생활을 하고 있는 보통 인간임이 밝혀져 다시 한번 파트리지의 허무맹랑한 미신적 생각은 조롱거리가 된다. 필딩은 이처럼 개연성과 논리성 그리고 가능성에 대해 강조하면서도 또한 작가는 경이로운 사실, 기묘한 사건들을 다룰 수 있다고 주장한다. 즉, 필딩은 개연성과 가능성을 지키면서도 기존의 작품보다 더 기묘하고(strange) 놀라운 사건을 다루는 종류의 글(the Marvellous)을 쓸 수 있다고 주장하는데, 이 두 가지가 결합될 때 작가는 독자에게 신뢰성을 주면서도 경이로움과 놀라움을 줄 수 있다며 이 둘의 결합이 훌륭한 작품을 만들 수 있다고 다음과 같이 설명한다.

이 몇 가지 제약 조건을 지킨다면, 난 모든 작가가 원하는 만큼 놀라운 일을 다룰 수 있도록 허용될 수 있다고 생각한다. 작가가 개연성의 범주를 지킨다면 그가 독자를 놀라게 하면 할수록 그는 독자의 관심을 불러일으킬 것이며 더욱더 독자를 매료시킬 수 있을 것이다. 베이소스의 5장에서 놀라운 천재가 언급하였듯이 "모든 시의 가장 뛰어난 기술이 진실과 허구를, 즉, 믿을 수 있는 일과 놀라운 일을 결합하는 것이다." 모든 훌륭한 작가들이 개연성의 범주를 지켜야 하지만 그의 작품의 등장인물들이나 사건들이 길거리나 모든 가정 혹은 신문기사에서 접할 수 있는 진부하고 평범하고 세속적이어야 한다는 의미는 반드시 아니다. 또한 작가는 독자의 상당수들이 알고 있는 범위를 넘어서는 일들이나 사람들을 제시하면 안 된다는 의미도 아니다.

Within these few Restrictions, I think, every Writer may be permitted to deal as much in the Wonderful as he pleases; nay, if he thus keeps within the rules of credibility, the more he can surprize the Reader, the more he will engage his Attention, and the more he will charm him. As a Genius of the highest Rank observes in his 5th Chapter of the Bathos, 'The great Art of all Poetry is to mix Truth with Fiction; in order to join the Credible with the Surprizing.' For though every good Author will confine himself within the Bounds of Probability, it is by no means necessary that his Characters, or his Incidents, should be trite, common, or vulgar; such as happen in every Street, or in every House, or which may be met with in the home Articles of a News−paper. Nor must he be inhibited from shewing many Persons and Things, which may possibly have never fallen within the Knowledge of great Part of his Readers(*TJ* 406−7).

개연성과 가능성의 범위에서도 작가는 자기가 원하는 대로 놀라운 일을 다룰 수 있으며, 이를 통해 작가는 독자를 더욱 놀라게 하거나 독자의 관심과 매력을 더 끌 것이라는 필딩의 주장은 개연성을 무시함으로써 작품의 신빙성을 상실한 기존 로맨스보다, 사실적이지만 진부하고 평범한 소재를 다루는 사실주의에만 치중한 문학

보다, 놀라운 사건을 개연성의 제한하에서 결합한 자신의 글이 더욱 독자에게 호소력을 지닐 것이라는 일종의 예언을 하고 있는 것이다. 이 둘의 결합은 기존의 작품에서 찾아볼 수 없는 신선한 것이며 독자의 공감과 흥미를 이끌어 낼 것이기 때문이다. 이처럼 놀라운 일을 다루면서도 개연성을 바탕으로 한 사실주의를 추구하고자 하는 필딩의 생각은 그의 작품 『톰 존스』에서 톰이 피츠패트릭과의 결투로 인해 감옥에 갇혀 사형당할 위기에 놓여 있을 때의 화자의 말에 잘 나타난다.

이것은 내가 분명히 약속한다. 우리가 불행히도 우리의 주인공으로 삼은 이 악당 같은 녀석에게 아무리 애정을 갖고 있다 할지라도, 매우 중요한 경우에 한해서만 우리가 사용할 수 있는 초자연적인 도움도 그에게 우리는 주지 않을 것이다. 설령 그가 이 모든 자신의 곤궁에서 정당하게 빠져나올 자연스러운 방법을 발견할 수 없다 할지라도 우리는 그 때문에 우리 이야기의 진실성과 위엄을 훼손하지 않을 것이다. 우리는 우리에게 흠이 생기지 않고 독자의 신뢰성을 잃지 않도록 차라리 그가 타이번(런던의 사형 집행장)에서 교수형당하도록 하겠다.

This I faithfully promise, that notwithstanding any Affection which we may be supposed to have for this Rogue, whom we have unfortunately made our Heroe, we will lendhim none of that supernatural Assistance with which we are entrusted, upon Condition that we use it only on very important Occasions. If he doth not there fore find some natural Means of fairly extricating himself from all his Distresses, we will do no Violence to the Truth and Dignity of History for his Sake; for we had rather relate that he was hanged at Tyburn(which may very probably be the Case) than forfeit our Integrity, or shock the Faith of our Reader(*TJ* 875－6).

전통적인 로맨스나 서사시에서는 주인공이 어려운 일을 당했을 때 신이 등장하여 도움을 주는 일이 다반사였다. 로맨스나 서사시의 주인공은 신의 뜻을 실현하는 존재로서 그가 자신의 뜻을 이루지 못하고 죽음에 처하는 것은 그 작품이 전하는 메시지에 위해가 되기 때문이다. 따라서 이러한 기존의 작품을 읽는 독자들은 개연성의 법칙에 위배된다 할지라도 초월적 존재가 이 일을 해결해 주리라는 기대감을 갖게 마련이다. 그러나 여기서 필딩은 기존의 작품들에서는 무시한 개연성과 가능성의 법칙이 주인공의 운명보다도 더 중요함을 역설하고 있는 것이다. 필딩이 궁지에 빠져 있는 주인공에게 초자연적인 도움을 주지 않을 것이며, 톰이 현재 처한 상황에서 개연성의 원칙에 의거한 탈출 방법이 없는 한 그를 교수형당하게 놔둘 것이라는 말은 무엇보다도 자신이 하는 이야기의 진실성이 중요하다는 의미이며 이는 사실성에 대한 강한 의지를 필딩이 보여 주고 있는 것이다.

개연성과 가능성을 통하여 작품의 사실성을 추구해야 한다고 주장하는 필딩은 이를 작품 전개 방식뿐만 아니라 등장인물에게도 적용한다. 필딩은 등장인물에게 보통 사람의 면모를 부여함으로써 자

신의 작품이 우리가 살고 있는 현실의 세계를 다루고 있음을 보여
주고자 한다. 그것은 일반적으로 우리의 주변에서 흔히 일어날 수
있는 사건인 경우에 그것이 사실이라고 쉽게 믿어지는 것처럼 그
행동의 주체도 주변에서 쉽게 만날 수 있는 인물이어야 그 사건의
개연성이 확실해진다는 점을 고려할 때 필딩의 이러한 방법은 효과
적이다. 따라서 필딩은 사실성을 고양시키기 위해 작품의 주인공으
로서 과거의 로맨스에서 주로 등장하던 왕, 귀족 등의 고귀한 인물
들이 아닌, 주변에서 쉽게 만날 수 있는 아주 평범하고 다양한 신
분의 사람들을 등장시키고 있으며, 과거의 로맨스에서는 다루지 않
던 보통 사람들의 삶의 모습과 풍습을 그리겠다는 견해를 자신의
글쓰기를 '희극적 로맨스'라고 선언을 함으로써 주장하고 있다.

그것[희극적 로맨스]은 플롯과 내용에 있어 진지한 로맨스와 다
르다. 전자의 경우에 있어서는 이것들은 심각하고 엄숙하지만, 후
자의 경우에 있어서는 가볍고 우스꽝스럽다. 등장인물의 경우도 다
른데 진지한 로맨스는 우리에게 아주 높은 신분의 인물을 제시하지
만 희극적 로맨스는 이보다는 하층민, 결과적으로 하층민의 풍속도
를 우리에게 제시한다.

It(comic Romance) differs from the serious Romance in its
Fable and Action, in this; that as in the one these are grave and
solemn, so in the other they are light and ridiculous: it differs in
its Characters, by introducing Persons of inferiour Rank, and
consequently, of inferiour Manners, whereas the grave Romance,

sets the highest before us(*JA* 4).

필딩은 자신의 글쓰기 성격과 원칙을 천명한 『조셉 앤드류즈』의 서문에서 자신의 글쓰기를 '희극적 로맨스'라고 정의하면서 자신의 글에서는 왕이나 귀족들의 이야기를 주로 다루던 과거의 로맨스에서 이루어지는 위엄 있고 엄숙한 분위기의 행동과 이야기가 아니라 우리가 주변에서 흔히 볼 수 있는 보통 사람들의 일상적인 생활에서 일어나는 가볍고 우스꽝스러운 행동과 이야기를 그리고자 한다고 언급하고 있다.

이를 위해 필딩은 자신의 작품 속에서 당시 사람들이 실제 존재하는 인물로 착각할 만하게 주변에서 흔히 만날 수 있는 여러 계층의 보통 사람들을 이 작품에 등장시킨다. 『조셉 앤드류즈』에서는 주인공이지만 귀족이 아니라 하인 출신인 조셉과 패니, 영리를 위해서라면 인간에 대한 동정심조차 내버리는 여관 주인 타우와우즈(Tow-wouse) 부부, 여관 방문객들의 유혹에 넘어가 여러 번 몸을 허락한 여관 하녀 베티(Betty), 부목사로 박봉의 월급을 받으며 영주의 비위를 맞추지 못해 경제적으로 어려운 삶을 영위하는 아담즈(Adams) 목사, 도시가 주는 화려함과 유흥, 그리고 사치에 빠져 자신의 교구를 돌보지 않아 교구민들의 민생에 아무런 도움을 주지 못하는 부재지주의 전형인 레이디 부비(Lady Booby), 재력가나 권력 있는 자의 편에 서서 법을 제멋대로 이용하고 약자를 궁지에 모는 변호사 스카우트(Scout), 올바른 교육을 받지 못해 만사를 제멋대로 처리하고 자신의 권력을 동원하여 약자를 괴롭히는 시골 영주 등은 당시 사회 전반에 걸쳐 존재하던 인물들의 전형적인 모습을 대변하며 이 작품은 당시 사회를 포괄적이며 사실적으로 재현하고 있는 것이다.

이는 필딩의 대표작인 『톰 존스』에서도 마찬가지다. 이 작품에 등장하는 인물들은, 중앙 정부의 정책에 불만을 품고 있으며 자신이 살고 있는 시골 영지에 대해 강한 애착을 갖고 있는 시골 영주 '웨스턴'(Western), 당시 유행하였던 자유사상가(free－thinker)를 자처하는 톰과 블리필의 가정교사 '스퀘어'(Square), 당시 편협한 교리 중심론자이며 원리주의자의 원형인 목사 '스와컴'(Thwackum), 별다른 지식이 없으면서도 학교를 운영하다 아내의 오해를 받고 마을에서 추방당하는 '파트리지'(Partridge), 경제적 어려움 때문에 은혜와 양심을 저버리는 사냥터지기 '블랙 조지'(Black George), 열악한 환경 속에서도 안락과 성적 쾌락을 얻기 위해 부도덕한 일을 거리낌 없이 저지르는 조지의 딸 '몰리'(Molly), 재산을 노리고 영주 올워디(Allworthy)의 여동생 브리짓(Bridget)에게 접근하는 '블리필 대위'(Captain Blifil) 등은 당시 사회에서 흔히 볼 수 있었던 인물들이다.

필딩은 이러한 인물 설정을 통해 자신의 사실주의 추구를 명시하면서 좀 더 구체적으로 자신이 주인공으로 설정한 인물들이 전통적인 로맨스의 주인공과는 달리 귀족 출신도 아니며, 또한 미덕과 장점만을 지닌 완벽한 인간이 아니라 약점과 편견 나아가 모순적인 면모를 가진 불완전한 존재인 보통 사람임을 강조한다. 우선 『조셉 앤드류즈』의 주인공 조셉은 전통적인 로맨스의 남자 주인공처럼 강하고 자아실현을 한 인물이 아니라, 레이디 부비의 유혹으로 어려운 처지에 놓일 때 자신의 여동생이라고 믿는 파멜라(Pamela)에게 자신의 어려움을 토로하며 쫓겨날 경우에 대비해서 일자리를 부탁하는 등의 유약한 면모를 보이는 인물이다. 조셉은 또한 자신이 레이디 부비의 유혹을 거부할 수 있는 힘의 근원은 정조의 중요성을 가르쳐 준 파멜라 덕분이라고 말함으로써 그가 강인하고 완벽한 성품을 지닌 전통적 로맨스의 주인공과는 매우 다른 사람임을 드러내고 있다.

이는 이 작품의 또 하나의 주인공 아담즈 목사에게도 마찬가지로 적용된다. 그의 이름이 암시하듯이 믿음과 신앙심에 있어 조상 아브라함의 완전한 믿음을 지니고 있으나 그는 분별력에 있어 불완전한 모습을 보인다. 순수한 마음을 가지고 불의를 보면 참지 못하는 아담즈는 때로 상대방의 속마음을 눈치 채지 못하여 어려움에 처하게 되고 올바른 상황판단을 하지 못해 실수를 연발하기도 한다. 그는 현실감각이 부족할 뿐만 아니라 때로는 자기의 철학과 모순되는 행동을 하기도 한다. 한 예로 패니가 납치당했을 때 실의에 빠진 조셉에게 절망하는 것은 모든 것을 선으로 인도하시는 신의 섭리를 받아들이지 않은 불경한 태도라고 꾸짖지만, 막상 자신의 막내아들이 익사하였다는 잘못된 소식을 전해 듣고는 절망하여 이리저리 펄펄 뛰며 어쩔 줄 모르는 약점을 보여 그가 로맨스에 등장하는 완벽한 인간이 아니라 약점을 가지고 있는 보통 인간임을 보여 주고 있다.

『톰 존스』의 주인공도 전형적인 로맨스의 주인공과는 커다란 차이가 있다. 우선 평범한 사람 이름의 대명사라 할 수 있는 '톰'이란 이름은 주인공인 톰이 왕이나 귀족이 아닌 아주 평범한 인물임을 말해 준다. 더구나 톰은 사생아의 신분으로 등장하여 하층계급의 사냥터지기인 블랙 조지와 어울리며 그의 천박하고 세속적인 딸 몰리에게 관심을 지니는 낮은 자존감을 보이기도 한다. 게다가 톰은 본능적 유혹에 쉽사리 빠지거나 술에 취하여 실수를 범하며 분별력과 신중함이 결여된 모습을 보이며 내적인 완벽함을 지닌 로맨스의 주인공과는 큰 차이를 보인다. 그러나 이에 대하여 필딩은 독자들에게 작품의 등장인물이 완벽하게 훌륭하지 못하다고 해서 나쁜 인간이라고 비난하지 말 것을 권고한다.

나의 훌륭한 친구여 우리가 권고하니 어떤 인물이 완벽하게 좋지 않다고 해서 그를 나쁜 사람으로 비난하지 마시오. 당신이 완벽한 인물에 대해 읽기를 원한다면 당신의 취향을 만족시켜 주기 위해 쓰인 책들이 이미 충분히 있소. 그러나 우리가 대화하는 도중 우리는 그러한 사람을 만나지 못하였기 때문에, 우린 그런 사람(완벽한 사람)을 소개하진 않겠소. 사실 난 단 하나의 장점도 없이 순전히 악한 성품만 갖고 있는 괴물이 과연 있을지에 대해 의심하듯이 완벽에 도달할 정도로 훌륭한 사람이 과연 있을지에 대해서도 의구심을 갖고 있소.

we must admonish thee, my worthy Friend(for, perhaps, thy Heart may be better than thy Head), not to condemn a Character as a bad one, because it is not perfectly a good one. If thou dost delight in these Models of Perfection, there are Books enow written to gratify thy Taste; but as we have not, in the Course

of our Conversation, ever happened to meet with any such
Person, we have not chosen to introduce any such here. To say
the Truth, I a little question whether mere Man ever arrived at
this consummate Degree of Excellence, as well as whether there
hath ever existed a Monster bad enough to verify that(*TJ* 526).

필딩이 톰에게 로맨스의 영웅과는 다른 면모를 부여하는 것은 그의 작품이 특별하고 고귀한 신분이 아닌 보통 사람의 이야기를 다루고 있음을 나타내고자 함이며 필딩이 톰에게 로맨스의 주인공이 갖추고 있는 내적 완벽성을 부여하지 않는 것은 현실 세계에서는 그러한 인물은 존재하지 않는다는 그의 사실주의적 세계관을 드러내 보여 주고 있는 것이다. 필딩은 이를 위해 톰을 귀족적인 훌륭한 외모를 지니고 있지만, 전통적 로맨스의 주인공과는 달리 자신이 사랑하는 여인에 대한 변함없는 애정에도 불구하고 다른 여성의 성적 매력에 쉽사리 빠지는 인물로 설정한다. 이러한 필딩의 사실주의적 세계관은 톰이 소피아를 사랑하게 된 후에도 과거의 여인인 몰리와 충동적으로 성적 관계를 맺고, 또한 런던으로 가던 도중 만나게 된 워터즈 부인과 성적 접촉을 하였으며, 런던에서는 자신에게 호의를 베푸는 벨라스턴(Bellaston) 부인의 정부가 되어 소피아와의 사랑에 오점을 남기게 한다. 이처럼 필딩은 근본적으로는 착한 성품을 지닌 톰을 분별력에 있어서 과거의 로맨스의 주인공들처럼 완벽한 인물이 아니라 때로는 실수하기도 하고 유혹에 쉽사리 넘어가는 평범한 인간으로 묘사하고 있는 것이다.

필딩은 톰의 평범한 인간적인 면모를 보여 주기 위해 대단한 식욕을 지닌 톰의 생물학적인 면모를 보여 주기도 한다. 필딩은 정신적인 것은 고귀한 것으로 육체에 관한 것은 가장 나쁜 결점이자 인간 본성의 가장 상스러운 부분으로 생각하는 사람들은 로맨스의 주인공들이 신이 아니라 인간인데도 불구하고 로맨스의 주인공들에게 이러한 육체적 행동을 하는 것을 바라지 않을 것이란 암시를 한다. 그런 후 "그(인간의 육체적 행위)중에서도, 몇 현명한 사람들은 철학적 위엄을 떨어뜨리는 몹시 천하고 상스러운 행위라고 간주하는 먹는 행위는 사실 지상의 훌륭한 군주나 영웅 그리고 철학자들도 하는 행위"(*TJ* 509)라고 언급하며 이 작품의 주인공 톰이 3파운드의 고기를 게걸스럽게 먹어 치우는 장면을 소개한다.

…… 이 당시에 우리의 주인공이 보인 지나칠 정도로 열정을 언급하는 것이 그에게 불명예스러운 것은 아니라고 생각한다. 『오디세이』 가운데 그 먹는 장면을 묘사하는 시에서, 모든 주인공 중에서도 가장 대단한 위를 가진 율리시즈가 그보다 더 잘 먹었는지는 심히 의심스럽다. 이전엔 소의 몸을 구성하고 있던 최소한 3파운드의 육질이 이젠 존스 씨의 일부분이 되는 영광을 누리게 되었다.

…… we think it no Disparagement to our Heroe to mention the immoderate Ardour with which he laid about him at this Season. Indeed it may be doubted, whether Ulysses, who by the Way seems to have had the best Stomach of all the Heroes in that eating Poem of the Odyssey, ever made a better Meal.

Three Pounds at; least of that Flesh which formerly had
contributed to the Composition of an Ox, was now honoured
with becoming Part of the individual Mr. Jones(*TJ* 509).

필딩은 몹시 배고파하는 톰이 자신의 앞에 놓인 음식을 이처럼
빨리 먹어 치우는 장면을 보여 줌으로써 독자들이 생각하는 남자
주인공의 이미지가 손상될지는 모르지만, 전통적으로 인간의 육체적
인 본능에는 거의 관심이 없고, 고귀한 정신만을 중요시하는 로맨스
의 영웅들과는 톰이 다르다는 사실을 이를 통해 보여 주고 있으며,
더 나아가 톰은 가상의 세계에만 존재하는 로맨스의 주인공이 아니
라 우리 주변에서 볼 수 있는 평범한 인물임을 부각시키고 있다.

인물 묘사에 있어서 사실주의적인 기법과 면모의 도입은 톰에만
해당되는 것은 아니다. 필딩은 이 작품의 여주인공 소피아(Sophia)
에게도 사실주의적인 면모를 부여한다. 압튼(Upton)의 여관에서 톰
이 다른 여자와 잠자리를 같이하고 있다는 말을 파트리지에게서 전
해 들은 소피아는 톰에 대한 강한 실망감으로 톰에게 자신이 그곳
에 왔다는 사실을 알리지 않고 런던으로 떠나 버린다. 이는 소피아
가 통찰력을 지니고 상대에 대한 신뢰감을 잃지 않는 그리고 자신
의 감정을 잘 드러내지 않는 순종적인 로맨스의 전형적인 여주인공
과는 다른 질투와 분노를 느끼는 보통 여자임을 보여 주는 것이다.
필딩은 여기서 더 나아가, 소피아가 말에서 내리다가 거꾸로 떨어져
치마가 걷혀 올라가는 장면을 보여 주며 로맨스 여주인공이 지니는
신비감을 소피아에게서 앗아 간다. 즉, 필딩은 소피아의 행동과 모

습에서 완벽함을 상실시킴으로써 그녀가 여신이 아닌 보통 사람으로서의 면모를 지니고 있음을 부각시키고자 한 것이다.

이처럼 등장인물에 보통 사람의 면모를 부여하는 것은 올워디의 경우도 마찬가지다. 그의 이름이 암시하듯이 올워디는 영주민들에게 있어서 절대적인 가치의 기준이 되며 모든 교구의 시시비리를 가리는 재판관과 같은 역할을 한다. 그는 선하고 자비로우며 정의를 몸소 실천하고 잘못된 것은 바로잡으려는 로맨스에 등장함 직한 절대적인 선과 정의를 집행하는 인물처럼 보인다. 그러나 필딩은 올워디의 약점과 결점을 노출시킴으로써 그가 선한 인물이지만 로맨스에 나오는 완벽한 존재는 아니라는 사실을 보여 준다. 올워디는 파트리지가 톰의 아버지일 것이라는 파트리지 아내의 의심을 그대로 수용하여 파트리지를 결국 그 지역에서 추방하여 그를 경제적 궁핍으로 내몰았고, 자신의 조카이자 여동생 브리짓의 아들 블리펠의 계략에 속아 톰을 행실이 올바르지 못한 파렴치한으로 간주해 자신을 진정으로 사랑하고 존경하는 톰을 자신의 저택 파라다이스 홀(Paradise Hall)에서 추방시켰기 때문이다.[7]

이 점에서 처음 등장할 때 만물을 주관하는 기독교적인 신처럼 보이던 올워디는 주변 사람들에게 잘 속고 때로는 근거 없는 의혹에 따라 아무 죄 없는 사람을 벌하는 오류를 범하는 보통 사람임이 드

---

7) 밀러는 올워디가 리어왕(King Lear)과 같은 "로맨스의 기만당한 왕"(the deceived King of romance)의 역할을 하고 있다고 설명하며 올워디가 신처럼 전지전능하지 못한, 오류를 범하기도 하는 보통 사람과 같은 존재임을 나타낸다.

러난다. 이러한 올워디는 필딩이 신과 같이 완벽한 존재가 아니라 보통 사람으로 설정한 인물임을 골드노프(David Goldknopf)는 다음과 같이 진술한다. "톰의 추방은 그[올워디]의 순진함에 기인한 부당 행위다. 그러나 이는 올워디의 첫 번째 잘못이 아니다. 이 성인군자와 같은 사람은 파트리지의 인생도 거의 망쳐 놓았기 때문이다."(265)

등장인물에게 사실성과 박진성을 부여하기 위해 필딩은 그들의 언어와 어투를 도입하고, 문체는 대화체의 방식을 사용하고 있다. 화자의 개입이 없는 작중인물 간의 대화의 도입은 필딩 이전까지의 영국 소설에서는 드문 일이었다. 디포우(D. Defoe)는 작품의 사실성을 강조하기 위해 지도나 지명 등의 객관적인 자료나 자세한 상황을 서술하는 것에는 전념했으나 등장인물 간의 대화를 직접적으로 소개하는 일은 많지 않았다. 스위프트(J. Swift)도 자신의 작품을 화자의 내러티브를 중심으로 전개함으로써 그의 작품에서 독자는 화자의 개입이 없는 대화체의 글을 거의 찾아볼 수 없다. 서신과 일기문체를 사용하였던 필딩의 라이벌 리처드슨(Richardson)의 경우에도 일기문체에서 약간의 대화체를 발견할 수 있을 뿐 본격적인 대화체의 문장을 찾아보기 힘들다.

그러나 원래 드라마 작가로 활동을 시작했던 필딩은 드라마적인 요소를 자신의 소설에서도 도입하게 되는데 필딩은 이러한 방법의 일환으로써 기존 영국 소설의 정적인 분위기에 시원하고 활기찬 대화를 주입하여 인물과 장면을 생동감 있게 표현하고 소설이라는 장르에 생명력을 불어넣으며 작품의 사실성을 높이는 데 지대한 공헌을 한다. 콜리지(S. T. Coleridge)의 '리처드슨의 작품을 읽을 때면

좁은 방안에 갇혀 있는 것 같지만 필딩의 작품을 읽을 때에는 탁 트인 들판으로 나온 느낌'라는 언급은 바로 필딩의 작품과 다른 작품들 간의 이러한 차이를 극명하게 지적한다. 필딩의 이러한 대화체의 글, 특히 일상적인 '생생한 대화'는 희극적 장면과 더불어 재미와 사실감을 더해 주는 효과를 준다. 다음은 노상강도에 의해 부상을 당해 톰이 머물고 있던 어느 여관 주인 부부의 대화인데 여기서 우리는 필딩의 대화체의 글의 진수를 느낄 수 있다.

"여보, 불쌍한 사람이야" 타우와우즈 씨가 말했다. "그래요 나도 불쌍한 사람인지 알고 있어요. 그러나 도대체 이 불쌍한 사람이 우리와 무슨 관계가 있단 말이에요? 법 때문에 우리는 이미 너무나 많은 불쌍한 사람들을 돌보아야 했어요. 우리는 곧 붉은 상의를 입은 30, 40명의 불쌍한 군인들을 돌보아야 해요." 그의 부인이 말하였다. "여보, 이 사람은 가진 것을 모두 강도에게 빼앗겼어." 그녀의 남편이 말하였다. "그러면 그가 지불할 돈은 어디 있죠? 이런 사람은 선술집엔 왜 안 가요? 일어나는 즉시 내가 그 사람을 쫓아 내겠어요." 그녀가 말하였다. "여보, 자비심이 있다면 그러면 안 되지." 그가 말하였다. "흥! 무슨 자비심은." 그녀가 말하였다.

'My dear', said Mr. Tow−wouse, 'this is poor wretch.' 'Yes,' says she, 'I know it is a poor wretch, but what the devil have we to do with poor wretches? The law makes us provide for too many already. We shall have thirty or forty poor wretches in red coats shortly.' 'My dear,' cries Tow−wouse, 'This man hath been robbed of all he hath.' 'Well, then,' said she, 'where's his

money to pay his reckoning? Why doth not such a fellow go to
an ale－house? I shall send him packing as soon as I am up, I
assure you.' 'My dear,' said he, 'common charity won't suffer
you to do that.' 'Common charity, a f－－t!' says she(*JA* 56).

위의 대화는 화자의 개입 없이 등장인물들이 사용하는 그들의 언어에 독자의 관심을 불러일으키며, 동시에 위의 장면이 현실 세계에서 일어난다는 착각을 독자에게 심어 준다. 즉, 독자는 이 부부의 대화를 통해 실제 사건을 목격하는 듯한 인상을 받게 되며, 작품에 사실성을 부여하기 위한 필딩의 노력을 잘 엿볼 수 있다. 그러나 이 대화체의 문장은 단순하게 사실적인 분위기의 확보만을 위한 것은 아니다. 독자는 이들의 대화를 통해 이들이 별반 교육을 받지 못한, 저속한 표현을 자연스럽게 구사하는 인물임을 알 수 있다. 뿐만 아니라 강도에게 부상당한 톰을 불쌍히 여기는 여관 주인 타우와우즈는 비교적 선한 인물이지만, 모든 것을 경제적 논리로 판단하려는 그의 아내는 이해타산적인 생각 이외에 기타 인간의 동정심 같은 것은 쓸모없다고 판단하는 매우 물질 중심적이고 이기적인 냉혹한 인물임을 생생하게 드러낸다. 어윈은 필딩이 대화체의 문장을 그대로 삽입함으로써 호가스(W. Hogarth)처럼 실제 생활의 예를 보여 주고 있으며, 자신의 등장인물의 성격을 생생하고 설득력 있게 제시하고 있다고 그 의미를 다음과 같이 설명한다.

이 모든 대화는 어형변화 비속화된 표현에 있어 실제의 삶과 유사하다. 그리고 이 언어의 사실성이 필딩의 교훈적 목적에 갖는 중요성은 상당한 것이다. 그는 인간의 비열함과 위선의 예를 상당히 설득력 있게 제시하고 있다. 이 비열함과 위선은 당시 널리 퍼져 있어 쉽사리 접할 수 있는 인간의 태도였기 때문이다. 타우와우즈 부인은 아마 홉스적인 이기심의 화신이다. 그것은 그녀가 이기심을 잘 보여주는 스타일로 이루어진 구문과 억양을 사용하고 있기 때문이다.

The whole exchange is true to life in every expletive and inflection; and the importance of this realism of speech to Fielding's didactic purpose is considerable. He is presenting instances of meanness and hypocrisy particularly cogent because they reflect widespread and familiar attitudes. Mrs. Tow－wouse may incarnate a Hobbesian self－interest, but it is because she uses the phrases and cadences of a familiar style of selfishness(78).

어윈은 필딩이 당시 하층민의 사람들이 즐겨 사용하던 어투와 용어를 직접 등장인물들로 하여금 말하게 하여 생동감 있게 분위기를 전달하고, 특히 타우와우즈 부인이 하는 말의 내용은 이기적이고 상업적 득실에 치중하는 인간의 모습, 즉 만인에 대한 만인의 투쟁을 역설하였던 홉스적인 인간을 적나라하게 그려 내는 데 매우 효율적이라고 지적함으로써 필딩의 대화체의 도입이 매우 성공적이었음을 지적하고 있는 것이다. 즉, 어윈의 지적처럼 필딩은 이 부부의 대화를 여관 주인이 사용함 직한 용어를 그대로 도입하여 사용함으로써 당시에 쉽사리 발견할 수 있던 사회의 모습을 그대로 재현하여 독자들의 공감을 불러일으킬 수 있었던 것이다.

타우와우즈 부부의 대화는 당시 만연하였던 홉스적 인간상을 적나라하게 보여 줌과 동시에 각각의 인물의 성품을 여과 없이 생생하게 재현하는 효과를 얻는데, 이러한 효과는 자신의 남편과 육체적 희롱을 벌이려던 하녀인 베티를 호되게 꾸짖는 타우와우즈 부인의 다음의 말에서도 잘 드러난다.

> "당신[타우와우즈] 저주받을 악당 같은 자야. 내[타우와우즈 부인]가 당신 가족을 돌보아 온 보답이 이것이야? 이게 내가 미덕을 지킨 것에 대한 보상이냐? 이것이 당신에게 재산을 가져다주고 더 좋은 결혼 상대자들 대신에 당신을 선택한 사람에게 당신이 할 수 있는 행동이냐? 내 침실을 하녀랑 같이 더럽히다니. 내가 저 계집을 혼내 주겠다. 저 계집의 음란한 눈을 뽑아 버리겠다. 이런 천박한 계집과 놀아나는 저런 경멸스러운 작자가 또 어디 있을까? 만일 저 계집이 나만큼 품위 있는 여자라면 변명의 여지라도 있겠지만, 저 계집은 거지같이 더럽고 뻔뻔스러운 하녀지 않나? 내 집에서 썩 꺼져라 이 화냥년아." 이 말에다 그녀는 또 다른 호칭을 덧붙였다. 그러나 나는 그 호칭으로 내 종이를 더럽히고 싶지 않다. 그것은 B로 시작되는 단음절어로서 그녀가 암캐(she dog)란 단어를 발음하였다면 바로 그것과 동일하다.

> ---O you damn'd Villain, is this the Return to all the Care I have taken of your Family? This the Reward of my Virtue? Is this the manner in which you behave to one who brought you a Fortune, and preferred you to do so many Matches, all your

Betters? To abuse my Bed, with my own Servant: but I'll maul the Slut, I'll tear her nasty Eyes out; was ever such a pitiful Dog, to take up with such a mean Trollop? If she had been a Gentlewoman like myself, it had been some excuse, but a beggarly saucy dirty Servant－maid. Get you out of my House, you Whore.' To which, she added another Name, which we do not care to stain our Paper with,－－and indeed both the Mistress and Maid uttered the above－mentioned B－－, and indeed was the same, as if she had pronounced the Words, She－Dog(*JA* 84－5).

이 장면에서 타우와우즈 부인이 내뱉는 '화냥년', '암캐'(she－dog), '바람둥이 계집'(huzzy), '뻔뻔한 계집'(saucy) 등의 심한 욕설은 타우와우즈 부인의 거칠고 공격적인 성품과 별다른 교육을 받지 못하고 교양 없는 또한 억척스러운 여관 여주인의 모습을 아주 실감 나게 느끼게 한다. 그러나 타우와우즈 부인의 이러한 대사는 이를 우리에게 간접적으로 전달하는 화자의 유머를 통해 더욱 활력을 갖게 된다. 예를 들어 화자는 타우와우즈 부인의 분노 섞인 용어를 '암캐'라는 용어로 대신 표현하며 여기에 상응하는 비속어를 타우와우즈 부인이 사용하였음을 알리며, 그 말이 너무나도 저속해서 자신의 지면을 더럽히고 싶지 않다고 말함으로써 그녀가 사용한 실제 용어가 무엇인지 거의 노골적으로 드러내고 있다. 이는 또한 타우와우즈 부인의 말이 글로 표현하기 민망하다고 말함으로써 이 말이 얼마나 저속하고 반복되기 어려운 말인지를 역설하여 타우와우즈 부인의 상스러움의 정도를 독자에게 알려 주는 역할도 하고 있는 것이다.

즉, 트레이너의 주장처럼 타우와우즈 부인의 활력 있는 어투는 해설자의 장난기 있고 세련된 유머와 대조를 이루면서 더 강조되고 생명력이 넘치고 있는 것이다(Trainor 24).

『톰 존스』에서도 이와 같은 생생한 말과 행동을 보여 주는 드라마적인 장면이 잘 나타나 있다. 다음은 파트리지의 아내(Mrs. Patridge)가 자신의 하녀로 일하던 제니(Jenny)와 남편 파트리지의 관계를 의심하던 차에 식사 도중 일어나는 사건이다.

> 오래지 않아 남편과 아내는 저녁 식탁에 앉았고, 선생은 자신의 하녀에게 다 미히 아리퀴드 포툼이라고 말하였다. 이에 그 불쌍한 처녀는 미소 지었는데, 아마도 그 잘못된 라틴어 표현 때문이었던 것 같다. 그러나 그녀의 안주인이 그녀를 쳐다보자, 그 하녀는 얼굴을 붉혔다. 이는 아마 선생에 대해 웃었다는 의식 때문이었을 것이다. 그러나 파트리지 부인은 이것을 보자마자 분노를 폭발하며 먹고 있던 음식 접시를 이 불쌍한 제니의 머리 위에 던지며 다음과 같이 외쳤다. "너 뻔뻔한 창녀 같은 계집아. 내 면전에서 내 남편과 놀아나고 있어?" 동시에 그녀는 손에 칼을 들고 자리에서 일어났다. 제니가 안주인보다 문에 더 가까이 있다는 유리한 점을 이용하여 달아남으로써 그녀의 분노를 피하지 않았더라면 그 안주인은 아마도 매우 비극적인 복수를 이행했을 것이다. 그녀의 남편에 관해 말하자면 놀라서 꼼짝도 안 했는지 혹은 두려움 때문에 어떤 이의도 제기하지 못했는지는 모르겠지만 그는 의자에 앉아 떨면서 응시하기만 하였다. 그는 아내가 제니를 쫓다 돌아오기 전까지는 움직이지도 말하려고 하지도 않았고 자신의 목숨을 보존하는 데 필요한 몇 가지 조처를 취하였다.

For not long after, the Husband and Wife being at Dinner, the Mater said to his Maid, Da mihi aliquid Potum; upon which the poor Girl smiled. perhaps at the Badness of the Latin, and when her Mistress cast her Eyes on her, blushed, possibly with a Consciousness of Having laughed at her Master. Mrs. Patridge, upon this, immediately fell into a Fury, and discharged the Trencher on which was eating, at the Head of poor Jenny, crying out, "You impudent Whore, do you play Tricks with my Husband before my Face?" and, at the same time Instant, rose from her Chair, with a Knife in her Hand, with which, most probably, she would have executed very tragical Vengeance, had not the Girl taken the Advantage of being nearer the door than her mistress, and avoided her Fury, by running away; for, as to the Husband, whether Surprize had rendered him motionless or Fear (which is full as probable) had restrained him from venturing at any Opposition, he sat staring and trembling in his Chair; nor did he once offer to move or speak, till his Wife returning from the Pursuit of Jenny, made some defensive Measures necessary for his own Preservation(*TJ* 83 − 4).

위의 기술된 저녁 식사 시간에 일어난 사건은 식탁에서 파트리지가 제니에게 라틴어로 말하는 장면, 이 말을 듣고 제니가 웃으며 또 얼굴을 붉히게 되는 모습, 이 모습을 보게 된 파트리지 아내는 즉시로 자신이 먹고 있던 음식이 담긴 쟁반을 제니의 머리 위에 던지며 심한 욕설을 퍼붓는 장면, 동시에 손에 칼을 들고 자기가 앉아 있던 의자에서 일어나는 장면, 이를 피하기 위해 제니가 문을 통해 도망가는 장면 등으로 진행 과정을 차례대로 묘사하고 있어서 그 상황을 연극을 보듯이 직접 목격하는 것처럼 느끼게 한다. 또한 자신의 아내의 폭력적인 행동에 너무 놀라 겁을 먹어 감히 그녀를 저지하려는 행동도 할 수 없이 꼼짝달싹하지 못하고 있는 파트리지가 의자에 앉아 떨면서 바라보고만 있었다는 화자의 말은 불같은 성격의 아내의 폭력으로 인해 공포에 떨고 있는 심약한 남편의 모습을 아주 실감 나게 떠올려 이들의 성격이 얼마나 대조를 이루고 있는지 그리고 이 장면을 통해 이들의 성격이 얼마나 생생하게 독자에게 전달되고 있는지 알 수 있다. 여기에 제니가 웃음을 참지 못한 것은 파트리지가 잘못 발음한 라틴어 때문일 것이라는 화자의 진술은 독자로 하여금 그 사건의 진상을 알 수 있도록 도와줌으로써 더욱 재미와 공감대를 형성하여 준다. 이처럼 필딩은 사건의 발단부터 일이 진행되는 과정을 순서대로 자세히 묘사하며 동시에 대화체를 사용함으로써 독자가 책을 읽는 것이 아니라 마치 연극에서 그 상황을 보며 등장인물의 행동과 말을 직접 경험함으로써 오해로 빚어진 파트리지 아내의 폭력에 대한 긴장과 고난을 당하는 파트리지와 제니에게 연민을 느끼며 독자가 이 작품을 현실에서 벌어지는 실제의 장면으로 받아들이게 하는 효과를 거두고 있다.[8]

　대화체의 문장 이외에 등장인물의 사상과 성품 그리고 교육 수준

---

8) 트레이너는 "필딩이 자신이 제공하는 삽화를 마치 드라마의 한 장면처럼 시각적으로 또한 청각적으로 경험하기를 바란다는 명확한 증거가 있다" 면서 "필딩이 자신의 삽화를 독자들이 읽는 것이 아니라 관람되듯이 종종 이야기한다"고 주장하고 있다(Trainor, 22).

과 신분 등을 잘 보여 주는 화술의 예는 필딩의 작품에는 많이 나타난다. 『톰 존스』의 여주인공 소피아의 점잖고 교양 있는 어투와, 스퀘어가 사용하는 자유사상가들의 논법과 어투, 그리고 스와컴이 톰을 질타할 때 사용하는 근본주의자들이 흔히 쓰는 용어 등에서 이들의 사상과 성품이 잘 드러나 보인다. 그러나 무엇보다도 등장인물의 성품과 교육 수준을 가장 잘 보여 주는 예 중의 하나로 '아너 부인'(Mrs Honour)이 쓴 다음의 편지를 들 수 있다.

> shud sartenly haf kaled hou n a cordin to mi prommiss haddunt itt bin that hur lashipp prevet mee; for too bee sur, Sir, you nose veri wel that evere Persun must luk furst at ome, and sartely such anuther offar mite not ave ever hapend, so as I shud ave bin justly to blam, had I not excepted of it when hur laship wass so veri kind as to offar to mak mee hur one uman without mi ever askin any such thing to bee sur shee is won of thee best ladis in thee Wurld.[9](825)

이 글은 해독이 불가능할 정도로 무슨 내용인지 알 수 없는 마치 장난삼아 쓴 글 같지만 별다른 교육을 받지 못한 아너 부인의 입장에서는 전력을 다해 쓴 글이다. 이 편지에는 그녀의 억센 사투리도 드러나 있지만, 면밀히 살펴보면 그녀가 'certainly'는 'sartenly'로 'accord-ing to'는 'a cordin to'로, 그리고 'to be sure'를 'too bee sur', 'look first'를 'luk furst'로 대부분의 단어를 소리 나는 대로

---

9) 원작의 어감을 살리기 위해 번역문이 아닌 원문을 제공한다.

철자를 구사하고 있는 것을 알 수 있어, 그녀가 정확한 문법과 철자를 거의 모르고 있는 낮은 교육 수준을 가지고 있음을 짐작게 한다. 각 인물의 성품과 기질 그리고 교육 수준을 잘 나타내는 어법은 필딩 작품에 등장하는 대부분의 인물들에게 해당한다. 거친 사투리를 구사하며, 흥분하면 마구 상스러운 말을 쏟아 내는 영주 웨스턴은 당시 흔히 접할 수 있는 교양 없고 안하무인적인 당시의 지방의 토착귀족의 모습과 그의 성급하고 과격한 성격을 생생히 재현하고 있으며, 소리 나는 대로 표기된 세련되지 못한 그의 어투는 무대 위의 배우의 독백을 관객들이 직접 듣는 것 같은 착각을 불러일으킬 정도로 생생하게 다가온다.[10] 또한 한밤중에 톰과 파트리지가 만난 집시들은 표준 영어 발음을 구사하지 못할 뿐만 아니라 정확한 영어 문법을 지키지 못하여 이들 떠돌이 집시들의 무지를 부각시키며 이들이 사회변방에 존재하는 인물들임을 실감 나게 재현하

---

10) 필딩은 『톰 존스』에서 웨스턴의 어투를 다음과 같이 표기하고 있다.
'O Matter enow of all Conscience; my Daughter hath fallen in Love with your Bastard, that's all, but I won't ge her a Hapenny, not the Twentieth Part of Brass Varden. O always thought what would come o'breeding up a Bastard like a Gentleman, and letting un come about to Vok's Houses. It's well vor un I could not get at un, I'd a licked un, I'd a spoil'd his Caterwauling, I'd taught the Son of a Whore to meddle with Meat for his Master. He shan 't ever have a Morsel of Meat of mine, or a Varden to buy it: If she will ha iun, onee Smock shall be her Portion. I'll sooner ge my Estate to the zinking Fund, that it may be sent to Hannover to corrupt our Nation with.'

고 있는 것이다.11)

작품에 사실성을 부여하고자 하는 필딩의 노력은 대화체의 문장 혹은 작중인물의 성품과 성격, 교양 수준을 알려 주는 독백과 대사에 국한되는 것은 아니다. 필딩은 자신이 묘사하는 장면이 실제로 일어난 장면 혹은 실제로 우리 주변에서 일어날 수 있는 장면임을 강조하기 위해서 전통적인 문학에서와는 달리 플롯의 진행상 별 관련이 없는 사소하고 별 중요성이 없는 내용을 상세히 때로는 장황하게 늘어놓는다. 이런 좋은 예가 『톰 존스』에서 소피아가 압튼 (upton)에서 떠나와 머물게 된 여관 주인에 관한 묘사에서 잘 나타나 있다.

이 여관 주인은 이웃 사람들에게 매우 현명하다는 평판이 나 있었다. 그는 목사를 포함하여 이 교구에서 누구보다도 더 멀리 심오하게 볼 수 있다고 여겨졌다. 아마도 그의 얼굴 표정이 이러한 명성을 얻게 해 주는 데 적잖은 공헌을 하였을 것이다. 그의 얼굴 표정에는 놀라울 정도로 현명하고 의미심장한 무엇인가가 있었는데, 특히 거의 입에서 떼지 않는 파이프를 입에 물었을 때 더욱 그러했다. 마찬가지로 그의 행동은 그가 현명하다는 대중의 견해를 촉진하는 데 크게 도움이 되었다. 그는 행동이 부루퉁하지는 않았지만 항상 근엄하였고, 거의 말을 하지는 않았지만 말을 할 때는 느

---

11) 필딩은 『톰 존스』에서 집시들의 어법을 다음과 같이 표기하고 있다.

"About a <u>tousand</u> or two <u>tousand</u> Year ago, me cannot tell to a Year or two,as can <u>neider</u> write nor read, dere was de Lord Gypsy in dose Days; and <u>dese</u> Lord did quarrel <u>vid</u> one <u>anoder</u> about de Place;"

린 말로 말하였다. 그의 말은 짧았지만 그 말도 흠, 하, 아이, 기타 간투사로 여러 번 반복하여 중단되었다. 그래서 고개를 좌우로 혹은 끄덕이거나 손가락으로 가리키거나 하는 설명을 위한 제스처를 하며 말을 하지만, 그는 일반적으로 자신이 표현하는 것 이상을 그의 청중이 이해하도록 두었다.

This Landlord had the Character, among all his Neighbours, of being a very sagacious Fellow. He was thought to see farther and deeper into things than any Man in the Parish, the Parson himself not expected. Perhaps his Look had contributed not a little to procure him this Reputation; for there was in this something wonderfully wise and significant, especially when he had a Pipe in his Mouth; which, indeed, he seldom was without . His Behaviour, likewise, greatly assisted in promoting the Opinion of his Wisdom. In his Deportment he was solemn, if not sullen; and when he spoke, which was seldom, he always delivered himself in a slow Voice; and though his Sentences were short, they were still interrupted with many Hums and Ha's Ay, Ays, and other Expletives: So that though he accompanied his Words with certain explanatory Gestures, such as shaking, or nodding the Head, or pointing with his Forefinger, he generally left Hearers to understand more than he expressed(*TJ* 576).

필딩은 『톰 존스』에서 어떤 중요한 역할도 하지 않는 어느 여관 주인의 묘사를 그가 왜 사람들에게 현인으로 대접받게 되었는지의 방법에 대해 상세히 묘사한다. 필딩의 화자에 따르면 그가 현인대접을 받게 된 이유는 우선 그가 말수가 매우 적고 말하는 도중 도중에도 간투사를 섞으며 또한 여러 가지 몸짓을 자신의 말에 첨가한다는 것이다. 이런 상세한 여관 주인의 묘사는 이 작품의 전개에 있어서 꼭 필요하거나 중요한 역할을 하지 않는다. 즉, 이 작품의 플롯의 진행과는 전혀 무관한 장면인 것이다. 이 점이 바로 기존의 문학과 필딩의 문학의 근본적인 차이다. 기존의 문학에서는 플롯에 관계되는 핵심적인 상황만을 다루고 있는 데 반해 필딩은 그렇지 않기 때문이다. 이러한 차별적인 방법은 플롯과는 무관한 여관 주인에 대한 상세한 묘사가 독자로 하여금 그 여관 주인이 실제 인물인 것처럼 느끼도록 유도한다는 점에서 부각된다. 그가 말하는 가운데 Hum, Ha, Ay, Ays 등의 소리를 내어 말의 이음이 끊어진다거나 말을 할 때 설명을 위한 몸짓을 섞어 하거나, 고개를 젓거나 끄덕이고 손가락으로 지적하는 행동을 하였다는 묘사는 그가 실제로 존재하는 인물이라는 소위 인물의 실존감을 고양시키는 효과를 증대해 주기 때문이다. 이처럼 필딩이 플롯의 진행과 관계없는 상황적인 세부사항에 관심을 보인 것은 그의 소설의 사실성을 높여 주는 데 기여하기 때문이다. 이러한 방법은 단지 『톰 존스』에서만 적용되고 있는 것은 아니다.

　『조셉 앤드류즈』에서도 필딩은 조셉의 미래의 아내이자 여주인공인 패니의 외모에 대해 지나치리만큼 아주 상세한 설명(Circumstantial detail)을 제공한다.

　그녀의 머리털은 암갈색이었고 자연의 여신은 이를 매우 풍부하게 그녀에게 선물하였는데 그녀는 이 머리털을 잘랐고 일요일이면 그녀는 현대적인 유행을 따라 그녀의 목에 머리털을 구부려 늘어내렸다. 그녀의 이마는 높고 그녀의 눈썹은 굴곡이 졌으며 그녀의 눈은 검고 빛이 났으며 그녀의 코는 약간 매부리코였다. 그녀의 입술은 붉고 젖었으며 그녀의 윗입술은, 귀부인들의 표현을 빌리자면, 너무 튀어나왔고 그녀의 이빨은 하얗지만 정확히 고르지는 않았다. 천연두가 그녀의 턱에 유일한 흉터를 남겼는데 그것은 너무나 커서, 그녀의 왼쪽 뺨이 그 옆에 보조개를 만들어 놓아 흉터가 여기에 대조를 이루지 않았더라면 그녀의 흉터는 보조개로 오인받았을지 모른다. 그녀의 안색은 아름다우나 태양빛으로 약간 그을려서 건강미가 넘치고 있었다. 그러나 그녀의 얼굴은 홍조를 띠어 가장 훌륭한 귀부인들도 그녀의 안색을 얻기 위해서라면 자신의 하얀 얼굴을 포기하였을 것이다.

Her(Fanny) Hair was of a Chesnut Brown, and Nature had been extremely lavish to her of it, which she had cut, and on Sundays used to curl down her Neck in the modern Fashion. Her Forehead was high, her Eye－brows arched, and rather full than otherwise. Her Eyes black and sparkling; her Nose, just inclining to the Roman; her Lips red and moist, and her Under－Lip, according to the Opinion of the Ladies, too pouting. Her Teeth was white, but not exactly even. The Small－Pox had left one only Mark on her Chin, which was so large, it might have been mistaken for a Dimple, had not her left Cheek produced one so near a Neighbor to it, that the former served only for a Foil to the latter. Her Complexion was fair, a little injured by the Sun, but overspread with such a Bloom, that the finest Ladies would have exchanged all their White for it(*JA* 152 − 53).[12]

패니의 암갈색의 숱이 많은 머리, 넓은 이마, 둥근 모양의 굵은 눈썹, 번쩍이는 검은 눈동자, 매부리코 모양에 가까운 코, 빨갛고 촉촉한 입술 등의 묘사는 독자가 그녀의 얼굴 모양을 머릿속으로 그릴 수 있을 정도로 자세하며, 이처럼 시각화되어 다가오는 패니의 모습은 독자에게 실제의 인물처럼 다가온다. 더구나 매부리코에 가까운 코, 삐죽 나온 아랫입술, 지나치지 않을 정도의 하얀 이, 그리고 턱에 있는 '천연두의 자국'(Small − Pox) 등의 패니의 단점은 오히려 결점이라고는 찾아볼 수 없는 완벽한 미모를 지닌 로맨스의 여주인공과는 달리, 그녀 얼굴의 결점은 오히려 그녀가 살아 있는 인물처럼 보이는 데 기여를 한다. 뿐만 아니라 '그녀의 안색은 아름다우나 태양빛으로 약간 그을려서 건강미가 넘치고 있었다.'는 설명은 패니가 우유를 짜는 일을 하는 주변에서 만날 수 있는 낮은 신분의 보통 사람이며 가공의 인물이 아닌 실제 사회의 인물임을 다시 한번 강조한다.

이처럼 살아 있는 인물을 창조하고자 하는 필딩의 노력은 다음의 조셉의 가족사에 대한 자세한 묘사에서도 이어진다.

다음에 이어지는 이야기의 주인공인 조셉 앤드류즈 씨는 가파 앤드류즈와 가마 앤드류즈의 외아들이며 현재 그 정조의 미덕으로 유

---

12) 『조셉 앤드류즈』의 텍스트로 이 글은 Henry Fielding, *Joseph Andrews,* ed. Martin C. Battestin(Middleton: Wesleyan UP, 1967)을 사용하였음.

명해진 그 위대한 파멜라의 오빠라고 추정된다. 그의 조상에 대해서 우리는 매우 열심히 조사를 하였지만 별 성공을 거두지는 못하였다. 그의 증조할아버지까지 그의 계보를 추적하였는데, 이 교구의 어느 노인이 자신의 부친이 말씀하신 것을 들었다는 기억에 따르면, 조셉의 증조부는 아주 실력 있는 곤봉 때리기 선수였다고 한다.

Mr. Joseph Andrews, the Hero of our ensuing History, was esteemed to be the only Son of Gaffar and Gammer Andrews, and Brother to the illustrious Pamela, whose Virtue is at present so famous. As to his Ancestors, we have searched with great Diligence, but little Success; being unable to trace them farther than his Great Grandfather, who, as an elderly Person in the Parish remembers to have heard his Father say, was an excellent Cudgel－player(*JA* 20).

『조셉 앤드류즈』의 서두는 주인공의 가족사로 시작되고 있는데 이것은 실제의 인물을 다루는 전기에서 주로 볼 수 있는 방법이다. 필딩은 전기적 방법을 사용하여 조셉이 다른 전기에 나오는 인물과도 같이 실존의 인물임을 보여 주고자 했으며 또한 조셉의 부모와 여동생, 증조할아버지의 행적과 이름, 직업 등을 명기함으로써 조셉은 가공의 인물이 아니라 자신을 낳아 준 선조가 있는 실제 인물이라는 인상을 심어 주고자 한다. 더구나 자신의 신분을 되찾기 전의 조셉은 1세, 2세, 3세 등등의 오랜 족보를 지니고 있는 왕이나 귀족들과는 다른 아무리 열심히 알아보려 해도 고작해야 증조할아버지 정도의 소식만을 그것도 족보가 아닌 구전을 통해서 알게 된 아주 평범한 인물이다. 상당히 높은 집안 출신의 로맨스의 주인공과는 다른 증조할아버지가 곤봉 때리기 선수였다고 소개되는 조셉은 독자들에게는 주변에서 흔히 만날 수 있는 이웃과도 같은 평범한 인물이기에 독자들에게 이 이야기가 자신들이 살고 있는 현실 세계를 다루게 될 거라는 기대감을 준다. 필딩이 이와 같은 기교를 사용하고 있음은 필딩이 자신의 글쓰기를 통해 단순히 아이디어만을 제공하고자 한 것이 아니라 살아 있는 듯한 실제 인물을 창조하고자 노력한 것임을 증명하는 것이기도 하다. 트레이너의 앞서의 지적처럼 필딩이 작중인물의 말을 독자가 직접 전해 듣는 인상을 받기 바란 이유도 등장인물에 살아 있는 인물의 생명력을 불어넣고자 하는 필딩의 염원 때문이었다.13)

사실주의를 지향하는 필딩은 인간의 사실적인 모습을 보여 주기 위한 또 다른 방편으로서 코미디라는 장르를 도입한다. 코미디는 왕이나 귀족 등과 같이 제한된 높은 신분이 아닌 상류층뿐 아니라 중산층과 하층민 모두를 포함하고 폭넓은 인간의 세계를 다루고 있다. 그래서 필딩의 작품에는 영주, 귀족부인, 목사, 회계사, 의사, 변호사, 여관 주인, 하인, 마부 등 다양한 계층의 인물들이 등장한다. 장단점을 지니고 있는 평범한 보통 사람들인 이들의 일상적인 모습을 다루며 인간과 사회의 불완전한 면을 들추어냄으로써 웃음을 자아내는 이러한 코미디 장르는 즉, 불완전한 인간의 모습을 그대로 들

---

13) 트레이너는 『톰 존스』를 분석하면서 필딩이 자신이 기술하는 많은 에피소드를 독자가 듣기를 바랐다고 지적하면서 그가 영주 웨스턴의 말처럼 등장인물의 말대로 표기한 이유를 설명하였다(22).

추어 보여 준다는 점에서 사실주의와 그 맥을 같이한다. 필딩이 코미디적 요소를 작품에 통합한 것은 바로 이 때문이다. 코미디와 사실주의와의 이러한 관계를 필딩이 의식하고 있었음은 그가 쓴 『조셉 앤드류즈』의 서문에서 잘 나타나 있다.

　우리가 현명한 독자에게 전달할 수 있는 즐거움의 원천인 사실의 정확한 묘사에 우리는 엄격하여야 한다. 희극 작가가 어느 누구보다도 진실에서 벗어나면 안 되는 한 가지 이유가 있다. 심각한 글을 쓰는 작가가 놀랍고 대단한 사건을 접한다는 것이 항상 쉬운 것은 아니지만, 통찰력 있는 관찰자에게는 주위의 삶은 항상 웃음거리를 제공해 주기 때문이다.

　we should ever confine ourselves strictly to Nature from the just Imitation of which, will flow all the Pleasure we can this way convey to a sensible Reader. And perhaps, there is one Reason, why a Comic writer should of all others be the least excused for deviating from Nature, since it may not be always so easy for a serious Poet to meet with the Great and the Admirable but Life every where furnishes an accurate Observer with the Ridiculous(*JA* 4－5).

　필딩은 독자에게 즐거움을 주는 희극 작가는 있는 그대로 정확히 묘사만 하면 된다고 말한다. 희극 작가는 웃음을 자아내기 위하여 지나치게 과장하거나 왜곡할 필요가 없는 것이다. 그것은 놀랍고 굉장한 일을 만들어 내느라 수고를 해야만 하는 로맨스 작가와는 달리 희극 작가는 우리 주변의 삶을 자세히 관찰만 한다면 그곳에는 웃음거리가 즐비하기 때문이다. 즉, 필딩에게 있어서 희극은 웃음을 유발하기 위해 이야기를 꾸며 내거나 사실을 왜곡하는 것이 아니라 사실을 있는 그대로 묘사함으로써 가능한 것이다. 따라서 그가 자신의 작품에 다양한 계층 사람들의 있는 그대로의 이야기를 다루는 희극적 요소를 가미하는 것은 그의 사실주의적인 문학의 추구의 한 방편인 것이다.

지금까지 살펴본 바와 같이 필딩은 다양한 방법을 시도하며 자신의 작품의 사실성을 보여 주고자 한다. 그러나 필딩이 추구하는 훌륭한 작품은 이러한 사실성 이외에도 놀라운 일을 다루는 것이었다. 그래서 필딩은 자신의 작품 속에서 개연성과 가능성이란 캔버스 위에 작가의 상상력의 붓으로 놀라운 일들을 그리고자 하며, 독자들에게 놀랍고 신기한 일들을 보여 주기 위해 필딩은 자신이 항상 동경했던 서사시의 위엄과 로맨스의 이상적 세계를 끌어들이고자 한다. 다시 말해 필딩은 로맨스와 서사시의 장르를 자신의 작품에 도입하게 되는 것이다. 따라서 다음 장에서는 필딩이 로맨스와 서사시의 장르를 어떠한 방식으로 자신의 작품에 반영하고 있는지 살펴보고자 한다.

II. 서사시적 로맨스와 기독교적 세계관

필딩이 자신의 글을 '희극적 로맨스'(Comic-Romance) 또는 '산문으로 된 희극적 서사시'(Comic Epic-Poem in Prose)라고 정의 내린 데서도 짐작할 수 있듯이 그가 추구하던 것은 단순히 사실주의 문학의 구현만이 아니었다. 그는 가능성과 개연성을 바탕으로 자신의 상상력을 펼쳐 놀라운 일과 자신이 바라는 세상의 모습을 그리고자 하였다. 즉, 독자들에게 놀랍고도 신기한 일들을 설득력 있게 보여 주기 위해 필딩은 사실주의를 기초로 하여 과거의 문학 장르인 서사시와 로맨스의 세계를 끌어들이고자 하였던 것이다.

필딩이 자신을 '새로운 글쓰기'의 창시자라고 주장하면서 동시에 자신의 글쓰기에 대해 과거의 글쓰기 장르인 서사시와 로맨스에 기대어 언급하는 것은 모순처럼 보일지도 모른다. 하지만 이는 역설적으로 그의 새로운 글쓰기는 당대의 시대정신인 사실주의 세계관과 전통문학 장르인 로맨스와 서사시의 결합임을 선포함으로써 그가

과거의 문학 장르를 새롭게 바꾸어 새로운 글쓰기를 시도한 것으로
이해할 수 있을 것이다, 이는 또한 필딩의 새로운 글쓰기는 기존의
문학이나 당대 문학의 전통과 완전히 유리된 것은 아니며 오히려
당대의 어느 작가보다도 고전문학전통의 가치에 대해 인정하며 고
전문학의 전통을 계승하고 있음을 역설하고 있는 것이다.

따라서 이 장에서는 필딩의 작품이 어떠한 문학적 전통을 수용하
고 있는가, 즉 고전문학의 전통이라 할 수 있는 서사시와 로맨스
장르의 어떠한 특성을 이용하고 그것을 계승하고 있는지 그리고 기
존의 로맨스나 서사시의 구조, 주제, 문체가 어떻게 그의 새로운 글
쓰기에 편입되어 이용되는지 점검할 것이다. 이는 나아가 필딩이 자
신의 작품에 전통성을 부여하고자 한 의도와 그것과 그의 기독교적
인 세계관이 어떻게 연결되어 나타나는지에 대해 알아보는 성과를
얻게 될 것이다.

로맨스는 궁정 및 기사도 시대의 고도로 발달된 풍습과 예절을
묘사하며 환상적인 모험이나 기사의 사랑을 그 주제로 하며 평범하
지 않은 존재나 귀족의 이야기를 다루고 있는 이야기다. 서사시도
실제의 이야기가 아닌 공상적이거나 과장이 섞인 '고매한 이상주
의'(high idealism)를 다루고 있다는 면에서는 로맨스와 공통점을 가
지고 있다. 그러나 두 장르 간의 차이는 서사시에 나오는 영웅은
민족이나 국가나 주군을 위해 싸우지만, 로맨스에 나오는 기사는 자
신의 개인적인 또는 종교적인 이유로 인하여 적과 대항하여 싸운다
는 점이다. 또한 서사시에서는 여성에게 중요한 역할을 부여하지 않
지만, 로맨스에서 여성은 궁정식 사랑의 중심 역할을 점하고 있으며

기독교 신앙인 성모 숭배 사상과 여성의 옹호와 찬양에 이르기까지 비중 있는 역할을 담당하고 있다(조신권 275 – 76).

이러한 차이에도 불구하고 르네상스 시대의 많은 비평가들은 이 둘 사이의 근본적인 공통점을 지적하고 있다. 그들은 로맨스와 서사시 사이에 절대적인 차이가 있지는 않으며, 호메로스나 베르길리우스의 문학을 추종하던 로맨스 작가들은 서사시와 같은 '전통적인 고상한 서술방식'(high narrative tradition)을 사용하였음을 주장함으로써 로맨스 작가가 서사시의 기법을 즐겨 사용하여 이들 간에는 사소한 차이는 존재하지만 근원적인 면에서는 동일하다고 지적하고 있는 것이다. 현대 고전학자들도 "고전 드라마와 현대의 드라마가 그렇듯이 로맨스와 서사시는 근본적으로는 같은 장르다"고 주장하여[14] 이 두 장르 간의 유사성을 지적하고 있는데, 톤버리(Thornbury)도 "당시에는 서사시와 로맨스 사이의 경계선도 분명하지 않았으며 후기의 로맨스 작가들은 서사시를 구성하는 원칙을 그들의 로맨스에 적용하기도 하여, 서사시의 요소를 다분히 지니고 있는 산문으로 쓰였던 로맨스로 인하여 서사시도 산문으로 쓸 수 있다는 생각에 더 이상 거부감을 갖지 않게 되었다"고 주장한다.[15] 필딩도 『조셉

---

14) "Romance and epic are basically the same genre, as much so as ancient and modern drama."(Miller, 8)

15) Thornbury, Henry Fielding's Theory of the Comic Prose Epic, 106. "Sidney's ultimate intention, in the "New" Arcadia, would seem to have been to write a "comic prose – epic"(a fortunately concluding romance) in the mode of Heliodorus, and to interweave the themes and motifs of pastoral romance, with its mixed verse and prose, as

앤드류즈』의 서문에서 자신의 글쓰기를 '희극적 로맨스'또는 '산문으로 된 희극적 서사시'라고 정의한 것으로 보아 로맨스와 서사시의 차이성보다는 유사성에 더 관심을 가진 것 같다.

여기서 주목할 점은 필딩이 관심을 표명한 서사시적인 로맨스가 무엇이냐는 것이다. 이를 위해 우선 로맨스의 종류와 시대에 따른 변형을 살펴보는 것이 중요할 것이다. 영국 문학은 초서(G. Chaucer)에서 말로리(Malory)에 이르기까지 프랑스 로맨스의 많은 영향을 받은 것으로 보인다. 그러나 16세기 영문학에 가장 영향을 많이 준 로맨스는 스페인이나 이탈리아에서 유행한 소위 '반도 로맨스'(Peninsular Romances)로서 이 종류의 로맨스는 기사도 문학으로 변화해가기까지 거의 1세기 정도 군림하고 있었다. 그러나 16세기에 이탈리아 로맨스인 『아마디스』(*Amadis of Gaul*)를 계승한 프랑스의 '영웅 로맨스'(Heroic Romance)는 '살롱 로맨스'(Salon Romance)[16]라고 불리기도 하는데, 전형적 살롱 로맨스에서는 과거의 전통적인 로맨스와는 다르게, 전투장면이나 사건들을 다루면서도 여성들의 사회적, 심리적 관심사와 도덕적 행동과 사교계의 관례들에 대한 세세한 묘사, 내적인 심리적 상태, 궤변적인 사랑(casuistry of love) 등이 큰 비중을 차지하고 있었다.

---

a rich frame for his complex fictive analysis of the competing loyalties of love and chivalric codes and demands of state."
16) 필딩은 이를 과거 로맨스의 전통을 파괴시킨 프랑스의 로맨스라는 의미로 "무슈 로맨스"(Monsieur Romance)라고 『톰 존스』(13권 1장)에서 지칭하였다.

이러한 살롱 로맨스는 18세기 초에 영국에서 성적이며 감성적 사랑을 호소하는(erotic-pathetic) 통속적인 소설로 변형되기도 하였으며 탐욕적인 남성 귀족에 의해 위협받는 수동적이며 성적으로 냉담한 여성상을 만들어 내었고 중산층 여성들을 새로운 독자층으로 하여 중산층 여성들의 욕구를 만족시켜 주는 적절한 전형을 보여 주기도 했다. 그러나 필딩은 과거 로맨스의 전통에서 이탈한 살롱 로맨스 혹은 영웅 로맨스를 거부하며 자신의 로맨스는 '영웅 로맨스'와는 달리 과거의 로맨스의 전통을 이은 풍부한 모티브(motif)와 인물, 사건, 주제 그리고 구조와 형태를 복합적으로 담고 있는 작품이라고 주장한다(Miller 9). 즉, 리처드슨의 로맨스를 여성적인 '살롱 로맨스'라고 한다면 필딩의 로맨스는 남성적인 '기사도 로맨스'라 할 수 있는 것이다.

사무엘 리처드슨이 특별히 중산층의 여성 독자들을 위해서 프랑스의 살롱 로맨스를 새로운 관점으로 해석하였듯이, 필딩은 『파멜라』라는 소설의 새로운 사실을 접하고는 그 대안적인 전통을 포함하여 근본적으로 과거 로맨스의 전통의 총합인 남성적인 기사도적 로맨스를 코믹 문학 관점으로 해석하였다.

As Samuel Richardson 'translated' into new terms for a specifically middleclass female audience the French salon romance, Henry Fielding, confronted by the novel fact of Pamela, close an alternative tradition and 'translated' into comic terms the masculine chivalric romance, which was in essence a summation of the older romance tradition(Miller, 11).

리처드슨이 추구하고 구현하였던 로맨스는 프랑스의 여성화된 로맨스로 새로운 형태의 장르이지만, 필딩이 추구하는 로맨스는 거의 2000년간 지속되어 왔던 전통적인 남성적 로맨스다. 필딩이 자신의 글쓰기를 '희극적 로맨스' 라고 지칭할 때 염두에 둔 것은 바로 이러한 전통적인 남성적 로맨스인데, 필딩이 이처럼 전통적 로맨스 양식을 고집하는 것은 오랫동안 로맨스 안에 유지되어 온 근본적인 우주관과 형이상학적이며 사회적인 인식을 전적으로 받아들였기 때문이다(Miller 20). 그러면 『아마디스』와 『아이네아스의 모험』 등의 전통적 로맨스와 서사시를 함께 살펴보며 필딩의 작품 『조셉 앤드 류즈』와 『톰 존스』에서 작품의 구조, 주제, 인물 등을 통하여 서사적 로맨스의 특성, 특히 서술방식(narrative)과 전통적 로맨스의 구조와 모티브가 어떻게 반영되고 있는지 살펴보기로 하겠다.

전통적인 로맨스는 주인공의 출생과 어린 시절, 교육, 주인공이 집을 떠나게 되는 과정 그리고 이를 기점으로 시작되는 주인공이 겪는 여러 가지 시련들에 대한 이야기들로 구성된 소위 '역사적인 전기적 형식'(historical−biographical pattern)을 사용한다. 로맨스의 주인공은 자신의 명예나 사랑을 위해 고향을 떠나거나 또는 떠나 있던 고향을 향해 가는데, 이는 궁극적으로 주인공이 성숙함을 추구하는 과정이며, 이러한 시련 속에서 주인공은 마침내 깨달음을 얻고 자신의 진정한 정체성을 발견함과 동시에 자신이 추구하던 바를 이루고 귀향하게 된다. 이러한 로맨스 구조는 다양한 로맨스 모티브를 동반하며 이루어지고 있다.

전통적 서사적 로맨스인 『아마디스』에서 찾아볼 수 있는 대표적인 모티브가 '출생의 비밀'에 관한 모티브다. 이 작품에서 가울(Gaule)의 왕 페리온(Perion)은 브리타니(Brittany)의 방문 도중 이 나라의 공주 엘리즈나(Elisena)와 사랑하게 되어 결혼을 기약한다. 그러나 페리온이 브리타니를 떠난 후 엘리즈나는 그의 아들 아마디스(Amadis)를 낳고 이를 자신의 부친에게 들킬까 봐 그녀는 아기의 신원을 알리는 글과 페리온이 주고 간 정표인 반지를 아기와 함께 상자에 넣어 강물에 떠내려 보낸다. 바다로 떠내려 오던 아기는 칼레도니안(Caledonian)의 기사 간달레스(Gandales)에 의해 구조되어 그의 나라로 가게 된다. 이로써 주인공 아마디스는 탄생의 비밀을 간직한 채 자신의 신분을 잃고 살아가게 되는 것이다.

필딩의 두 대표작에도 로맨스의 단골 메뉴인 출생의 비밀의 모티브가 반복된다. 특히 "업둥이 톰 존스 이야기"라는 제목이 이미 암시하듯이 이 작품의 주인공 톰은 올워디(Allworthy)의 여동생인 브리짓(Bridget)과 올워디의 친구 아들인 섬머스(Summers) 사이에 태어난 아들이지만 이들이 정식으로 결혼한 사이가 아니라 은밀한 연인관계였던 이유로 브리짓은 톰을 타인이 버려 주워 온 아이인 양 가장하여 키우고, 『조셉 앤드류즈』의 주인공 조셉은 유아시절 집에 찾아온 집시들에 의해 납치당하여 파멜라의 부친인 앤드류즈(Andrews)의 집에 버려져 파멜라의 언니인 패니와 뒤바뀌어 앤드류즈의 아들로서 살아간다. 이처럼 이 3작품 모두에는 '버려진 아이' 또는 '뒤바뀐 아이'의 로맨스 모티브가 등장하는데 이것은 자신의 의사와는 상관없이 부모를 떠나게 됨으로써 겪어야 할 많은 고난과 어려움을 전조하는 것이며, 따라서 이러한 모티브는 전통적 로맨스의 구조를 이루는 주인공이 겪게 될 모험을 예고하는 것이기도 하다.

자신의 신분을 잃은 채 살아가는 로맨스의 주인공은 항상 사랑하는 연인이 생기게 마련이다. 이들의 사랑은 도움을 주는 상황에서 커 간다. 『아이네아스의 모험』의 주인공 아이네아스는 폭풍우에 밀려 배가 아프리카 해안에 도착한 이후에 이곳에서 그에게 도움을 준 카르타고의 여왕 디도(Dido)와 연인관계가 되고, 『아마디스』에서 아마디스는 마법사 아칼라우스(Arcalaus)의 인질이 된 오리아나(Oriana)를 구해 주어 그녀와 연인관계가 된다. 『톰 존스』에서도 정도는 약하지만 이와 비슷한 상황이 벌어진다. 톰이 말을 타다가 떨어질 뻔한 영주 웨스턴(Western)의 딸 소피아(Sophia)를 구하다가 팔이 부러지자, 소피아는 자신 때문에 이러한 부상을 입은 톰에 대해 다음과 같은 마음을 갖게 된다.

그녀는 전에 두려움으로 인해 창백해진 것보다 이제 훨씬 더 창백해졌다. 그녀의 모든 수족은 떨리기 시작하여 톰은 그녀를 거의 지탱할 수가 없었다. 그녀의 마음도 역시 떨고 있었기 때문에, 그녀는 존스를 애정 어린 표정으로 쳐다보지 않을 수 없었다. 그 표정은 감사하는 마음과 동정하는 마음이 합쳐져, 제 삼의 더 강력한 열정의 도움 없이, 여성의 마음속에 불러일으킬 수 있는 것보다 더 강한 감정을 나타낸다.

She now grew much paler than her Fears for herself had made

her before. All her Limbs were seized with a Trembling, insomuch that Jones could scarce support her; and as her Thoughts were in no less Agitation, she could not refrain from giving Jones a Look so full of Tenderness, that it almost argued a stronger Sensation in her Mind, than even Gratitude and Pity unified can raise in the gentlest female Bosom, without the Assistance of a third more powerful Passion(*TJ* 201).

필딩은 여기서 제3의 강력한 열정이라는 용어로 소피아가 톰에 대한 사랑에 빠져 있음을 암시한다. 또한 사랑하는 사람의 안위가 걱정되어서 자신이 하마터면 당했을지 모르는 부상에 대해서는 까맣게 잊는 소피아의 모습에서 그녀가 톰을 사랑하고 있다는 사실이 거의 명백하게 드러난다.

서사시적 로맨스에 있어서 남녀 주인공의 사랑은 항상 커다란 시련을 겪게 된다. 이 연인들은 서로의 사랑을 확인하고 사랑의 기쁨을 채 나누기도 전에 이들을 역경에 빠뜨리는 악인 혹은 나쁜 조언자가 항상 등장하여 이들의 사랑을 가로막는데, 이런 방해자의 역할은 종종 주인공들의 부모나 주인공들의 연적이며 라이벌이 맡고 있다.

『아마디스』에서는 마법사 아칼라우스가 아마디스와 그의 연인 오리아나의 사이를 갈라놓으려는 연적으로 등장하고, 오리아나의 아버지 리주아트는 이간질시키는 나쁜 조언자들 때문에 자신의 딸의 연인인 아마디스와 전투를 벌이게 된다. 리주아트는 또한 자신의 딸 오리아나가 아마디스를 사랑하는 줄 알면서도 그녀를 정략적인 이유로 로마의 왕과 결혼시키려 하여 아마디스와 오리아나의 사랑을 가로막는 주요 요인이 된다. 필딩의 소설에서도 두 연인의 애틋한 사랑과 사랑의 결실을 방해하는 세력이 등장한다. 『톰 존스』에서 주인공 톰과 소피아의 사랑의 방해자는 소피아의 아버지인 웨스턴의 재산을 목적으로 소피아와 결혼을 하려는 올워디의 조카이자 톰의 이복동생(sibling) 블리필이 전형적인 그러한 인물이다. 그는 자신의 라이벌 톰의 잘못을 은근히 고해 바치기도 하고, 때로는 진실을 알면서도 톰의 행위를 오해받을 방식으로 교묘하게 전달하여 올워디와 다른 사람들에게 톰을 모함한다. 결국 톰을 모함하여 올워디의 저택 파라다이스 홀에서 쫓아내어 톰과 소피아를 갈라놓고 소피아를 차지하려는 라이벌 형제인 블리필은 전통적 로맨스에서 종종 찾아볼 수 있는 모티브인 것이다.

톰과 소피아의 사랑을 가로막는 또 다른 장애물은 소피아의 아버지 영주 웨스턴과 그의 누이동생인 웨스턴 부인이다. 웨스턴과 웨스턴 부인은 사생아이며 지닌 재산이라고는 아무것도 없는 톰과 소피아의 사랑을 완강히 반대하며 이들을 필사적으로 갈라놓으려 한다. 그리고는 올워디의 상속자인 블리필과 소피아를 강제로 혼인시키려 한다. 아버지의 이런 강력한 반대에 부딪친 소피아는 톰과의 사랑이 이루어지기 힘들다는 것을 깨닫고는 여러 차례 자신의 생명을 구해 주었던 톰에게 '왜 자기를 구해 주었냐며 차라리 자신이 죽었었다면 톰과 자신은 더 행복했을 것이다.'(*TJ* 298)며 슬퍼한다. 이러한 소피아의 한탄은 셰익스피어(Shakespeare)의 『로미오와 줄리엣』에서 집안 사이의 원한 관계로 사랑하는 연인 로미오와의 사랑을 이루지 못하는 줄리엣(Juliet)의 한탄을 연상시켜 연인 사이의 가장 큰 방해물이 가족과 친척으로 등장하는 로맨스의 요소를 필딩이 이 작품에서 구현하고 있음을 보여 준다.

이는 『조셉 앤드류즈』에서도 마찬가지다. 이 작품에서 서로 사랑하는 주인공 조셉과 패니의 결합을 방해하는 세력은 조셉을 유혹하려다 실패하자 패니와 조셉을 억지로 갈라놓으려는 레이디 부비이다. 그녀는 조셉이 패니와 결혼하려 하자 그들을 자신의 영지에서 추방하려 하며, 자신의 친척인 보 다이대퍼(Beau Didapper)를 이용해 패니에게 성폭행을 가하려고 한다. 그러나 레이디 부비보다도 더 강력히 조셉과 패니의 결합을 방해하려는 세력은 조셉이 친누이로 알고 있는 파멜라(Pamela)와 그녀의 남편 부비(Booby)다. 다음은 레이디 부비의 하인 신분인 패니와 결혼하려는 조셉에게 미스터 부비가 하지 말라고 충고를 하자 이에 반발하는 조셉에게 파멜라가 부비의 충고를 받아들이라고 말하는 장면이다.

> "오빠" 파멜라가 말했다. "부비 씨가 오빠에게 친구로서 충고했어요. 아버지 어머니도 물론 부비 씨의 견해와 같고 부비 씨가 우리에게 베푼 것을 오빠가 망쳐 버리고 부비 씨가 우리 집안을 일으켜 주었는데, 오빠가 이를 다시 무너뜨리는 것에 대해 아버지 어머니도 화를 내실 거예요. 그런 열정에 빠지기보다는 이를 물리치도록 신의 은총을 기도하는 것이 더 나을 거예요."

> "Brother", said Pamela, "Mr. Booby advises you as a Friend: and, no doubt, my Papa and mamma will be of his opinion, and will have great reason to be angry with you for destroying what

his goodness hath done, and throwing down our Family again, after he hath raised it. It would become you better, Brother, to pray for the Assistance of Grace against such a Passion, than to indulge it."(*JA* 302)

위의 장면은 리처드슨의 작품 『파멜라』에 나오는 여주인공 파멜라가 조셉의 누이로(후에 누이가 아님이 밝혀지지만) 등장하여, 자신도 하녀 신분으로 미스터 부비와 결혼하여 신분 상승을 이루었음에도 불구하고, 오빠 조셉이 하녀의 신분인 패니와 결혼하는 데에 반대의 목소리를 높인다는 점에서 아이러니하며 동시에 파멜라의 위선이 선명하게 보이는 장면이다. 필딩은 파멜라가 자신의 정조를 거래하여 신분 상승을 하였다는 주장을 이 장면을 통해서 독자에게 다시 한번 피력하지만 어쨌든 이 장면은 사랑하는 연인과의 결합을 반대하는 세력은 가족일 수 있다는 전형적 로맨스의 모티브를 선보이는 것이다.

이렇듯 주변의 반대와 방해에도 불구하고 그들의 사랑은 변함없이 이어지지만 로맨스의 주인공은 대체적으로 사랑하는 사람과의 이별을 경험하게 된다. 아마디스는 사랑하는 오리아나가 자신이 보낸 전령의 말을 오해하여 그녀의 미움을 받게 되자, 자포자기한 채 창도 방패도 투구도 없이 길을 떠나게 된다. 『아이네아스의 모험』의 주인공 아이네아스(Aeneas)도 그리스군과의 전투에 패배한 이후에 고향을 떠나 카르타고 해안에 도착하여 디도(Dido)와 사랑을 하게 되나, 제우스신의 뜻에 따라 디도와 헤어져 이탈리아로 향하게 된다.

이러한 이별과 모티브는 필딩의 작품에서도 역시 발견된다. 블리필의 계략으로 인해 올워디의 저택 파라다이스 홀에서 추방되고 소피아와 가슴 아픈 이별을 하는 톰은 전형적 로맨스 주인공의 패턴을 밟고 있으며, 조셉은 자신의 여주인 레이디 부비를 따라 런던으로 가게 되어 연인 패니(Fanny)와 어쩔 수 없이 헤어지게 된다. 다음은 고전 서사적 로맨스인 『아마디스』와 필딩의 두 주요 작품인 『톰 존스』와 『조셉 앤드류즈』에 나오는 연인 사이의 이별 장면을 발췌해 보았다. (A)는 아마디스가 자신을 오해하여 냉대하는 사랑하는 연인 오리아나와 이별을 하면서 오리아나에 대한 원망과 이룰 수 없는 그녀와의 사랑에 대한 슬픔과 고통을 표현하고 있는 노래이고 (B)는 톰이 올워디의 저택에서 쫓겨나면서 소피아와의 이별에 대한 고통과 슬픔을 소피아에게 전하는 편지의 일부이며, (C)는 조셉이 런던으로 떠날 때의 조셉과 패니의 이별 장면이다.

(A) 오히려 친절한 죽음으로 나의 처참함은 끝이 날 것이고 이 고통에서 난 풀려날 것이다. 사랑과 그 오만함으로 나는 물론이고 내가 영광을 위해 수행한 모든 것들을 죽여 버린 그 무정한 여인의 사랑과 무정함은 저승에서는 기억되지 않을 것이다.

With kindly death my wretchedness shall cease,
And from my torments shall I find release.
Love will be unremembered in the shade,
The deep unkindness of a cruel maid,
Who in her pride hath slain not me alone,

But all the deeds for glory I have done!

(B) 아, 나의 소피아. 그대를 떠나기는 어렵지만 당신이 날 잊어버려 달라고 요청하기는 더더욱 어렵소. 그러나 진실한 사랑이라면 그 둘을 다 해야겠지. 나를 기억하는 것이 당신의 마음에 평정을 깨는 것이라고 생각한다면 나를 용서해 주시오. 그러나 내가 그처럼 영광스럽게 비참해진다 해도 당신에게 평안을 줄 수 있다면 나를 버리시오. 그리고 내가 당신을 사랑하지 않았다고 생각하시오. 혹은 내가 당신의 사랑을 받을 자격이 없다고 생각해 주시오. 아무리 심한 벌을 받아도 모자란 나의 이 무례함을 꾸짖어 주시오. 수호천사가 당신을 영원히 보호해 주길 기원하오.

O my Sophia! it is hard to leave you; it is harder still desire you to forget me; yet the sincerest Love obliges me to both. Pardon my conceiving that any Remembrance of me can give you Disquiet; but if I am so gloriously wretched, sacrifice me every Way to your Relief. Think I never loved you; or think truly how little I deserve you; and learn to scorn me for a Presumption which can never be too severely punished.--I am unable to say more--May Guardian Angel protect you for ever(*TJ* 313).

(C) 이 두 연인의 이별보다도 더 사랑이 느껴지는 것은 없다. 조셉은 수많은 한숨을 쉬었고, 한없는 눈물이 패니의 사랑스러운 눈에서 흘러내렸다. 그녀는 수줍어서 그의 열렬한 입맞춤 정도만을 허용하였지만, 그녀의 격정적인 사랑은 그녀로 하여금 그의 포옹에 단지 수동적이게만 하지는 않았다. 그녀는 종종 살짝 그를 자신의

가슴에 끌어당겼다. 비록 벌레 하나라도 눌러 죽이지 못하게 살짝 당겼지만 콘웰 사람들의 강력한 포옹보다도 조셉의 가슴에 많은 열정을 불러일으켰다.

Nothing can be imagined more tender than was the parting between these two Lovers. A thousand Sighs heaved the bosom of Joseph; a thousand tears distilled from the lovely Eyes of Fanny(for that was her Name) tho'her Modesty would only suffer her to admit his eager Kisses, her violent Love made her more than passive in his Embraces; and she often pulled him to her Breast with a soft Pressure, which, tho' perhaps it would not have squeezed an Insect to death, caused more Emotion in the Heart of Joseph, than the closest Cornish Hug could have done(*JA* 49).

위의 내용들은 읽는 독자로 하여금 전통적인 로맨스에 등장하는 연인들이 사용하는 언어를 통해서 그들이 느끼는 사랑과 이별의 고통 등을 절실히 감지할 수 있게 한다. 우선 아마디스의 독백이 담긴 (A)에서 아마디스는 오리아나의 냉대가 '죽음'(death)보다 더 못 견딜 만큼 '처참하고'(wretched−ness) '고통스럽게'(torments) 느껴져 더 이상 살고 싶지 않다고 말하며, 여태까지 자신이 이룬 많은 영광된 일들도 중요치 않게 느끼게 되었다고 진술한다. 연인의 외면에 느끼는 괴로운 심정을 전통적 로맨스에서 사용하는 용어로 구구절절이 표현함으로써 작가는 아마디스가 오리아나와의 이별이 너무도 힘들고 괴롭다는 사실을 잘 나타내고 있다.

(B)에서도 역시 전통적인 로맨스에서 나타나는 연인 간의 가슴 아픈 이별 상황이 전형적인 용어를 통해 재현되고 있다. 우선 사랑하는 소피아와 헤어져야 하는 톰이 소피아에게 보낸 편지에서 "떠나기 너무 힘드오"(hard to leave), "잊으시오"(forget), "버리시오"(sacrifice), "나는 자격이 없소"(how little I deserve you)라는 등의 말들은 이 편지를 쓰는 톰의 소피아와의 이별의 고통이 얼마나 큰 것인지 나타내고 있다. 또한 소피아가 마음 편히 지낼 수만 있다면 자신이 비참해지는 것은 기꺼이 감내할 수 있다고 말하는 톰의 모습은 그의 매우 헌신적인 사랑을 보여 주고 있다.

(C)의 조셉과 패니가 이별하는 장면도 위에 사용된 연인들의 이별 묘사에 전형적으로 동원되는 용어들이 많이 사용된다. 특히 "수많은 한숨"(a thousand sighs), "한없는 눈물"(a thousand tears), "그의 열렬한 입맞춤"(his eager Kisses), "그녀의 격정적인 사랑"(her violent Love), "그의 포옹"(his Embraces) 등의 표현은 페트라르칸 소네트에서도 흔히 볼 수 있는 시적, 로맨스적 용어들이다. 필딩은 당시의 관점에서 보아도 로맨스에서 주로 사용되는 진부한 용어들을 사용함으로써 자신이 묘사하고 있는 연인들의 이별 장면이 로맨스의 전통에 의거하고 있음을 드러내고 있다.

위의 내용은 모두 죽음, 고통, 비참함, 한숨, 눈물, 사랑, 입맞춤, 포옹 등의 전통적 로맨스에서 다루는 사랑과 이별의 슬픔을 나타내는 표현으로 이루어져 있는데, 전통적 로맨스에서는 주인공들의 사랑하는 사람과의 이별을 모티브로 사용하며 그들의 재회를 위한 주인공의 모험을 준비한다. 아마디스와 아이네아스가 사랑하는 사람과 이별한 후 여행, 모험 길에 나섰듯이 필딩 소설의 주인공들도 연인과의 이별을 겪은 후에 모험의 길을 떠나게 된다. 소피아와 이별하고 파라다이스 홀을 떠나 런던으로 향해 가는 과정에서와 런던에서의 생활 중에 톰은 다양한 모험을 겪는다. 그리고 『조셉 앤드류즈』의 조셉도 레이디 부비와 런던에서 머물다 레이디 부비에 의해 해고된 후 런던을 떠나 목사 아담즈의 시골 교구로 여행하던 중 수많은 모험을 겪게 된다. 그러나 이들 주인공이 겪는 이 여행들은 단순한 이야기 제공거리에 지나는 것이 아니다. 필딩의 주인공은 다른 서사적 로맨스의 주인공처럼 이런 여행과 모험을 통해 한층 성숙하고 주인공으로서의 자질을 갖추게 되기 때문이다. 즉, 조셉은 연약하고 타인에 의존적인 유약한 인물에서 많은 모험을 겪은 후에는 자신의 여인을 보호할 줄 알고 지킬 줄 아는 성숙한 인간으로 변모하고, 톰은 도회지에서의 변화무쌍하고 부도덕한 삶의 현장을 겪어 가면서 신중하고 도덕적 성찰을 지닌 인물로 성숙하게 되는 것이다.[17]

주인공이 성숙하고 전인적인 인간으로 탈바꿈하는 것은 단순히 모험을 겪은 후에 얻어지는 현상은 아니다. 주인공의 모험을 다루고

---

17) 필딩의 대표적인 비평가 바테스틴은 조셉의 여행을 도박, 성매매, 음주 등의 도덕적 타락의 온상인 도회지를 떠나 모든 교구민을 따뜻하게 돌보아 주는 아담즈 목사의 교구, 즉 도덕적 이상향을 향한 여행이며, 이는 오디세우스가 수많은 목숨을 앗아 간 슬픔과 고통으로 얼룩진 트로이 전쟁에서 자신의 사랑하는 아내와 자식이 기다리고 있는 고향 이타카(Ithaca)로 향하는 여행과도 같은 것이라고 주장하며, 『조셉 앤드류즈』는 "서사시의 정형성"(epic regularity)을 지닌 호메로스(Homer)의 오디세이(Odyssey)의 구조를 그 모델로 하고 있다고 주장한다(Battestin, *The moral basis*, 86 – 7).

있는 서사적 로맨스에 있어서의 주인공은 극도의 번민이나 시련에 빠지게 되고 이를 통해 보다 성숙하고 지혜로운 인물로 거듭나게 된다. 소위 '영혼의 어두운 밤'(dark night of soul)이라는 극단적인 시련을 주인공이 겪고 이를 계기로 주인공이 회개하거나 참회하여 새사람으로 다시 태어나고 구원을 받는 것이 전통적인 로맨스에서 자주 등장하는 모티브다. 전통적 서사적 로맨스라 할 수 있는 『아마디스』에서 아마디스는 자신이 사랑하는 연인 오리아나의 오해가 빚은 냉대로 인해 정신이 나간 사람처럼 아무도 모르게 자신의 성을 떠나 광야를 떠돌며 비참함에 삶을 포기할 듯이 생활을 하던 중 은둔자(the hermit)를 만나 작은 섬(poor rock)으로 가서 절망에 빠진 채 자신의 전투의 명성을 다 잊고 죽기를 바라며 금욕생활을 하게 된다. 아마디스는 자신이 사랑하는 연인으로부터 버림받는 아픔과 고통의 시련으로 그의 영혼은 어두운 밤에 갇히게 된 것이다. 밀러는 이에 대해 전통적 희극적 로맨스에서 반복적으로 등장하는 모티브로서 주인공이 최후의 행복한 역전을 맞이하기 전에 주인공이 겪는 극단적인 시련을 통해 가장 밑바닥의 상태를 경험하게 되는 것임을 주장한다(Miller 35).

필딩도 주인공의 영혼의 재탄생을 위한 '영혼의 어두운 밤'이라는 로맨스의 모티브를 그의 두 작품에서 도입한다. 톰은 피츠패트릭(Fitzpatrick) 부인인 헌트(Hunt)의 편지를 받고 그녀의 집에 갔다가 나오는 중에 그를 목격한 피츠패트릭의 오해로 그와 결투를 하게 된다. 톰은 결투 도중 그에게 상처를 입혀 감옥에 가게 되고 피츠패트릭의 생사 여부에 따라 교수형에 처하게 될 운명에 놓인다. 감옥에 갇힌 톰은 거의 자포자기한 상태에서 자신이 흘리게 한 피에 대한 죗값을 치르는 것이 하늘의 뜻이라면 달갑게 받아들이겠다며 여태까지 자신이 저지른 잘못에 대해 뉘우친다며 감옥으로 방문 온 워터즈 부인에게 고백한다.

그는 자신이 저지른 어리석음과 악덕에 대해 한탄하였다. 자신이 저지를 악덕은 모두 나쁜 결과를 수반하였고 따라서 그 경고를 받아들이지 않고 미래에도 그 못된 행동을 그만두지 않으면 자신은 용서받을 수 없을 것이라고 말하였다. 마지막으로 그는 그녀[워터즈 부인]에게 자신에게 더 나쁜 일이 일어나지 않도록 더 이상 죄를 짓지 않기로 결심하였다고 말하였다.

He then lamented the Follies and Vices of which he had been guilty; every one of which, he said, had been attended with such ill Consequences, that he should be unpardonable if he did not take Warning, and quit those vicious Courses for the future. He lastly concluded with assuring her of his Resolution to sin no more, lest a worse Thing should happen to him(*TJ* 911).

감옥에까지 갇히는 시련을 겪으면서 톰은 이제 자신이 살아온 여정을 되돌아보며 자신이 저지른 경솔한 일들과 실수들이 현재에 이런 상황에 자신을 빠트린 것이지 단지 '운명의 여신'의 장난만은 아니라는 점을 인정한다. 즉, 톰은 자신의 모든 불행의 원인은 바로 자신이며 자신의 무분별함으로 인한 나쁜 행동의 결과인 것을 인정하고 자신의 어리석은 행동을 깊이 뉘우치게 된다. 이런 톰의 독백은 바로 '절망의 감옥'(the dungeon of despair)이며 '지옥의 이미지'(the image of Hell)를 나타내는 감옥에서의 '영혼의 어두운 밤'이라는 과정을 겪은 후 얻어진, 밀러의 지적과 같이, '결정적 깨달음'(crucial recognition)을 나타내는 것으로 이는 곧 그의 성숙함의 상징이며, 이것은 그의 '추구'(quest)가 성취되고 있음을 나타내는 것이다(Miller 32).

그러나 톰의 시련은 이것으로 끝나지 않는다. 그의 영혼의 어두운 밤이라는 시련은 전통적 로맨스들의 모티브로 주로 사용되던 '근친상간'(Incest)[18]에 대한 의혹으로 극도에 이른다. 워터즈 부인의 방문으로 피츠패트릭의 상처가 심각하지 않으며, 칼을 먼저 뺀 자가 톰이 아님을 알고 있다는 사실을 전해 들은 톰은 한편으로 안심을 하지만, 곧이어 파트리지를 통해, 압튼(Upton)에서 자신과 잠자리를 같이했던 워터즈 부인이 자신의 생모라는 말을 듣고 톰은 '근친상간'의 두려움에 휩싸인다. 필딩 작품의 주인공들의 이러한 극심한 시련과 근친상간에 대한 두려움은 『조셉 앤드류즈』에서도 나타난다. 온갖 방해 세력에 의한 고난에도 불구하고 조셉과 패니를 결정적으로 갈라놓을 수밖에 없는 시련은 이들이 남매지간일 수 있다는 의혹 때문이었다. 이 시련에 둘은 남매로 판명되면 서로 평생 결혼을 하지 않기로 다짐을 하고 고통과 번민의 밤을 보낸다. 물론 이들이 남매가 아닌 것으로 밝혀져 필딩은 이 소설을 해피엔딩으로 마감하였지만 전통적 로맨스 모티브를 이 작품에 도입함으로써 필

---

18) 소포클레스(Sophocles)의 오이디푸스 왕(Oedipus Rex)은 자신의 어머니와 부부의 연을 맺게 되는 전형적인 근친상간의 주제를 담고 있다.

딩은 독자들에게 로맨스의 문학적 관례를 체험하게 한 것이다. 이에 대해 밀러는 필딩이 이러한 문학적 관례를 사용한 것은 서양문화에서 가장 터부시하던 것 중의 하나인 근친상간의 기미를 제시함으로써 비극의 가능성을 제공하지만, 희극적 로맨스에서는 주인공이 죽음의 위기를 맞이하기는 해도 정말로 죽지 않는 것처럼 근친상간 문제에 있어서도 이와 마찬가지로 진짜 근친상간은 이루어지지 않는데, 그것은 근친상간의 시련 과정을 통해 이루어지는 주인공의 자기발견을 위한 장치이며, 궁극적으로는 이러한 시련을 통해 주인공이 새로운 성숙함의 세계로 다시 태어나도록 이끌어 가는 역할을 하는 것임을 주장한다(Miller 37).

이러한 모티브에 의해 영혼의 어두운 밤을 지나며 지옥과 같은 절망과 극단적 시련을 겪은 로맨스의 주인공들은 회개와 자기반성으로 새로운 인식을 가진 성숙한 인간으로 재탄생한다. 그런데 이들의 재탄생과 수반되어 나타나는 로맨스의 일반적인 현상은 주인공들의 신분회복과 같은 상황 반전이다. 아리스토텔레스(Aristotle)는 그의 『시학』(*Poetics*)에서 서사시에서 주로 사용되는 요소인 '깨달음'(recognition)은 동시에 '상황 반전'(Reversal of the Situation)을 이루게 하는 형태로 가장 많이 나타난다고 설명한다.

깨달음이란 그 용어가 설명하듯이 무지에서 인식으로의 전환을 말하며 이는 행복하거나 불행하도록 작가에 의해 정해진 사람들 사이에 사랑이나 증오심을 만들어 내기도 한다. 가장 훌륭한 형태의 깨달음은 『오이디푸스』와 같이 상황 반전과 동시에 일어나는 것이다.

Recognition, as the name indicates, is a change from ignorance to knowledge, producing love or hate between the persons destined by the poet for good or bad fortune. The best form of recognition is coincident with a Reversal of the Situation, as in the Oedipus(72).

여기서 아리스토텔레스는 깨달음이란 무지에서 인식으로의 전환을 의미한다고 설명하고 있는데 이러한 깨달음은 보통 많은 고통을 겪은 후에야 이루어지며 그 결과 주인공의 운명은 '상황 반전'을 맞이하게 된다. 아리스토텔레스가 지적한 이러한 서사시의 특징, 특히 '상황 반전'은 신분의 회복이란 모티브로서 전통적인 서사시적 로맨스 작품에서도 많이 발견되는데, 로맨스의 작가는 이러한 상황 반전을 주로 어려움 속에서 주인공이 보상을 받도록 하는 데 사용하고 있다.

이러한 '상황 반전'의 도입은 『아마디스』에서도 찾아볼 수 있다. 어머니 엘리즈나(Elisena)에 의해 광주리에 넣어져 강으로 떠내려 온 아마디스는 청년으로 성장한 후 우연히 아버지인 페리온(Perion)을 도우러 그의 성에 갔다가 페리온의 딸인 멜리시아(Melicia)가 실수로 잃어버린 반지 대신에 어머니에게서 받은 그것과 한 쌍이었던 자신의 반지를 그녀에게 준다. 딸이 잃어버렸던 반지를 우연히 발견한 아버지 페리온은 그 반지에 관한 사연을 듣고는 아마디스가 바로 자신의 아들이라는 사실을 알게 된다. 또한 아마디스와 오리아나 사이에서 태어난 아들이 하녀에게 납치되던 중 그 아이를 은둔자

(hermit)가 구출해 에스플란디안(Esplandian)이라고 이름 지어 주고 자기 자식처럼 기른다. 우연히 리주아트 왕과 왕비와 함께 그의 딸인 오리아나가 은둔자가 살고 있는 곳을 방문하게 되고 이때 은둔자는 발견 당시 에스플란디안의 목에 걸려 있던 편지를 보여 주며 에스플란디안이 자신에게 오게 된 배경을 들려 주자 그 아이가 잃어버렸던 아마디스와 오리아나의 아들임이 밝혀지게 된다. 이와 같은 '상황 반전'의 장치를 통해 아마디스와 아마디스의 아들은 잃었던 신분을 회복하게 된다.

이처럼 서사시적 로맨스에서 종종 사용되는 모티브인 '신분의 회복'은 필딩 작품에서도 나타난다. 『톰 존스』에서 스퀘어는 병으로 죽기 직전에 자신의 잘못을 뉘우치며, 편지로 올워디에게 톰에 대한 그동안에 있었던 모함을 알려 주고, 파트리지는 자신이 톰의 아버지가 아님을 올워디에게 밝힌다. 또한 부모도 친척도 없는 주워 온 아이로 등장했던 톰을 낳은 생모로 오해받고 올워디의 집에서 쫓겨났던 워터즈 부인(제니)은 올워디를 찾아가 자신이 톰의 생모가 아니라 올워디의 여동생 브리짓이 그의 생모임을 알려 줌으로써 톰은 올워디의 조카로 판명된다. 이를 통해 사생아로서 많은 수모를 받고 자라 온 톰은 잃었던 자신의 신분을 찾게 될 뿐만 아니라 자신의 생모라 여긴 워터즈 부인과의 근친상간이란 두려움의 어두운 터널에서 빠져나와 결과적으로는 영주 웨스턴의 딸 소피아와의 사랑을 이룰 수 있게 된다.

『조셉 앤드류즈』에서도 이러한 상황 반전의 모티브는 사건의 전모를 극적으로 밝혀 주어 이 작품의 해피엔딩에 결정적인 역할을 한다. 이 상황 반전의 모티브를 가능하게 하는 인물은 행상인이며 필딩 비평가들은 그를 '신의 대행자'와 같다고 평가한다. 과거에 집시와 함께 생활하였던 그 행상인은 아내의 임종 직전의 고백을 통해서 알게 된 사실을 토대로 조셉과 패니가 서로 뒤바뀐 아이라는 점, 즉 패니가 사실은 파멜라의 언니라는 사실과 조셉은 어느 신사 계급의 자손이었다는 점을 알려 준다. 여기에 더하여 조셉의 가슴에 지니고 있는 '딸기 무늬'(strawberry mark)는 조셉이 집시들이 유괴해 갔던 윌슨의 자식이라는 결정적 증거로 제시된다. 이로써 조셉과 패니는 자신의 정체성을 찾게 될 뿐만 아니라 그들이 '오누이'관계가 아니라는 확실한 증거를 통해 근친상간을 저지를지 모른다는 두려움에서 벗어나 행복한 연인의 관계를 회복할 수 있게 된다. 이와 같이 필딩의 소설에서도 전통적 서사적 로맨스에서와 마찬가지로 '상황 반전'의 모티브는 '신분의 회복'이라는 결과를 야기하며 해피엔딩의 로맨스적 주제를 실현시키는 중요한 역할을 한다.[19]

필딩은 이처럼 자신의 작품에 로맨스와 서사시의 구조를 부여하여 자신의 작품이 로맨스의 전통을 이어 가고 있음을 나타내고 있다. 그러나 필딩의 로맨스 전통의 계승은 작품의 전반적인 구조나 모티브에 국한하는 것은 아니다. 필딩은 자신의 작품에 등장하는 인

---

19) 이처럼 필딩의 작품 『톰 존스』와 『조셉 앤드류즈』는 출생의 신비 (mythic), 추방으로 인한 사랑하는 사람과의 이별(trial of Exile), 여러 가지 모험을 통한 성숙의 과정(Initiation), 그리고 신분의 회복을 통한 해피엔딩(Return)이라는 전통적 로맨스의 구조를 따르고 있음을 잘 알 수 있다.

물들의 면모나 작중인물을 묘사하는 데 있어서도 서사적 로맨스의 주인공들의 전통을 따르고 있다. 그러나 어떤 면에서 필딩의 등장인물이 로맨스의 인물과 유사한지 살펴보기 전에 로맨스에 등장하는 인물들의 일반적인 특징을 살펴볼 필요가 있겠다.

로맨스가 다루는 세계는 신의 섭리가 지배하는 초월적인 세계이며 보편적이며 일관성을 지니는 세계이다. 따라서 로맨스의 등장인물들은 일시적이며 끊임없이 변화하는 현실의 세계와는 다른 신의 섭리가 지배하는 영원한 세계에 존재하고 있으며 그들의 모습은 불변의 본질적인 면모를 보여 주고 있다. 다시 말해 로맨스가 등장인물들을 통해 나타내고자 하는 것은 인간의 개별적인 특성이 아니라 그들이 지니고 있는 본질적인 면모와 그것을 통해 나타내고자 하는 변하지 않는 그리고 그것이 대변하고자 하는 의미를 부각시켜 현실 세계(the actual world)에 존재하며 끊임없이 변화하는 것이 아닌, 영원한 불변의 '실재'(reality)이다. 따라서 전통적인 고전 희극에서와 마찬가지로 로맨스에서의 인물은 나이 또는 그들이 지니고 있는 갈망의 종류 그리고 그들의 사회적인 역할에 따라서 그 인물의 유형을 대표하는 용어로써 표현된다(Miller 56).

로맨스 작품에 나타나는 인물들이 이런 유형적 특성을 일반적으로 갖고 있다는 사실은 전통적 로맨스인 『아마디스』에 등장하는 인물들을 살펴보면 곧 이해가 갈 것이다. 이 작품에 등장하는 마법사 아칼라우스는 주인공 아마디스와 오리아나를 괴롭히는 교활한 악당이다. 그는 리주아트에게 술책을 사용하여 그의 딸 오리아나를 빼앗으려 한다. 그러나 그의 악당으로서의 면모는 작품 내내 변함없이 이어지고 자신에 대한 반성이나 회의가 거의 드러나지 않는다. 또한 그는 살아 있는 개별적인 인간의 한 모습이라기보다는 처음부터 끝까지 변하지 않는 정형화된 인물이다. 이러한 특징은 로맨스 문학의 등장인물들의 보편적 특징이기도 한데 이는 고전주의 문학관을 계승하고자 한 18세기의 신고전주의 작가들의 작품에서도 나타난다.

고전주의문학에서의 예술의 목적은 '자연의 모방'(Imitation of nature)이며, 예술은 사진기처럼 개별적인 현실을 있는 그대로 베끼는 것이 아니라 그 현실 속의 모든 개체에 공통적인 것, 일반성을 재현하는 것이기 때문이다. 따라서 개별적이며 상대적인 것보다는 보편적이며 절대적인 것을 표현하는 것을 목적으로 삼았던 고전주의 문학관을 계승하면서 동시에 로맨스의 전통을 따랐던 필딩은 자신의 작품의 등장인물을 개별성이 아닌 보편적 특징을 지닌 하나의 인간 유형으로 나타낸다. 필딩이 "나는 인간이 아니라 풍습을, 개인이 아니라 종(species)을 묘사한다."(*JA* 189)며 자신이 『조셉 앤드류즈』에서 묘사한 변호사는 실제 자신이 삶에서 목격한 변호사들이며 이러한 변호사는 지난 4000년 그리고 앞으로 4000년 뒤에도 같은 모습일 것이라고 말함으로써 자신의 등장인물이 개개인의 모습이면서도 동시에 시대를 초월하여 공통적으로 나타나는 보편적 인물임을 강조하고 있는 것이다(*JA* 189).

등장인물이 개별적 성향보다는 보편성을 갖고 있는 일종의 인간 유형의 한 대변자임을 강조하기 위해서 필딩은 로맨스 문학이나 과거 중세 문학처럼 등장인물의 이름이 그 인물의 성격과 성향을 대변하는 방법을 사용하였다. 우선 『조셉 앤드류즈』의 조셉은 구약성서의 인물인 야곱의 아들 '요셉'(창세기 37장)을 떠올리게 하는 인물이다. 조셉이 레이디 부비의 침실로 호출받았을 때 화자는 "이제부터 우리가 조셉[성서의 요셉]이라 부를 좋은 이유이다"라고 말하며 이 작품의 조셉이 성서의 요셉과 관련이 있음을 시사한다. 이 두 인물 간의 상호 관련성은 조셉의 입을 통해 또다시 제시된다. 조셉이 레이디 부비의 유혹을 거절해 해고당한 후, 동생 파멜라에게 보낸 편지에서 "나는 너[파멜라]의 모범과 나와 이름이 같은 사람인 조셉[성서의 요셉]이 보여 준 모범적 행동을 따를 것이며, 어떠한 유혹에도 견디어 나의 미덕을 지켜 나가겠다."(*JA* 47)고 언급함으로써 이 작품의 주인공 조셉의 앞으로의 행동이 구약성서의 인물 '요셉'(Joseph)을 전형으로 할 것임을 암시한다. 이러한 조셉의 전형의 모습은 작품의 플롯을 통해서도 실현된다. 조셉은 레이디 부비의 유혹을 비롯한 여러 어려운 상황 속에서도 변함없는 신에 대한 믿음과 자신의 미덕을 지켜 나감으로써 신의 섭리에 의해, 잃었던 신분을 되찾게 되는데. 이러한 조셉의 시련의 과정과 회복의 방식은 구약성서의 요셉의 그것들과 유사하다. 구약성서의 요셉은 아버지 야곱(Jacob)의 사랑을 독차지함으로써 그를 미워하고 시기하는 형들에 의하여 아버지 모르게 애굽 상인에게 팔려 가 애굽의 관리 보디발의 집의 노예로 일하게 된다. 그러던 어느 날 보디발의 아내는 요셉을 유혹하나 이를 거절당하자 요셉이 자신을 겁탈하려 하였다는 누명을 씌워 이에 요셉을 투옥한다. 이런 점에서 구약의 요셉은 역시 여주인의 유혹을 거절한 여파로 쫓겨나는 조셉과 유사하다. 그러나 그 유사성은 여성의 유혹을 거절하는 남자의 시련에서 그치지 않는다. 감옥 생활의 어려움을 겪으면서도, 요셉이 신에 대한 굳센 믿음과 미덕을 지켜 나감으로써 신의 도움을 얻어 애굽의 총리가 된 후 아버지와 형제를 다시 만나 잃었던 신분을 회복하는 것(창세기: 37장)도 조셉의 시련과 회복의 패턴과 유사하다. 피쉬(Harold Fisch)는 조셉이 레이디 부비의 시종의 일을 맡게 되는 나이가 17세로 설정된 것(*JA* 48)과 야곱의 아들 요셉이 성서에 등장한 나이 또한 같은 나이인 17세인 것(창세기: 37장)을 통해 이 두 인물 간의 관련성을 입증하며 조셉을 '정절의 성서적 기사'(the Biblical knight of Chastity)로 표현하면서(Fisch 31) 성서의 요셉이 조셉의 전형임을 주장한다.

이러한 성서적 전형을 지닌 또 다른 인물로서 '아브라함 아담즈'(Abraham Adams)를 들 수 있겠다. 아담즈는 남의 불행을 그저 보고만 있지 못하는 선행의 화신이며, 독실한 기독교신자다. 이는 이름이 내포하고 있듯이 '아브라함'(Abraham)이란 이름은 소위 믿음의 조상이라 불리는 구약의 인물의 이름인데 이것은 아브라함이 하나님에 대한 절대적인 믿음을 지니고 있듯이 목사 아브라함 아담즈도 신앙심이 두터운 인물이라는 암시를 주고 있다. 아담즈는 패니가 납치된 사실을 애통해하고 한탄하는 조셉에게 "모든 일은 신의 섭리에 의해 일어나기 때문에, 그것에 순종하는 것은 기독교인이 해야 할 의무이며, 우리는 절대적으로 신의 처분에 따라야 하며 그것에 불만을 가져서도 안 되는데, 그 이유는 우리는 그 일이 어떠한 목적을 위한 것인지 알지 못하고, 그 일이 처음에는 나쁜 일인 것처럼 보이나 결국에는 우리에게 유익함을 줄 거라는 것을 예견하지 못하기 때문이다.”(*JA* 266)라고 권고하는데 이는 아담즈가 그의 이름대로 절대적 믿음을 지니고 있는 참된 기독교인인 아브라함의 전형임을 잘 보여 주는 것이기도 하다. 그 외에도 피쉬는 아들 재키(Jacky)의 죽음을 전해 들었을 때 도덕적 시험을 겪는 아담즈와 그의 외아들 이삭의 목숨을 바치라는 신의 명령을 받았을 때 시험을 겪는 아브라함 간의 유사성을 부각시키며 필딩이 조셉과 더불어 목사 아담즈도 성서의 인물을 전형으로 하여 그림으로써 ‘기독교적 서사시’(Christian Epic)를 쓰고자 한 것이라고 주장한다(Fisch 31).

목사의 성인 ‘아담즈’(Adams)도 그의 성격을 대변한다. 그는 남을 해치려는 생각이나 행동을 해 본 적이 없고 상대방의 불순한 의도도 조금도 의심치 않으며 남의 말을 여과 없이 너무 쉽게 믿는 순진무구한 사람으로 아담즈라는 이름은, 유혹에 넘어가 에덴에서 추방된 순진한 창세기의 최초의 인간 ‘아담’(Adam)과 유사한 특징의 인물임을 시사한다. 아담즈는 그의 이름이 암시하는 것처럼 ‘착한 본성’과 기독교적인 믿음이 강한 시골 목사인 것이다. 이 때문에 아담즈 목사는 세상에 갓 태어난 아기처럼 너무 순진하여, 남을 속이려는 의도가 전혀 없는, 자신과는 다르게 세상에는 악이 존재한다는 사실을 인식하지 못하는 현실 감각이 부족한 인물이며, 또한 그는 너그럽고 친절하며 지나치게 용감하여 실수를 연발하기도 한다.20) 이러한 아담즈의 역할에 대하여 스필카(Mark Spilka)는 다음

---

20) He[Adams] was besides a man of good sense, good Parts, and good Nature, but was at the same time as entirely ignorant of the Ways of this World, as an Infant just entered into it could possible be.

과 같이 주장한다.

　　아담즈는 그의 종교적 입장과 개인적인 특성 가령 순진무구함,
단순함, 용감함, 동정심, 서두름, 학자연하는 태도, 건망증과 같은
것이 그를 항상 고난에 빠트리기 때문에 그는 최상의 시금석이다.
그러나 일단 고난에 빠져도 그의 미덕은 그를 이용하는 사람과의
완전한 대조를 통해 드러난다.

　　Adams will be the foremost touchstone, since his religious
position and his personal traits——innocence, simplicity, bravery,
compassion, haste, pedantry, forgetfulness——will always pitch
him into a good deal of trouble: yet, once in trouble, his virtues
will make him stand out in complete contrast to those who take
advantage of him(Spilka, "Comic Resolution", 371).

　　스필카는 아담즈 목사가 자신의 순진무구함과 현실감의 부족으로
곧잘 어려움에 처하게 되지만, 그의 미덕은 그를 이용하려는 사람들
과 대조를 이루며 오히려 그를 돋보이게 한다고 말한다. 또한 그는
아담즈 목사의 이러한 속성은 그가 얼마나 위선과 거리가 먼 사람
인가를 잘 보여 주며 동시에 그와 대조를 이루는 다른 사람들은 얼
마나 위선자인가를 잘 보여 주는 시금석의 역할을 하고 있다고 주
장한다.

　　As he had never any Intention to deceive, so he never suspected
such a Design in others. He was generous, friendly and brave to an
Excess, but Simplicity was his Characteristics(*JA* 50).

필딩이 등장인물의 속성을 나타내는 이름을 설정하였다는 사실은 『조셉 앤드류즈』에서 그다지 비중을 차지하지 못하는 사람들의 경우에도 적용된다. 레이디 부비의 하녀장인 '슬립슬롭'(Slipslop)은 이름이 나타내듯이 말이나 행동에 있어서 실수투성이의 인간이며, '톰 썩브라이브'(Tom Suck−Bribe)라는 경관은 뇌물을 받고 붙잡힌 강도의 탈주를 도와주는 인물의 전형이며, 변호사 '스카우트'(Scout)도 그의 이름처럼 먹잇감 사냥을 위해 정찰하는 인물, 즉 자신에게 높은 수익을 약속하는 고객의 편익에 맞추어 법을 제멋대로 이용하며 상대방에게 피해를 주는 악덕 변호사의 전형이다.[21]

이는 『톰 존스』의 경우에서도 발견된다. 권위의 상징으로 등장하는 톰의 삼촌인 '올워디'(Allworthy)의 이름은 그가 신중하며 정의롭고 자비심과 사랑이 넘치는 아주 훌륭한 인물의 전형임을 암시하며 또한 그는 신과 같은 존재로 등장하며 그의 저택인 '천국(Paradise−Hall)'이란 명칭 또한 그가 신과 선의 상징임을 암시한다. 이러한 올워디의 특성에 대해 쉬스그린(Sean Shesgreen)은 필딩이 나타낸 '진정한 선한 본성의 우화적 화신'(allegorical incarnation of true good nature)이라고 묘사하고 있으며(163), 레이빈(Henry Lavin)은 올워디를 '미덕의 놀라운 화신'(an incredible picture of virtue)으로 묘사하고 있는데(22), 이는 올워디의 면모가 그의 이름

---

21) 그는 조셉과 패니의 결혼 발표에 분노하는 레이디 부비에게 보상을 약속받고 조셉과 패니가 영주민으로서 자격이 없다는 법의 허점을 이용한 억지 법률 해석을 통해 그들을 레이디 부비의 영지에서 쫓아내려는 것을 도와준다.

을 전형으로 하고 있음을 잘 보여 주는 것이기도 하다.

톰의 연인이자 이 작품의 여주인공 '소피아'(Sophia)의 성향도 그녀의 이름을 통해 제시된다. 어원적으로 '지혜'라는 의미의 '소피아'가 그녀의 이름이라는 사실은 그녀가 이름처럼 아주 지혜로운 여성의 전형이라는 점을 제시한다. 따라서 지혜로운 소피아는 다른 사람들과는 달리, 비록 겉으로는 신중함이 부족해 보이나 사실상 남의 어려움을 도와주는 자비심과 용기를 지닌 톰의 진정한 가치를 알아보고 그를 사랑하게 되는 것이다. 심지어 올워디가 톰은 겉보기와는 다른 인물이라며 톰을 포기하라고 설득할 때에도 소피아의 마음은 흔들리지 않고 그녀의 이름이 상징하듯 지혜와 통찰력으로 톰과의 사랑을 이룬다. 소피아의 이러한 특징에 대하여 밀러는 "소피아는 로맨스에서 여주인공이 일반적으로 지니고 있는 사회적 지혜의 본질(the essence of that social wisdom)을 대변하고 있으며 소피아의 아름다움이나 바람직한 모습은 사회적 규범에 대한 통찰력과 어우러져 결합되어 나타나 있다. 따라서 그녀는 상습적인 방탕아와는 결혼하지 않을 것이다."(Miller 69)라고 설명하며 소피아가 아름다운 외모뿐만 아니라 그녀의 이름처럼 지혜와 통찰력을 겸비하고 있는 로맨스의 여주인공의 전형임을 강조하고 있다.

이처럼 필딩의 소설에서의 등장인물의 이름은 그 등장인물이 개별적 인물이 아니라 하나의 보편적인 인간 유형을 대변하고 있다. 필딩의 등장인물의 이름만 듣고도 그가 어떠한 인물인지 상상할 수 있는 것은 바로 이 때문이며, 이는 중세 문학, 로맨스 문학에 있어서 흔히 사용하던 방법으로서, 필딩이 로맨스 문학의 전통을 이런 세세한 부분에서도 접목시켰다는 사실을 알 수 있는 것이다.

전통적 로맨스에서와 마찬가지로 필딩 소설의 등장인물들이 정형성을 갖고 있다는 사실은 그들의 이름에서뿐만 아니라, 그들의 성격이나 외모에서도 나타난다. 이는 『조셉 앤드류즈』의 조셉과 패니에게서 볼 수 있으며, 『톰 존스』의 톰과 소피아에게서도 발견된다.

많은 로맨스의 남자 주인공들처럼, 하인의 신분과는 어울리지 않는 조셉의 하얀 피부와 보드라운 손은 그를 상류 집안의 사람으로 보이게 한다. 타우와우즈 부부의 여관에서 일하는 하녀 베티(Betty)가, 강도를 당해 돈 한 푼도 없이 병상에 누워 있는 조셉의 하얀 피부와 보드라운 손을 보고 그가 분명 '신사'(gentleman)일 것이라고 생각한 이유가 여기에 있다. 뿐만 아니라 조셉은 로맨스의 주인공처럼 잘생긴 외모와 용맹스러움, 그리고 남성다운 체격과 기품을 가진 인물이다. 조셉은 파멜라의 남편인 부비가 내준 옷들 가운데 가장 평범한 옷을 골라 입는 소박한 성품을 보이지만 그럼에도 조셉의 품위 있고 신사다운 모습은 그의 귀족적인 면모를 잘 드러내 보여 주고 있다.

조셉은 자신이 찾을 수 있는 것 중 가장 평범한 옷으로 입었는데, 그것은 금박 가장자리 장식이 달린 푸른색의 코트와 바지 그리고 같은 장식의 붉은색 조끼였다. 영주[부비]에게는 너무 큰 이 옷이 그[조셉]에게는 아주 잘 맞았다. 그[조셉]에게 아주 잘 어울려 그가 매우 신사처럼 보여서 이 옷이 조셉의 외모뿐만 아니라 그의 신분에도 잘 어울린다는 것을 아무도 의심치 않았을 것이다.

Joseph was soon drest in the plainest Dress he could find, which was a blue Coat and Breeches, with a Gold Edging, and a red Waistcoat with the same: and as this Suit, which was rather too large for the Squire, exactly fitted him; so he became it so well, and looked so genteel, that no Person would have doubted its being as well adapted to his Quality as his Shape(*JA* 291).

푸른색의 코트에 금박 장식이 달린 바지와 조끼가 조셉에게 잘 어울렸을 뿐 아니라 그 옷을 입은 모습 또한 신사의 신분에도 잘 걸맞게 보였으며 그 옷의 주인이며 귀족인 부비보다도 조셉에게 더 잘 어울렸다는 설명을 통해 그가 로맨스의 남자 주인공으로서의 모습을 지니고 있음을 단적으로 보여 준다. 조셉은 비록 귀족의 신분은 아니지만 그의 고귀하며 귀족적인 자태와 용모로 인해 레이디 부인의 마음을 사로잡게 되며 슬립슬롭과 하녀 베티 등 여러 여성들의 호감을 얻게 된다.

조셉의 연인 패니 또한 하인 신분에도 불구하고 로맨스에 등장하는 귀족 여성의 아름다움과 속성을 지니고 있다. 패니는 아름다운 미모 때문에 여러 차례 다른 남자들의 구애와 욕망의 대상이 되기도 하는데, 이로 인해 패니는 자신의 미모에 끌린 어느 영주의 일당에 의해 납치를 당하는 수모를 겪기도 하는데 이들은 패니가 그녀의 용모로 보아 신분을 감추고 있는 상류층 집안의 딸일 것이라고 믿는다.22) 이러한 사실은 다른 로맨스의 여주인공들처럼 패니의

---

22) 영주에 의해 패니의 납치를 시도한 인물들은 그녀가 "변장하였음에도

용모가 얼마나 아름답고 품위가 있는가를 보여 주는 것이기도 하다.

로맨스의 여주인공으로서의 면모는 패니의 아름다운 외모에서뿐만 아니라 그녀가 보여 주는 조셉에 대한 변치 않는 사랑과 믿음에서도 나타난다. 패니는 조셉이 레이디 부비 집에서 쫓겨나 여행 중에 사고를 당했다는 소식을 듣고는 단숨에 조셉을 찾아 런던으로 향하는 열정을 보여 주며, 다른 남성들의 구애에도 아랑곳하지 않는 조셉에 대한 변치 않는 깊은 애정을 소유하고 있음을 보여 주며 오디세우스의 아내 페넬로페를 떠오르게 하기도 한다. 또한 조셉과 오랜만에 재회하는 장면에서도 너무나도 기뻐 혼절하는 패니의 모습과 레이디 부비의 사주를 받은 보 다이대퍼(Beau Didapper)와 조셉 사이에 싸움이 벌어지려 하자 너무 놀라서 정신을 잃는 패니는 그녀가 전통적 로맨스의 여주인공처럼 여성스럽고 또한 남성의 보호를 받아야 하는 나약한 존재임을 암시한다.

『톰 존스』의 두 남녀 주인공도 로맨스 남녀 주인공의 외모와 성격을 지니고 있다. 특히 톰의 연인이자 이 작품의 여주인공인 소피아가 처음으로 등장하는 장면에서 화자는 소피아의 모습을 매우 매력적이며 아름다운 전형적인 로맨스의 주인공의 모습으로 소개하고 있다.

> 이제 너무도 매력적인 그녀가 등장하고 있다. 헨델도 능가하지
> 못하는 자연의 날개 달린 성가대여 그녀의 모습을 칭송하기 위해

불구하고 감출 수 없는 그녀의 용모로 보아 패니가 자신들보다 훨씬 더 우월한 태생이라고 믿었다."(*JA* 257)

너희들의 아름다운 선율이 담긴 목소리를 가다듬어 다오. 너희들의 음악은 사랑에서 시작되어 사랑으로 돌아간다. 따라서 모든 젊은 남성들에게 부드러운 열정을 불러일으켜 다오. 보라! 자연의 여신이 부여한 매력과 아름다움과 젊음, 발랄함, 순진무구함, 겸손함, 다정함, 그녀의 장밋빛 입술에서 뿜어 나오는 달콤한 숨결 그녀의 반짝이는 눈에서 나오는 생기를 가득 담고 사랑스러운 소피아가 온다.

So charming may she now appear, and you the feather's Choristers of Nature, whose sweetest Notes not even Handel can excell, tune your melodious Throats, to celebrate her Appearance. From Love proceed your Music, and to Love it returns. Awaken therefore that gentle Passion in every Swain: For lo! adorned with the Charms in which Nature can array her; bedecked with Beauty, Youth, Sprightliness, Innocence, Modesty, and Tenderness, breathing Sweetness from her rosy Lips, and darting Brightness from her sparkling Eyes, the lovely Sophia comes(*TJ* 154).

위의 소피아에 대한 묘사에 동원된 어휘는 전형적인 로맨스 혹은 목가 시에서 아름다운 여성을 묘사할 때 사용되는 것들이다. 화자가 사용하는 '자연의 날개 달린 성가대', '열정'(passion), '구혼자'(Swain)와 같은 용어들은 이 장면에 로맨스와 목가시적 분위기를 제공하기 위해서인 것이다. 게다가 소피아의 너무도 사랑스러운 모습을 묘사하는 데 있어 화자가 '아름다움'(Beauty), '젊음'(Youth), '발랄함'(Sprightliness), '순수함'(Innocence), '겸손함'(Modesty), '다정함'(Tenderness) 등의 용어와 더불어 '장밋빛 입술'(rosy Lips), '부드러운 숨결'(breathing Sweetness), '반짝이는 눈'(sparkling Eyes) 등의 표현을 사용한 것도 소피아를 명실 공히 로맨스의 여주인공으로서 독자에게 소개하고 싶은 이유에서이다.

소피아의 연인 톰도 로맨스의 남자 주인공으로서의 외모나 성품을 가지고 있음을 필딩은 다음과 같은 묘사를 통해 나타낸다.

지금까지 별로 우리가 언급하지 않았던 존스 씨는 사실상 이 세상에서 가장 잘생긴 젊은이 중 하나였다. 그의 얼굴은 아주 건강하면서도 상냥함과 선한 성품의 표정을 담고 있다. 이러한 특징이 그의 얼굴에 분명히 드러나서 그의 눈에 담긴 기백과 감수성은 통찰력이 부족한 사람들의 눈에는 띄지 않을지도 모른다. 그의 착한 성품이 그의 얼굴 표정에 너무나도 또렷이 나타나 그를 보는 모든 사람들은 그것은 알아볼 수 있었다.

Mr. Jones, of whose personal Accomplishments we have hitherto said very little, was in reality, one of the handsomest young Fellow in the world. His Face, besides being the Picture of Health, had in it the most apparent Marks of Sweetness and Good－Nature. These Qualities were indeed so characteristical in his Countenance, that while the spirit and Sensibility in his Eyes …… might have escaped the Notice of the less discerning, so strongly was the Good－nature painted in his Look, that it was remarked by almost every one who saw him(*TJ* 510).

톰은 로맨스의 주인공처럼 외모가 수려하고 건강해 보일 뿐만 아니라 상냥하다고 말한다. 그러나 필딩은 여기서 톰의 외모의 탁월성만을 언급하지 않는다. 톰은 전통적 로맨스의 기사의 용감함과 상냥함, 감수성을 특히 필딩이 중요한 미덕으로 여기는 '선한 본성'(Good－nature)의 내면적 아름다움까지도 갖추고 있는 로맨스 주인공처럼 묘사된다. 필딩이 톰의 이러한 내면적 장점과 미덕을 부각시키는 이유는 도덕적 책임감, 명예, 정의로움을 중요시하는 기사도 정신 그리고 당시의 기독교적 가치관과 이념을 반영하고 구현하는 로맨스 주인공의 역할 모델로 톰을 창조하기 위한 것이다.

필딩의 이러한 생각은 톰의 행동을 통해서도 나타난다. 톰은 사냥터지기인 블랙 조지와 어울려 사냥감을 뒤쫓다가 웨스턴의 영지에 들어가 사냥감을 잡은 것이 발각되어 공범자를 문책하는 과정에서 심한 매질을 당하면서도 공범자인 블랙 조지가 해고당하여 생계가 어려워질 것을 걱정하여 끝까지 밝히지 않는 강직함을 지니고 있고 타인의 처지에 대한 배려로 자신을 희생할 줄 아는 이타심을 지닌 인물이다. 또한 톰은 일자리를 잃은 조지를 위해 자신이 아끼던 조랑말과 성경책도 기꺼이 팔아 조지의 가족에게 경제적 도움을 주고자 노력하는 선한 본성을 가진 인물이기도 하다.[23]

『조셉 앤드류즈』의 조셉도 수려한 외모에 있어서뿐만 아니라 내면적인 면모도 로맨스의 남자 주인공의 그것과 같다. 조셉은 불의를 보고 물러서지 않고 특히 자신이 사랑하는 여인을 지키기 위해 몸

---

23) 필딩이 톰의 이러한 선한 성품을 강조하고 그의 강직함을 강조한 것은 필딩이 착한 성품과 이에 근거한 인간의 자비심을 중시하였기 때문이다.

을 아끼지 않는 정의와 기사도 정신이 넘치는 인물이기 때문이다. 한 예로 아담즈의 집에서 아담즈의 아들이 책을 읽는 동안 보 다이대퍼가 패니를 희롱하자, 조셉은 신분의 차이로 인해 발생할 어려움도 개의치 않고 다이대퍼의 뺨을 강타하며 칼을 빼 든 그와의 싸움도 마다하지 않는다. 또한 조셉은 자신의 이러한 행위를 나무라는 레이디 부비에게 '그 누구라도 패니에게 무례하게 굴면 그것이 군대일지라도 용서하지 않겠다.'(*JA* 322)고 말함으로써 자신이 아끼는 여인의 명예를 지키기 위해 목숨까지도 아끼지 않는 '중세 기사'(champion)의 모습을 연상시킨다.[24]

필딩의 로맨스 장르의 계승은 작품의 구조나 주인공의 속성에만 국한되는 것은 아니다. 필딩은 밀러가 지적한 것처럼 전통적 로맨스에서 사용되는 '인위적인 우아한 문체'(the courtly artificiality), '감정을 고양시키는 언어'(heightening), '일상적이지 않은 언어'(unordinary language in narrative) 등을 사용하여 자신의 작품의 고전적인 정서와 품위를 보여 주고자 하기 때문이다(Miller 85). 다음의 톰이 소피아를 마음 놓고 사랑할 수 없는 자신의 처지를 한탄하는 장면에서 사용되는 일상적인 표현이 아닌 전통적 로맨스나 서사시에서 주로 볼 수 있는 문체는 톰에게서 평범한 신분의 인물이 아닌 마치 왕이나 귀족과 같이 높은 신분의 로맨스의 주인공의 모습이 떠오르게 한다.

---

24) 아담즈는 이 장면에서 이와 같은 행동과 용기를 지닌 조셉을 실제로 약한 여성을 보호하는 "기사"(champion)라고 부르며 조셉의 기사도 정신을 예찬하는데 이러한 아담즈의 칭송은 조셉이 로맨스의 주인공임을 부각시켜 주고 있다.

오 소피아! 하늘이 그대를 나의 품에 선사하였더라면 나에겐 그
얼마나 축복이었겠소! 우리 사이를 갈라놓은 운명의 여신은 저주받
을지어다. …… 나의 소피아, 잔인한 운명이 우리를 영원히 떼어
놓을지라도 나의 영혼은 오직 당신만을 생각하리오. 당신의 모습에
난 영원히 나의 변함없는 순결을 바치리다. 매혹적인 당신을 내가
결코 가질 수 없다 하더라도 당신만이 나의 생각, 나의 사랑, 나의
영혼을 소유할 것이오.

O Sophia, would Heaven give thee to my Arms, how blest
would be my Condition! Curst be that Fortune which sets a
distance between us. …… my Sophia, if cruel Fortune separates
us for ever, my Soul shall doat on thee alone. The chastest
Constancy will I ever preserve to thy Image. Tho' I should never
have Possession of thy charming Person, still shalt thou alone
have Possession of my Thoughts, my Love, my Soul(*TJ* 256).

'오! 소피아'의 탄식조의 독백으로 시작되는 위의 내용은 평범한
사람의 사랑 독백이 아니라, 교양 있고 지체 높은 신분의 연인이
자신의 이루지 못할까 두려운 사랑에 아픔을 느낄 때의 어조다. 전
형적인 로맨스에 등장하는 용어인 '그대'(thee), '나의 품'(my Arms),
'저주'(curst), '매혹적인 당신'(charming person), '내 사랑'(my love)
등의 표현은 로맨스에서 주로 사용되는 용어로서 톰의 사랑을 로맨
스 차원의 감정으로 고양시키고 있는 것이다. 또한 사랑하는 사람의
고통을 승화된 언어로 표현함으로써 주인공을 현실의 세계가 아닌
로맨스 세계의 인물로 부각시킨다. 그리고 사생아인 자신과 소피아

의 사랑이 이루어질 수 없다고 생각하며 이를 고백하지 못하고 가슴에 담아 두어야 하는 톰의 탄식은 마치 중세의 기사가 신분의 차이로 인해 자신이 흠모하는 여주인을 사모할 수 없음을 한탄하는 로맨스의 한 장면을 떠올리게 한다.[25]

로맨스 용어의 사용은 톰이 소피아에게 구애하는 장면에서 보다 확실하게 드러난다. 그는 전통적 로맨스의 주인공이 사용하는 구애의 문체를 이 구애 장면에서 여실히 활용하고 있기 때문이다.

> "오! 맹세코, 전 당신의 말이나 행동을 이해하지 못하겠군요." 소피아가 말하였다. "그러면 내가 당신 발아래 엎드려 내 영혼을 당신에게 열어 보이고, 혼이 나갈 정도로 당신을 사랑한다고 외쳐서 내 말과 행동을 이해시키게 허락해 주시오." 톰이 외쳤다. "오 나의 숭배할 만한 여신과 같은 존재여! 무슨 말로 내 가슴에 일어나는 감정을 표현할 수 있으리오?"

> 'Upon my Word, my Lord,' said Sophia, 'I neither understand your Words nor your Behaviour.' − − 'Suffer me then, Madam', cries he, 'at your Feet to explain both, by laying open my Soul to you, and declaring that I doat on you to the highest Degree of Distraction. O most adorable, most divine Creature! what Language can express the Sentiments of my Heart?'(*TJ* 797)

---

25) 린치는 필딩이 이러한 로맨스적 문체를 사용하는 것은 로맨스 주인공으로서의 특성을 강조하고 이를 통해 독자가 그 인물에 애정을 지니게 하기 위해서라고 설명한다(Lynch 59).

소피아를 '숭배할 만한'(adorable) '여신'(divine creature)에 비유하는 톰의 수사법은 연인에 대한 지고한 사랑을 나타내는 로맨스적 어법이다. 톰이 자신에게 사랑고백을 하는 것을 알면서도 자신의 감정을 드러내지 않고 이를 짐짓 모르는 것처럼 가장하는 소피아의 태도는 자신의 감정을 숨기는 것을 미덕으로 여기는 로맨스 여주인공의 전형적인 태도이다.

이러한 로맨스 남녀 주인공들의 애틋한 사랑의 고백과 숨길 수 없는 사랑의 감정은 『조셉 앤드류즈』에서도 잘 나타난다. 조셉과 패니의 신분은 톰과 소피아에 비하면 하층민에 불과하지만 로맨스적 전통을 작품에서 구현하고자 하였던 필딩은 린치(James Lynch)의 지적처럼 이 두 연인 간의 사랑을 전통적인 로맨스 문체를 사용하여 묘사함으로써 이들이 고상하고 품위 있는 로맨스 주인공의 내적인 자질을 갖추고 있음을 강조한다(Lynch 58).

다음은 조셉과 자신이 같은 여관에 머물고 있는지 알지 못하던 패니가 옆방에서 들려오는 조셉의 노랫소리에 너무 반갑고 기뻐서 혼절하자, 곧이어 그녀에게 달려온 조셉과 잠시 후 정신을 차린 패니와의 재회 장면이다.

> 독자 여러분 이 노래하는 나이팅게일이 다름 아닌 조셉 앤드류즈 자신이었으며, 그가 그의 사랑하는 패니가 우리가 묘사한 상태에 처해 있는 것을 보았을 때, 독자 여러분은 그의 정신적 동요를 상상할 수 있겠습니까? 상상할 수 없다면 그의 행복을 느낄 생각은 버리십시오. 그녀를 자신의 품에 안았을 때 그는 그녀의 뺨에

생기가 돌아오는 것을 알았습니다. 또한 그녀가 사랑스러운 눈을 뜨는 것을 그가 보고, 부드럽게 "조셉 앤드류죠?"라고 속삭이는 소리를 들었을 때, 그는 "그대는 나의 패니요?"라고 답변하며 그녀를 자신의 가슴에 끌어 앉고 주위에 누가 있든지 생각지 않고 그녀의 입술에 수많은 입맞춤을 퍼부었답니다.

O Reader when this Nightingale, who was no other than Joseph Andrews himself, saw his beloved Fanny in the Situation we have described her, can'st thou conceive the Agitations of his Mind? If thou can'st not, wave that Meditation to behold his Happiness, when clasping her in his Arms, he found Life and Blood returning into her Cheeks; when he saw her open her beloved Eyes, and heard her with the softest Accent whisper, 'Are you Joseph Andrews?' 'Are thou my Fanny?' he answered eagerly, and pulling her to his Heart, he imprinted numberless Kisses on her Lips, without considering who were present(*JA* 155).

여기서 필딩은 아름다운 조셉의 목소리를 로맨스의 전형적인 비유인 '나이팅게일'(Nightingale)에 비유하고 있다. 또한 잃었던 정신을 회복한 패니를 보고 행복한 마음에 가슴 벅차 하는 조셉의 모습과 주변의 사람들의 시선도 잊을 정도의 기쁨의 환희 가운데 이루어지는 이 연인들의 열렬한 포옹 장면을 통하여 이들의 재회의 기쁨이 얼마나 강렬한지 나타내고 있다. 게다가 나지막이 서로를 확인하는 대화를 통해 이들의 애틋한 감정을 잘 드러내고 있는데, 특히 패니가 조셉을 부르는 '부드러운 어조의 속삭임'(softest Accent whisper)

은 '수줍음'이란 여성적 특성을 보여 주며 전형적인 로맨스의 여주인공의 여성스러움을 나타내고 있다. 따라서 이 장면은 주인공들의 극적인 만남을 보여 주는 절정인 로맨스의 한 장면이라 할 수 있다.

앞서 필딩 소설에 나타난 서사적 로맨스의 요소를 작품의 구조적인 면과 문체적인 면, 그리고 등장인물의 성격, 특히 남녀 주인공들의 성격과 면모에 초점을 맞추어서 필딩이 어떻게 자신의 작품에 서사적 로맨스의 전통을 부여하였는지 살펴보았다. 그러나 필딩의 서사시적 로맨스 문학전통의 구현은 형식적인 면에 국한되는 것은 아니다. 필딩은 보다 근본적인 로맨스의 세계관을, 로맨스의 정신을 이 작품의 주제를 통해서도 구현하고자 하는데, 그 로맨스의 세계관의 한 축은 바로 기독교 사상이라 할 수 있다.

중세에 번성하던 기독교 사상은 말기에 오면서 차츰 인간 중심적 사고와 결합하기 시작하여 중세에 번성하던 로맨스 문학은 기독교 정신을 그 기본적 주제로 다루고 있으면서도 이성에 대한 사랑도 그 주된 주제로 다루게 된다. 따라서 중세의 로맨스 문학은 스터그린(Michael Stugrin)의 지적처럼, 독실한 신앙인으로 등장하는 기사나 귀부인 간의 사랑과 시련, 그리고 이들이 겪게 되는 많은 고난과 위험으로 이루어지는 모험적인 사랑 이야기의 성격을 지니게 된다(76).

이와 더불어 로맨스 문학의 또 하나의 주요 특징은 기독교 사상에 그 기반을 두고 있기 때문에 로맨스 문학은 나름대로의 우주의 원리와 인간의 본질에 대하여 설명하고자 한다는 것이다. 즉, 비합리적이거나 예기치 않은 행동을 하는 인간들이 사는 이 세계는 서로 '연결고리가 없고 단절된 그리고 우연히 발생되는 사건들의 연속'(disconnected, arbitrary successions of events)으로 이루어진 비합리적인 혼돈의 세계(apparent chaos)처럼 보이지만 로맨스에서는 궁극적으로 이러한 인간의 세계가 합리적인 우주의 세계로서의 의미를 지니고 있다는 것을 보여 주고자 한다는 것이다. 따라서 로맨스 문학은 밀러의 주장처럼 전체적 내러티브를 통하여 신의 섭리가 인간의 영혼과 신의 은총과의 영적인 연결을 통하여 이루어지며, 우주는 신의 섭리가 지배하는 도덕적으로 완전한 모든 것의 전형으로서 우주의 모든 것은 신의 섭리에 의해 이루어지는 분명한 원칙을 지니는 세계임을 보여 주고 있다(Miller 72－73).

로맨스의 주인공들이 때로는 어려움에 처하지만 결국에는 그 위기를 극복하게 되고, 주인공들의 사랑과 이별에 따른 고통을 겪지만 결국 이 역경을 극복하고 결합을 이루게 됨으로써 결국 해피엔딩에 다다를 수 있는 것은 신의 섭리에 의한 것이라고 보는 것이다. 다시 말해 로맨스적 세계관은 신이라는 초월적인 존재가 항상 인간사를 지배하고 있다고 보는 것인데, 이러한 로맨스적 세계관은 전통적인 로맨스 작품과 필딩 작품들에서 찾아볼 수 있다.

다음의 『톰 존스』의 시작 부분과 전통적 로맨스인 토마스 롯지(Thomas Lodge)의 『로자린드』(*Rosalynde*)의 서두를 보면 두 작품 모두 로맨스의 세계관을 보여 주고 있으며 글의 어휘와 문체상에서도 유사성이 있음을 발견할 수 있다.

일반적으로 서머셋셔라고 불리는 이 왕국의 서쪽 지역에 최근에,

아마 현재도 여전히 살고 있을지 모르지만, 올워디라는 이름의 신사가 살고 있었다. 그는 자연의 여신과 운명의 여신이 총애하는 자라고 불릴 만한데 그것은 이 두 여신들이 누가 더 그에게 축복을 내리고 부를 내릴지 경쟁하는 것 같아 보였기 때문이다.

In that Part of the western Division of this Kingdom, which is commonly called Somersetshire, there lately lived(and perhaps lives still) a Gentleman whose Name was Allworthy, and who might well be called the Favorite of both Nature and Fortune; for both of these seem to have contented which should bless and enrich him most(*TJ* 34).

보르도라는 도시 인접에 매우 가문 좋은 집안의 기사가 살고 있었는데, 운명의 여신이 많은 호의를 베풀었고 자연의 여신도 그에게 수많은 여러 가지 선물을 주어 그는 양쪽의 선물이 넘쳐 운명의 여신과 자연의 여신 중 누가 그에게 하사품을 더 주었는지 모를 정도였다.

There dwelled adioyning to the citie of Bourdeaux a Knight of most honorable parentage, whom Fortune had so graced with manie favours, and Nature honored with sundrie exquisite qualities, so beautified with the excellence of both, as it was a question whether Fortune or Nature were more prodigall in deciphering the riches of their bounties(Lodge 3).

전통적으로 로맨스 작품에서는 초월적인 존재가 등장하며 이들이 인간 세계의 일에 관여하며 그들의 운명을 결정한다. 이러한 사실은 위에 인용된 『로자린드』의 시작 부분에서 잘 드러난다. 작가는 훌륭한 가문 출생의 어느 기사의 자질과 성품을 행운의 여신과 자연의 여신의 선물로서 설명함으로써 이 기사의 성품이 그의 개인적인 노력으로 성취된 것이기보다는 그가 운명적으로 타고난 것, 즉 초월적 존재에 의해서 좌우된 것임을 간접적으로 강조한다. 주인공의 성품을 초월적 존재의 선물로서 보는 이러한 로맨스적인 세계관은 『로자린드』와 여러 면에서 두드러진 공통점을 갖고 있는 『톰 존스』의 올워디에 대한 묘사 장면에서도 엿보인다. 이 글의 화자도 올워디를 소개할 때 그의 성품과 인격을 자기 스스로 쟁취한 것이 아니라, 단지 운명과 자연의 여신의 결정에 따른 것임을 강조하고 있기 때문이다. 이는 필딩이 인간사에 있어서 한 개인의 앞날이 자신의 노력에 의해 결정되는 것보다는 그가 태어나면서 지니게 된 운명에 많이 좌우된다는 사실을 표현하기 위한 것이며, 이러한 인생관은 바로 초월적 존재가 인간사에 개입하고 있다는 믿음을 표방하는 로맨스의 세계관과 유사한 것이며 기독교적 세계관과도 맥을 같이한다.

　이러한 초월적인 존재에 대한 믿음과 모든 인간사가 신의 섭리하에서 이루어진다는 필딩의 기독교적인 세계관은 『조셉 앤드류즈』에서 "인간은 스스로 우리를 만들지 않았으며 우리 인간을 만든 바로 그 힘이 우리를 지배하고 있으며, 우리는 전적으로 그[신]의 처분에 맡겨져 있는 것이다."(*JA* 265)라는 아담스의 말을 통해서 분명히 전달되고 있으며, 또한 필딩의 이러한 세계관은 작품의 인물이나 플롯을 통해서도 잘 나타나 있다.

『조셉 앤드류즈』는 『파멜라』를 패러디하며 리처드슨이 표방하고 있는 미덕이 실제로는 중산층의 신분 상승의 욕구와 이를 실현하기 위한 교묘한 술책이라는 점을 폭로하기 위해 쓰인 작품으로 잘 알려져 있다. 그러나 이 작품의 주제로 미루어 보면, 이 작품이 패러디의 성격보다는 거기서 더 나아가 신의 섭리가 인간사를 주관한다는 기독교적 세계관을 표방하기 위한 것임을 알 수 있다. 이러한 신의 섭리의 주제는 앞서 언급했듯이 이 작품의 주인공 조셉이 이름이 같은 구약성서의 인물인 요셉과 유사한 고난을 겪으며 이루어짐을 잘 알 수 있다. 구약성서의 요셉이 감옥에 갇히는 고난 속에서도 올바르게 살아가며 신에 대한 믿음을 저버리지 않아 결국 신의 도움으로 감옥에서 나오고 애굽의 총리의 지위까지 오르게 되며 마침내는 자신의 가족과 재회하고 자신의 신분을 되찾게 되듯이, 『조셉 앤드류즈』의 주인공 조셉도 레이디 부비의 유혹을 거절하여 하인 직에서 쫓겨나 고향으로 돌아오는 도중에 강도를 만나는 등 여러 가지 고난과 역경을 겪게 되지만 아담즈 목사의 가르침으로 얻은 신에 대한 믿음으로 올바르게 살아감으로써 마침내 잃었던 신분을 되찾아 가족과 재회하고 사랑하는 패니와의 결합을 이루게 되어 결국 해피엔딩의 결말을 맞이하기 때문이다.

전통적으로 서사시나 로맨스에서는 신이 직접 등장하여 인간사를 관할하거나 신의 섭리가 우연으로 표현되어 나타나기도 한다. 트로이 전쟁 후 아이네아스가 트로이 유민을 이끌고 새로운 정착지를 세우기 위해 이탈리아로 가게 되는 것도 제우스신의 뜻이었고 그가 이탈리아로 가는 도중 겪는 많은 시련도 트로이를 못마땅해하는 여신 헤라 때문이었으며, 그 역경을 극복할 수 있었던 것도 아이네아스의 어머니인 여신 아프로디테의 도움 덕분이었다. 이처럼 서사시 『아이네아스』에서는 신들이 직접 등장하여 인간사를 관할하고 있으나 『아마디스』나 『톰 존스』 그리고 『조셉 앤드류즈』에서는 신의 섭리가 '우연'의 모습으로 실현된다.

『아마디스』에서는 오리아나의 오해와 냉대로 인해 모든 것을 포기한 채 '작은 바위섬'(Poor Rock)으로 은둔해 있는 아마디스를 오리아나의 명을 받고 찾으러 다니던 하녀는 폭풍에 의해 우연히 아마디스가 있는 바위섬으로 오게 된다. 이곳에서 아마디스를 만나게 된 오리아나의 하녀는 아마디스에게 오리아나가 자신의 오해를 깨닫고 잘못을 후회하고 있다는 내용의 편지를 전달함으로써 아마디스는 사랑하는 여인 오리아나에게 돌아가게 된다. 이처럼 어려움에 처한 로맨스의 주인공들을 신은 '우연'이라는 모습을 띤 자신의 섭리를 통해서 구원해 주는데, 『조셉 앤드류즈』에서도 필딩은 신이 우연을 가장하여 자신의 뜻을 실현하고 있음을 등장인물의 입을 통해서 전달하고 있다. 한 예로 패니가 길을 동행하던 악한에게 성폭행을 당할 위기에 놓였을 때 우연히 그곳을 지나가던 아담즈가 패니를 구해 주게 되는데, 아담즈는 '자신이 패니를 구하게 된 것은 우연이 아니라 인간의 모든 것을 관장하는 신의 섭리에 의해서이며, 그것은 신에 대한 전적인 믿음을 보여 준 그녀를 도울 수 있도록 신이 자신을 보낸 것'(*JA* 139)이라고 패니의 신에 대한 전적인 믿음에 칭찬과 격려를 아끼지 않는다.

이러한 아담즈의 '신의 섭리론'(Providence)은 조셉에게도 설교된다. 어느 퇴역 장교가 자신이 기생하고 있는 파렴치한 영주의 심부름으로 아담즈와 조셉을 결박하고 패니를 납치한다. 이로 인해 절망감에 빠져 있는 조셉에게 아담즈는 참된 기독교인은 절망해서는 안된다며 그 이유로서 "진정한 기독교인은 어떠한 어려움 속에서도 모든 것을 주관하는 신이 현재의 역경을 궁극적으로는 선으로 바꿀 것이라는 것을 의심치 말고 믿어야 하며 절망에 빠지는 것은 이러한 신의 섭리를 부정하는 것이다"(*JA* 266)라고 말하며 비통해하는 조셉을 나무라고 동시에 신의 궁극적인 정의에 대한 자신의 믿음을 역설한다.

패니의 '신'에 대한 변함없는 믿음과 신념은 그녀가 납치되어 마차에 실려 가는 고난의 순간에 눈을 하늘로 향해 치켜들며 신에게 자신의 순결을 지켜 달라고 간절히 간청하는 모습을 통해서도 잘 나타난다. 게다가 바로 그때 우연히 그곳을 지나가던 패니와 안면이 있는 기수(Horseman)가 그녀를 알아보고 패니를 악당에게서 구해 주게 되는데, 이때에도 패니는 "신이 악당으로부터 자신을 구해 주도록 그를 보내주었다"고 말하며 신에게 감사한다(*JA* 269).

이 작품의 결말 부분과 조셉과 패니의 신분을 회복하는 과정에도 '우연'이 작용하지만 이는 궁극적으로 주인공들에게 해피엔딩을 선물하는 신의 섭리에 의해 발생한 일련의 사건들이다. 아담즈의 아들이 물에 빠져 죽을 뻔하였을 때도 우연히 그곳을 지나가던 행상인이 목숨을 구해 주고, 패니와 조셉이 서로 뒤바뀐 가정에서 살게 되었다는 사실을 알려 주고, 이들이 친부모를 찾게 도와준 사람도 이 행상인이었다. 이 행상인은 특히 우연이라는 모습으로 발휘되는 신의 섭리의 대행자로서의 역할을 하고 있는 것이며 필딩은 그의 존재를 통하여 신의 섭리가 모든 인간사를 주관하며 인간의 행복과 불행을 결정짓는다는 로맨스적 세계관을 독자들에게 강조하고 있는 것이다.26)

신의 섭리에 대한 믿음과 우연을 통한 섭리의 실현이라는 필딩이 사용한 로맨스의 모티브는 『톰 존스』에서도 반복된다. 톰은 우연히 길을 가다 악당의 공격을 받고 있는 '산 사나이'(Man of the Hill)를 구해 주게 되는데, 톰의 행동에 대해 감사를 표하는 '산 사나이'에게 톰은 그를 구해 준 것이 결코 자신이 아니라 자신을 이곳으로 보내 준 신이므로 신에게 감사하라고 충고한다(*TJ* 448). 이는 필딩이 신의 섭리에 대한 자신의 믿음을 신중함이 부족해 많은 고난에 빠지는 톰의 언변을 통해서도 피력하는 것이다. 모든 것을 궁극적으로 선으로 이끄는 신의 섭리에 대한 톰의 믿음은 바로 이 '산 사나이'와의 대화에서 다시 한번 강조된다.

자신을 파멸의 길로 이끈 학교 친구와 자신을 배신한 친구 등을 통해 세상의 모든 사람에게 등을 돌리고 모든 인간들에게 혐오감을 담고 있는 산 사나이는 인간을 믿지 않고 이 세상에는 정의도 없고 정의를 실현시킬 수 있는 어떤 절대적인 힘도 존재하지 않는다고

---

26) 윌리엄즈는 필딩이 작품에서 우연이나 비개연성을 처음부터 중간, 결말에 이르기까지 개연성과 필연적인 관계에 의해 돌아가는 아주 사실적인 장면들과 피카레스크적인 일련의 모험, 또는 로맨스의 요소가 반영된 전체적인 행동의 체계 속에서 보여 주고 있는데 이것이 실제의 삶의 모습임을 의도적으로 보여 주기 위한 것이라고 주장한다 (Williams 266).

자신을 구해 준 톰에게 말한다. 그러나 톰은 그에게 몇 사람의 나쁜 본보기를 통해 모든 인간을 그렇게 취급하는 것은 정당하지 못한 처사라며(*TJ* 485) '산 사나이'의 염세적인 세계관을 반박한다. 롱마이어(Samuel Longmire)의 지적처럼 이러한 염세주의에 대한 거부는 톰의 착한 마음과 건전한 정신을 나타내 보여 주는 것이며[27] 동시에 톰이 지닌 '신의 섭리'에 대한 믿음을 잘 보여 주는 것이기도 하다.

톰의 신의 섭리에 대한 믿음은 여행 도중 숲 속에서 악당의 공격을 받고 있는 워터즈 부인을 구해 주는 톰의 입을 통해 다시 한번 강조된다.

이 불쌍한 여인은 톰에게 무릎을 꿇고 자신을 구해 준 것에 대해 수없이 감사를 표했다. 그는 곧 그녀를 일으켜 세우고 아무런 도움의 손길도 없을 것 같은 이곳에 자신을 보내 준 놀라운 우연에 기쁘다며 하늘이 그녀를 구해 주는 도구로 자신을 지정한 것 같다고 덧붙여 말하였다.

The poor Wretch then fell upon her Knees to Jones, and gave him a thousand Thanks for her Deliverance: He presently lifted her up, and told her he was highly pleased with the extraordinary Accident which had sent him thither for her Relief,

---

27) "이 인간 혐오자가 하는 긴 이야기는 복잡한 역할을 하고 있다. 우리는 여기서 톰이 산 사나이의 인간 혐오를 거부하는 것은 톰이 선한 성품과 건전한 마음을 가지고 있음을 보여 준다고 주장할 수 있다."(Samuel E. Longmire 425)

where it was so improbable she should find any; adding, that Heaven seemed to have designed him as the happy Instrument of her Protection(*TJ* 496).

　이처럼 신의 섭리는 우연이나 신의 대행자 등을 통해서 실현되고 있다. 『아마디스』에서는 오리아나의 시녀를 아마디스가 있는 곳으로 데려다 준 '바람'이나 아마디스의 아들의 신분을 밝혀 준 '은둔자'(hermit)가, 『조셉 앤드류즈』에서는 패니를 곤경에서 구해 준 아담즈와, 조셉과 패니의 잃었던 신분을 되찾게 도와준 행상인, 그리고 『톰 존스』에서는 올워디를 찾아가 톰의 신분을 밝혀 준 워터즈 부인이나 톰의 출생의 비밀에 관한 전모가 담긴 톰의 생모 브리짓의 편지를 전해 준 변호사 '다울링'(Dowling)이 신의 섭리를 대행하는 자의 역할을 담당하고 있다. 이처럼 필딩의 작품에서 전개되는 모든 인간사는 신의 뜻에 따라 이루어지는 것이라는 '신의 섭리론'은 필딩이 자신의 작품에 반영하고자 한 로맨스의 세계관뿐만이 아니라 필딩 자신의 종교적 신념과 당시의 기독교적 세계관의 영향이라고 윌리엄즈는 다음과 같이 설명한다.

　필딩의 소설에 있어 사건의 전개는 역시 기독교적인 당시의 세계상에 많이 영향을 받았다. 그 세계상에는 보통 자연스러운 중재자나 수단을 통해 인간사에 직접 개입하는 신의 섭리사상이 담겨 있는데, 그 신의 섭리라는 사상은 이 세상이란 신의 섭리가 종종 개개의 인간사에 개입하는 것이라고 주장하고 있고, 신의 개입이 있다는 확실한 증표는 기이하거나 놀랍거나 우연적인 성격을 가진 사건이라고 주장한다.

> In any Fielding novel the course of events, both as to arrangement or design and as to purpose and implication, is also heavily influenced by the prevailing, that is to say, Christian, world—picture of his time. That world—picture was still deeply informed by the conception of a Providence that intervened directly, though usually by natural means and agents, in human affairs. The conception insisted upon the world as a place where Providence interposed frequently in the individual human experience, and also insisted that the surest signs of such interposition were events marked by a strange or startling or coincidental character(267).

윌리암즈의 지적은 궁극적으로 필딩의 소설은 당시의 기독교적 세계관에 큰 영향을 받은 것임은 아주 자명한 것이며, 그의 기독교적 세계관은 겉으로 보기에 초월적인 힘이나 존재의 직접적 개입에 의해 입증되는 것이 아니라, 가능성이나 개연성을 지닌 자연스러운 방법을 통해서, 때로는 특별하고 놀라운 그리고 우연한 사건들에 의해 입증된다는 것이다. 이는 필딩 소설의 여러 가지 사건들은 겉으로는 서로의 연관성이 없는 파편적인 것으로 보이지만 사실 그 사건들은 필딩이 보여 주고자 하는 공통적인 의도나 목적을 지니고 있으며 이는 '신의 섭리'라는 당시의 기독교적 세계관 그리고 앞서의 로맨스적 세계관을 반영하고 있다는 의미이다. 이러한 신의 섭리라는 로맨스의 기독교적의 주제는 17세기 중엽에 토마스 라이머

(Thomas Rymer)에 의해 처음으로 사용된 ‘시적 정의’(poetical justice)라는 용어로도 설명될 수 있다. 원래 라이머는 기독교적 세계관을 지닌 기독교인에 의해 쓰인 문학작품의 방식을 의미하기 위해 ‘시적 정의’라는 용어를 사용하였는데, 그에 따르면 ‘시적 정의’는 신의 섭리가 지배하는 ‘진정한 세상’(real world)에서는 항상 ‘신의 정의’(the Providential Justice)가 이루어진다는 믿음이며, 따라서 ‘시적 정의’를 표현한 작품은 역으로 신의 섭리의 주제를 다루는 권선징악의 내용을 담는 작품이라는 것이다.

필딩의 작품에 나타나는 권선징악의 모티브인 시적 정의는 이런 면에서 기독교적이며 로맨스적인 세계관의 표현인 것이다. 그 증거로서 우리는 필딩의 작품의 많은 부분에서 기독교의 신념을 발견할 수 있는데, 필딩에게 있어서의 ‘신’(God)의 개념은 이신론자(deist)들의 것과는 차이를 보인다. 필딩에게 있어서 우주의 창조자인 ‘신’은 이신론자의 신처럼 인간사에 관여하지 않는 잠자는(slumber), 비적극적인(unactive), 응답을 하지 않는(lazy) 존재가 아니라, 거룩하고(holy), 진실하며(true) 전능(omnipotent)하며 전지적인(omniscient) 존재로서 관대함과 자비심으로 인간사를 끊임없이 주시하며 인간들의 행동에 따라 보상과 처벌을 내리는 신인 것이다(Work 141).

따라서 필딩의 작품 속의 신은 인간사를 멀리서 그저 바라만 보는 것이 아니라 직접적으로 개입하거나 즉각적인 방법으로 인간사에 관여한다. 패니가 성폭행을 당하려는 순간과 납치되어 끌려가는 순간에 그녀의 간절한 기도를 들은 신은 즉각적인 응답으로서 구원자를 보내 패니를 역경으로부터 구해 준다. 그리고 감옥 안에서 죽음을 당하게 될지도 모르는 운명에 처하여 자신의 지난날의 잘못을 깊이 뉘우치며 신에 대한 절대적 믿음을 보이며 신의 어떠한 처분에도 순종할 것을 다짐하는 톰에게 신분 회복과 소피아와의 결합을 이루게 해 줌으로써 필딩의 로맨스적 해피엔딩은 바로 회개를 하면 구원이 이루어진다는 기독교의 신의 섭리 사상인 시적 정의에 대한 믿음과 직결된 다는 것을 알 수 있다.

이러한 신의 섭리를 다루는 로맨스에서는 사회 정의의 실현을 토대로 주인공들의 소원이 성취되므로 로맨스 작품들은 두 연인들에게 단순히 재회의 기쁨만을 선물하는 것이 아니고 사회의 질서 회복과 정의 실현과 함께 그들의 재회를 이루게 한다. 따라서 신의 섭리가 실현되는 문학은 비극이 아니라 희극(Comedy)일 수밖에 없다. 왜냐하면 희극이란 단지 '우스운 이야기'란 의미가 아니라 신의 뜻에 따라 정의가 실현되어 권선징악이 이루어지는 세계를 그린 문학작품이기 때문이다. 따라서 필딩이 자신의 글쓰기를 '희극적 로맨스'(Comic Romance) 혹은 '산문으로 된 희극적 서사시'(Comic Epic-Poem in Prose)라고 정의한 것은 그의 작품이 해피엔딩을 이끄는 기독교적인 세계관을 기초로 하고 있음을 표방하는 것이기도 하다.

Ⅲ. 상호 텍스트성과 장르의 혼합

앞 두 장에서 살펴본 바와 같이 필딩이 소위 말하는 새로운 글쓰기는 사실주의적인 18세기 당대의 세계관과 전통적인 과거 문학작품에 나타나는 로맨스적이거나 기독교적 세계관을 보여 준다. 이는 필딩이 자신의 기독교적인 세계관과 당대의 사실주의적인 태도를 근간으로 과거 문학을 수용하고 이를 자신의 문학에 접목시켜 새로운 글쓰기의 창조를 시도한 것으로 해석될 수 있다. 필딩이 과거 문학작품의 전통을 작품에 편입하고 이를 재해석, 재창조하려고 했다는 증거는 그가 자신의 글쓰기에 도입한 과거 문학작품이나 고대 작가들에 대한 언급 그리고 고대 작가들이 즐겨 사용하였던 문체상의 테크닉 등을 자신의 작품에서 활용하고 있는 데서 엿볼 수 있다.

새로운 글쓰기를 시도하면서 필딩이 가장 염두에 두었던 과거 문학 장르는 앞 장에서 살펴본 로맨스와 서사시이다. 필딩의 글쓰기가 고대 서사시인의 영향을 받았으며 서사적 전통하에 있음은 『톰 존스』의 8권 1장에 나타난 필딩의 다음과 같은 진술에서 엿볼 수 있다.

명성을 사랑하는 자여 와서 나의 불타는 가슴에 영감을 불어넣어 주시요. 내가 부르는 것은 수백만 명의 사람들의 한숨이 영웅이 탄 배의 돛대를 불어 주는 동안, 수많은 사람들의 피와 눈물의 홍수를 넘어 영웅을 영광의 길로 인도하는 당신이 아니라, 행복한 요정 므네시스가 히브루스의 강가에서 처음 낳은 아름다고 온화한 처녀인 당신이다. 마에오니아가 교육하고 만투아가 매료시킨, 영국의 자랑스러운 대도시를 굽어보는 저 아름다운 언덕 위에서 밀턴과 함께 영웅적인 리라를 감미롭게 연주하며 다가올 멋진 미래에 대한 희망으로 나의 황홀한 상상력을 채워 주는 당신이다.

Come, bright Love of Fame, inspire my glowing Breast: Not thee I call, who over swelling Tides of Blood and Tears, dost bear the Heroe on to Glory, while Sighs of Millions waft his spreading Sails; but thee, fair, gentle Maid, whom Mnesis, happy Nymph, first on the Banks of Hebrus did produce. Thee, whom Maeonia educated, whom Mantua charm'd, and who, on that fair Hill which overlooks the proud Metropolis of Britain, satst, with thy Milton, sweetly tuning the Heroic Lyre; fill my ravished Fancy with the Hopes of charming Ages yet to come(*TJ* 683).

필딩이 자신의 작품과 서사시와의 연관성을 강조하려 하였다는 증거는 위의 인용문에서 필딩이 그리스의 서사시인 호메로스(Homer)의 출생지로 추정되는 리디아(Lydia)의 옛 이름인 마에오니아

(Maeonia)나 로마시대의 대표적인 서사시인 베르길리우스(Virgil)의 출생지로서 유명한 도시 만투아뿐만 아니라 필딩의 선배작가이면서 호메로스나 베르길리우스처럼 서사적인 작품을 써 유명한 영국의 밀턴(Milton)을 언급한 데서 직접 드러난다. 게다가 필딩은 서사시를 쓸 때 시인들이 흔히 취하는 서사시적 태도 중의 하나인 뮤즈(Muse)에게 시를 쓸 수 있도록 영감을 달라고 호소함으로써 자신의 글쓰기가 서사적 전통 위에 서 있음을 강조하고 있다.

필딩이 뮤즈에게 자신의 글쓰기에 영감을 불어넣어 달라고 요청하는 것은 『톰 존스』에서뿐만 아니라 『조셉 앤드류즈』에서도 발견된다. 『조셉 앤드류즈』의 화자는 다음과 같이 예술의 신 뮤즈를 부르며 작가로서의 영감을 불어넣어 달라고 기원한다.

그대, 뮤즈건 아니면 다른 이름으로 불리기 원하던 건 간에 인간의 전기를 쓰는 데 관여하고 우리 시대에 전기를 쓰는 작가들에게 영감을 불어넣어 주는 그대, 불멸의 걸리버의 펜에 놀라운 유머를 불어넣어 주고 인간의 판단을 조심스럽게 지도해 주던 그대…… 내가 감당할 수 없는 이 일을 하는 데 나를 도와주시오. 이 들판에 있는 젊고 활기차고 용감한 조셉 앤드류즈를 소개해 주시오. 남자들은 경탄과 시기심으로 바라보고 사랑스러운 처녀들은 사랑하는 마음과 그의 안전에 대해 걱정하는 마음으로 지켜보도록.

Now, thou, whoever thou art, whether a Muse, or by what other Name soever thou chusest to be called, who presidest over Biography, and hast inspired all the Writers of Lives in these our

Times: Thou who didst infuse such wonderful Humour into the Pen of immortal Gulliver who hast carefully guided the Judgement…… do thou assist me in what I find myself unequal to. Do thou introduce on the Plain, the young, the gay, the brave Joseph Andrews, whilst Men shall view him with Administration and Envy; tender Virgins with Love and anxious Concern for his Safety(*JA* 238 − 39).

여기서 필딩은 고대 서사 시인들이 영감을 불러일으켜 달라고 호소하던 뮤즈에게 자신이 현재 겪고 있는 글쓰기의 어려움을 호소하며 영감을 달라고 요청하고 있다. 그러나 재미있는 사실은 그가 도움을 요청하는 대상을 뮤즈라고 불러야 할지 아니면 다른 이름으로 불러야 할지 모르겠다고 실토한다는 점이다. 게다가 필딩은 영감을 주는 그 대상이 서사 시인에게만 도움을 주는 것이 아니라 스위프트의 『걸리버 여행기』 집필이나 기타, 다른 전기적 작품에도 도움을 주었다고 말함으로써 그가 도움을 요청한 대상이 서사 시인들의 뮤즈와는 차이가 있는 것처럼 보인다. 이러한 사실은 필딩이 뮤즈의 도움을 요청하는 등 서사시의 관례를 사용함으로써, 그리고 서사 시인들을 자신의 작품에 언급함으로써 필딩이 자신의 글쓰기에 과거 전통문학을 접목하려 하고 있지만, 동시에 스위프트나 전기적 작품들을 언급함으로써 자신의 글이 18세기 당대의 글쓰기의 배경을 갖고 있음을 보여 주고 있는 것이기도 하다.

필딩이 자신의 글쓰기에 접목한 전통적인 문학 장르는 서사시뿐만은 아니었다. 로맨스적 세계와도 유사하면서 전원적이고 이상적인 배경하에서 벌어지는 남녀 간의 순수하고 아름다운 사랑을 다루는 소위 목가시의 문체를 필딩은 즐겨 사용한다. 특히 『톰 존스』에서 서로 사랑하는 두 연인인 톰과 소피아의 애틋한 만남과 이를 못마 땅하게 생각하는 소피아의 아버지 웨스턴의 분노를 표현한 다음 글 은 필딩이 목가시의 풍을 어떻게 활용하고 있는가를 잘 보여 주고 있다.

두 마리의 비둘기가 혹은 산비둘기가 혹은 스트레폰과 필리스가 사랑의 즐거운 대화를 나누기 위해 어떤 기분 좋고 호젓한 숲으로 들어갔을 때, 남들 앞에서 말하지 못하는 그 수줍은 소년은 한 번 에 두 사람 이상에게 좋은 동무가 되지 못한다. 이곳 모든 것이 조 용할 때 천둥이라는 말이 갑자기 부서진 구름을 뚫고 하늘을 우르 릉거리며 달릴 때, 놀란 처녀는 이끼 낀 강둑 혹은 푸른 잔디에서 벌떡 일어나고, 종전에 사랑의 감정으로 붉게 물든 뺨이 죽음의 창 백한 의상으로 바뀐다. 두려움이 그녀의 온몸을 떨게 하고 그녀의 연인은 떠는 그녀의 사지를 간신히 부축한다.

As when two Doves, or two Wood−pigeons, or as when Strephon and Phillis(for that comes nearest to the Mark) are retired into some pleasant solitary Grove, to enjoy the delightful Conversation of Love; that bashful boy who cannot speak in Public, and is never a good Companion to more than two at a Time. Here while every Object is serene, should horse Thunder burst suddenly through the shattered Clouds, and rumbling roll along the Sky, the frightened Maid starts from the mossy Bank or verdant Turf; the pale Livery of Death succeeds the red Regimentals in which Love had before drest her cheeks; Fear shakes her whole Frame, and her Lover scarce supports her trembling tottering Limbs(300).

남몰래 숨겨 온 소피아에 대한 연정을 담고 있는 톰이 주위에 아무도 없는 상황에서 소피아를 만나게 되는 장면을 필딩은 목가시의 전형적인 남녀 주인공의 이름인 스트레폰과 필리스가 초원에서 남의 시선을 피해 사랑을 속삭이는 것으로 묘사함으로써 이 작품에 목가적인 분위기를 부여하고 있다. 또한 필딩은 이 두 연인을 다정한 비둘기에, 톰을 수줍은 소년, 소피아를 놀란 처녀에 비유함으로써 이들이 얼마나 순수하고 때 묻지 않는 목가적인 사랑을 나누고 있는지 암시한다. 그러나 필딩은 이 목가적인 분위기를 깨트리는 웨스턴 영주의 등장도 목가적인 문체를 사용하여 묘사한다. 즉, 톰과 소피아가 그들의 순진한 사랑을 고백하고 있을 때 이들의 만남에 대해 좋지 않게 여기는 웨스턴이 고함을 지르며 이들의 만남의 장소로 돌진하여 이들을 두려움에 떨게 한 사실을 마치 전원에서 사랑을 속삭이는데 금방이라도 비가 올 듯 천둥이 요란하게 쳐 우리의 주인공들이 두려움에 사로잡혔다는 극히 목가적인 비유를 사용하였기 때문이다.

필딩은 이처럼 자신의 글쓰기에 서사시, 목가시의 문체를 접목하여 과거 문학과 자신의 문학 간의 연계성을 강조하였지만, 과거 문학에 대한 그의 관심은 고대 그리스나 로마풍의 서사시 혹은 목가시에 국한되는 것은 아니었다. 영국의 르네상스 시대의 작가나, 스위프트에 대한 필딩의 언급에서 짐작할 수 있듯이, 18세기의 다른 영국 작가들과 자신의 문학의 연계 가능성에 대해서도 문을 열어 놓고 있다. 우선 필딩의 작품에 가장 많이 거론되는 영국의 작가는 바로 셰익스피어(Shakespeare)다. 셰익스피어에 대한 필딩의 관심과 이를 작품 내에서 어떻게 수용하였는가를 알아보기 위해서 다음 두 인용문을 비교해 보자. 우선 A는 블리필의 모함을 받아 파라다이스 홀에서 쫓겨 가는 톰이 소피아와의 작별을 아쉬워하면서 보낸 편지를 읽고 슬퍼하는 소피아 앞에서 톰에 대해 "형편없고 거지 같은 악당 같은 놈"(poor beggarly bastardly fellow)이라고 욕설을 퍼붓는 유모 아너(Honour)에게 소피아가 나무라는 장면이고, B는 셰익스피어의 『로미오와 줄리엣』에서 줄리엣이 로미오를 탓하는 유모를 질책하는 내용이다.

A.

그 불경스러운 입 다물어요. 소피아가 소리쳤다. "어떻게 감히 그의 이름을 내 앞에서 불경스럽게 말할 수 있어요? 그가 나한데 몹쓸 짓을 했나요? 아네요. 그의 아픈 마음은 그가 이런 잔인한 말을 썼을 때 내가 그 글을 읽었을 때보다도 더 아팠을 겁니다. 그는 아주 훌륭한 분이에요. 천사처럼 선하고요. 난 내가 존경해야 할 것을 나무란 나의 부족한 점이 오히려 부끄러워요."

Hold your blasphemous Tongue, cries Sophia, 'how dare you mention his Name with Disrespect before me? He use me ill?

No, his poor bleeding Heart suffered more when he writ the
cruel Words, than mine from reading them. O! he is all heroic
Virtue, and angelic Goodness. I am ashamed of the Weakness of
my own Passion, for blaming what I ought to admire.'(*TJ* 318)

B.

그런 악담이나 하는 유모의 입에 상처나 났으면 좋겠네.

그는 그런 수모를 당할 사람이 아니에요.

그의 이마엔 수치심이 자리 잡을 수도 없어요.

그의 이마는 명예가 천하에서 으뜸가는 제왕으로서 군림할 옥좌
예요.

아 어쩌자고 내가 그를 책망하였던 것일까?(『로미오와 줄리엣』,
3막 2장)

Blistered be thy tongue

For such a wish! He was not born to shame.

Upon his brow shame is ashame'd to sit

For 'tis a throne where honour may be crown'd

Sole monarch of the universal earth.

O, what a beast was I to chide at him!(*Romeo and Juliet*, Ⅲ,ⅱ.)

『톰 존스』에 등장하는 소피아의 유모인 아너 부인은 소피아를 아
끼지만 그다지 교육을 받지 않은 인물로 수다스럽고 때로는 소피아
의 심중을 잘못 파악해 소피아의 원망을 사기도 하는 인물이다. 『로
미오와 줄리엣』의 줄리엣의 유모도 마찬가지다. 그녀는 전형적인 하
인처럼 수다스럽고 때로는 주책없는 행동을 하는 사람이지만 줄리

엣을 아끼는 마음에는 변함이 없다. 그러나 그녀도 아너 부인처럼 줄리엣의 진심을 헤아리지 못함으로써 줄리엣의 강한 비난을 받는다. 이런 상황적인 유사성 이외에도 위에 인용한 두 인용문 간에는 내용상의 유사성이 있다. 우선 명예, 수치심, 존경 등의 연관성 있는 단어가 이 두 인용문 사이에 나타나고 줄리엣이나 소피아가 한결같이 자신들의 연인을 책망하는 유모에게 입을 다물라고 말하고 있다. 끝으로 이 두 여성이 연인을 원망하였던 자신을 스스로도 책망하는 이 두 장면의 유사성은 단순한 우연이 아니라 필딩이 의도적으로 그려 낸 것임을 짐작할 수 있다. 즉, 필딩은 자신의 글쓰기에 고대 그리스 로마 시대의 서사시와 중세의 로맨스 이외에도 셰익스피어와 같은 선배 작가들의 글도 수용하여 과거 문학전통하에 자신의 글쓰기를 두려했던 것이다.

필딩은 이처럼 과거 문학작품을 직, 간접적으로 언급하고 자신의 글쓰기에 이용한 이유는 소위 '상호 텍스트성'(intertextuality)을 의도적으로 강조하고 이를 통해 과거 문학과 자신의 문학 간의 연계성 나아가 자신의 문학의 정통성을 확립한 것 이외에도 인간의 삶에는 인간 보편의 가치가 존재하고 나아가 보편의 경험이 있다는 것을 보여 주기 위한 것이다. 즉, 개개의 상황은 다를지라도 시대를 초월하여 인간이 공통점으로 느끼는 감정이 존재한다는 사실을 자신의 작품과 과거 문학과의 연계성을 통해서 필딩은 보여 주고자 한다는 것이다.

『톰 존스』에 등장하는 학교 선생 파트리지(Partridge)와 그의 하녀이자 라틴어 제자인 제니(Jenny) 사이를 의혹의 눈초리로 바라보

는 파트리지의 아내는 일단 의심을 품을 미세한 상황이 벌어지자
이를 곧 확신으로까지 발전시켜 생각한다. 이때 필딩은 파트리지의
아내가 아무런 근거도 없음에도 불구하고 자신의 의심을 확신으로
바꾸는 과정을 셰익스피어의 작품 『오셀로』에 등장하는 오셀로에
비유하고 있다.

> 이 선한 여인은 항상 의심을 하며
> 달의 변화를 쫓고
> 질투를 자신의 업으로 삼는 오셀로와 같은 성격을 가지고 있다.
> 그처럼 그녀도
> 일단 의심을 품게 되면 확신을 하게 된다(『오셀로』, 3막 3장)

> This good Woman was, no more than Othello, of a Disposition,
> To make a Life of Jealousy,
> And follow still the Changes of the Moon
> With fresh Suspicions
> with her, as well as him
> To be once in doubt was once to be resolved(Othello, III.iii)(*TJ* 84)

　　오셀로는 이아고(Iago)라는 악한의 꾐에 속아 넘어가 순진한 아내
의 정조를 의심하고 급기야 그녀를 살해하기까지 하는 인물이다. 그
는 이아고가 만들어 놓은 함정에 빠져 어느 작은 일도 이를 아내가
불륜을 저지르고 있다는 증거로서 받아들인다. 그가 만일 그런 의심
을 진작부터 아내 데스데모나(Desdemona)에게 털어놓았더라면 그

의심은 풀어졌을 터이지만, 그의 질투심과 의심은 데스데모나와 자신의 주변에서 일어나는 모든 상황들에 대한 의심을 보다 굳건히 하는 데 한몫을 하였다. 파트리지 부인이 파트리지와 제니와의 관계에 대해 의심을 품고 이것이 그녀의 확신으로 이어지는 과정도 마찬가지다. 파트리지 부인은 제니의 가벼운 제스처와 얼굴 표정을 있는 그대로 보기보다는 파트리지와의 모종의 관계하에서 생각하고 이를 자신의 가설 즉, 이들이 모종의 관계를 맺고 있다는 생각을 확신하는 데 이용하고 있기 때문이다. 필딩은 근거 없는 의심을 주변의 사소한 상황을 통해 하나의 확신으로까지 발전시키는 인간의 속성을 오셀로의 성향에 비유함으로써 파트리지 부인의 성향을 보다 구체적으로 많은 말이 필요 없이 그려 내었던 것이다. 이는 파트리지 부인의 성향이 인간에 내재한 보편적 성향임을 또한 암시하기도 하는 것이다. 필딩이 이처럼 기존 문학에 등장하는 인물을 통해 자신이 현재 그리는 인물의 성향을 설명한 것은 이런 점에서 의미가 있다.

기존 문학에 등장하는 인물이나 상황을 자신의 등장인물의 성격을 설명하는 데 이용하는 필딩의 방식은 때로는 진지하게 때로는 장난스럽게 이루어지고 있다. 필딩이 다소 장난스럽게 과거 문학작품의 한 장면을 통해 현재 상황을 비유하는 예는 톰이 소피아의 자신에 대한 애정을 확인한 후 일어나는 상황에서 벌어진다. 소피아가 아버지 웨스턴의 요청에 따라 합시코드를 연주할 때 그녀가 손목에 감고 있던 톰의 머프(muff)가 손가락에 닿아서 연주를 방해한다. 이때 웨스턴은 소피아의 손에서 머프를 떼어 내어 불 속에 던진다.

그러나 이를 본 소피아가 필사적으로 머프를 다시 건져 내고 이것을 목격한 톰의 마음은 소피아의 애정에 정신적인 정복을 당한다.

그 비할 데 없는 소피아의 모든 매력도, 그녀의 눈부신 광휘와 그녀의 눈의 고뇌에 찬 부드러움도, 그녀의 조화로운 목소리와 외모도, 그녀의 기지와 착한 성품, 그녀의 훌륭한 마음과 사랑스러운 성품도 이 작은 머프사건처럼 이 불쌍한 톰의 마음을 정복하고 노예로 만들지 못하였다. 시인은 트로이에 대해 이렇게 노래하였다.

디오메데스 혹은 테티스 여신의 위대한 자손이나,
수많은 전함과 10년 동안의 전쟁이 이루지 못한 것을
거짓 눈물과 아첨하는 말이 이 도시를 점령하였다(드라이든).

Thus, not all the charms of the incomparable Sophia; not all the dazzling Brightness, and languishing Softness of her Eyes; the Harmony of her Voice, and of her Person; not all her Wit, good Humour, Greatness of Mind, or Sweetness of Disposition, had been able so absolutely to conquer and enslave the Heart of poor Jones, as this little Incident of the Muff. Thus the Poet sweetly sings of Troy.

What Diomede, or Thetis' greater Son,
A thousand Ships, nor ten Years Siege had done,
False tears, and fawning words, the City won(Dryden)(*TJ* 226).

소피아의 모든 매력적인 면과 장점도 이 작은 머프에 얽힌 사건만큼 톰의 마음을 사로잡지 못하였다는 화자의 말은 사람은 의외로 사소한 일로 결정적인 결심을 하게 되며, 때로는 아주 사소한 일이 아주 커다란 결과를 야기할 수도 있다는 점을 의미하는 것이다. 이러한 점을 필딩은 트로이를 점령하는 데 있어 결정적인 역할을 한 것은 훌륭한 장수나 수많은 군대의 공격이 아니라, 어떻게 보면 작고 사소한 전술, 가령 거짓 눈물로 상대의 동정을 얻거나 아첨하는 말로 상대의 판단을 흐리게 만드는 것이었다고 영국 왕정복고 시대의 대표적인 시인이자 드라마작가인 드라이든(J. Dryden)이 번역한 『아이네아스』의 한 구절을 통해서 묘사하고 있다.

필딩이 자신의 소설에서 일어나는 사소한 사건이나 상황을 과거 문학작품에서 벌어지는 상황이나 커다란 사건에 비유하는 방식은 레이디 벨라스턴의 사주를 받아 소피아를 성폭행하려는 계획을 세우는 펠라마(Fellamar)의 심정을 그리는 데도 사용된다.

그러나 이 문제는 다른 공모자의 가슴에서 그리 평온한 상태에 있지 못하였다. 그의 마음은 셰익스피어가 고상하게 그린 고뇌에 흔들렸다.

가공할 일을 당초 생각한 이래 이를 실행에 옮길 때까지
그 사이의 시간은 흡사 환상이나 악몽 같다 할까.
정신과 육체 기관이 모의를 하고,
하나의 왕국이라 할 인간의 질서 상태는 흡사 내란에 빠지는구나
(『줄리어스 시저』, 2막 1장).

But Affairs were not in so quiet a Situation in the Bosom of the other Conspirator. His Mind was tost in all the distracting Anxiety so nobly described by Shakespear.

Between the Acting of a dreadful Thing,
And the first Motion, all the Interim is
Like a Phantasma, or a hideous Dream:
The Genius and the mortal Instruments
Are then in Council; and the State of Man,
Like to a little Kingdom, suffers then
The Nature of an Insurrection(Julius Caesar, Ⅱ, ⅰ.)(*TJ* 792).

여기서 필딩은 셰익스피어의 『줄리어스 시저』(*Julius caesar*)의 2막 1장의 한 장면을 인용하여 힘없고 연약하고 갈 곳 없는 소피아를 성폭행하라는 레이디 부비의 사주를 받고 이에 동의하여 실행에 옮기기 직전의 펠라마 경의 심리 상태와 자신의 정신적인 아버지와 같은 시저(Caesar)의 살해를 모의하고 실행에 옮기기 직전의 부루터스(Brutus)의 심적 상황을 병치시키며 펠라마의 갈등과 불안이 비록 사적이고 명분 없는 것이긴 하지만 부루터스의 거국적인 갈등과 불안만큼이나 컸을 거라는 것을 보여 주고 있다. 또한 사소한 개인적인 갈등을 국가의 변혁을 일으킬 수 있는 커다란 사건의 주모자의 갈등과 대조시킴으로써 그 동기와 직접적인 원인이 무엇이든 간에 인간이 보편적으로 느낄 수 있는 불안감과 동요를 표현하고자 한 것이다. 이를 통해 필딩은 자신의 작품의 기존 작품과의 연관성을 강조하면서 동시에 이를 희극적으로 사용하여 그가 전통문학을 단순히 재현하는 데 그치지 않고 이를 재해석하여 자신의 새로운 글쓰기에 편입하고 있음을 분명히 보여 주고 있는 것이다.

필딩이 전통문학작품을 자신의 작품에 도입하고 이를 재해석하는 것은 자신의 글쓰기의 전통성과 독창성을 동시에 확보하기 위한 것이지만 이는 동시에 필딩이 과거와 현재 상황의 놀라운 병치나 유사성에 주목하고 있음을 보여 주는 것이다. 필딩은 더 나아가 자신의 작품과 과거 문학작품에 나타나는 상황을 연결시켜 두 작품 간의 주제 면에서의 유사성을 확보하고자 하기도 한 것이다. 그 대표적인 예를 『톰 존스』에서 찾아볼 수 있다.

필딩은 톰의 정신적인 아버지이자 그 지역의 어른으로서 타인의 존경을 받는 올워디의 저택을 파라다이스 홀이라고 지칭하고, 톰이 블리필의 모함으로 그곳에서 쫓겨 나갈 때의 묘사를 밀턴의 『실낙원』(*Paradise Lost*)의 결론 부분을 인용하여 나타낸 것이 바로 그것이다. 즉, 필딩은 올워디를 기독교적인 신의 원형으로, 올워디의 저택인 파라다이스 홀은 아담이 사탄의 유혹으로 인해 죄를 지어 쫓겨 나간 에덴동산(Eden)으로, 그리고 이곳에서 추방되는 톰을 에덴동산에서 쫓겨난 아담에 비유함으로써 그의 상황에 기독교적인 메시지를 부여하여 『실낙원』의 주제가 이 소설에서도 사용되고 있음을 보여 준다.

이제 고향을 떠나기로 결심하였기 때문에, 그[톰]는 어디로 가야 할지 생각하기 시작했다. 밀턴이 말했듯이 세상이 그에게 펼쳐져

있었지만, 아담처럼 위안과 도움을 요청할 수 있는 어떤 사람도 그에게는 없었다.28)

　　And now, having taken a Resolution to Leave the Country, he began to debate with himself whither he should go. The World, as Milton phrases it, lay all before him; and Jones, no more than Adam, had Man to whom he might resort for Comfort or Assistance(TJ 331).

필딩은 쫓겨 나가 갈 곳이 없어 막막해하는 톰의 상황을 그동안 아무 걱정 없이 신의 보호하에 살았던 에덴에서 쫓겨난 아담의 상황에 대한 밀턴의 표현을 직접 사용하여 비유함으로써 이 두 작품 간의 연계성에 주목하게 만든다. 즉, 필딩은 『톰 존스』에 『실낙원』의 모티브를 사용하고 있음을 위의 인용문을 통해 강력히 시사하는 것이기도 하다. 이는 단순히 톰의 추방 장면에 국한되는 것은 아니다. 최초의 인간이자 순수한 성품을 지닌 아담이 뱀의 유혹에 빠진 이브의 말을 듣고 신의 명령을 어기는 잘못을 범하는 것처럼, 순진한 톰도 '신중함'(prudence)이 부족하여 사냥터지기의 딸 몰리의 성적 유혹에 넘어가 잘못을 범하는 것은 '유혹'과 '타락'이라는 모티브가 이 두 작품의 공통적인 것임을 시사한다. 또한 착한 본성을

---

28) 밀튼의 『실낙원』의 결론 부분인 아담과 이브(Eve)가 에덴동산(Paradise)에서 추방되어 그곳을 떠나는 장면을 패러디한 것이다. "The World was all before them, where to choose'/thir place of rest, and Providence thir guide(XII, 646－7)."

지녔으나 분별력이 부족해 사악한 블리필의 계략에 빠져 올워디의 저택인 파라다이스 홀에서 쫓겨난 톰의 상황과, 뱀의 계략에 빠져 신의 명령을 거역하는 잘못을 범해 에덴동산에서 쫓겨난 아담의 상황도 유사성을 보인다. 따라서 이와 같이 필딩은 이들 간의 공통된 모티브와 상황을 통하여 텍스트 간의 상호 연관성을 보여 줌으로써 『톰 존스』와 『실낙원』이 공통된 주제를 다루고 있음을 보여 주고자 한다. 분별력의 부족으로 죄를 범해 에덴동산에서 추방된 아담이 다시 에덴으로 회귀하기 위해서는 고난의 여정을 거쳐야 했듯이, 분별력이 부족해 파라다이스 홀에서 추방된 톰에게도 험난한 여정이 기다리고 있다는 사실을 암시하기도 한다. 또한 이것은 필딩이 아담과 톰의 모습의 병치를 통해서, 분별력의 부족함은 불완전한 인간이 지니는 보편성이며 이로 인한 인간의 실수와 고난의 길 또한 아담 이후 인간 모두가 지니는 보편적인 운명임을 보여 주고자 한 것이기도 하다.

필딩이 작품에서 강조하고 있는 상호 텍스트성 중 전통문학과의 연계성은 주로 필딩의 문학적 계보를 확고히 천명하고 전통문학에 나타난 모티브를 자신의 작품에 편입, 재활용하여 전통문학과 자신의 문학 안에 내재해 있는 보편성을 발견하고자 함이었으며, 또한 이를 통해 자신의 문학을 전통문학 안에 편입시키고자 하기 위한 것이었다. 그러나 필딩이 18세기 당시의 문학작품을 활용할 때의 목적은 주제적, 상황적 유사성을 강조하기보다는, 『돈키호테』를 통해 세르반테스가 추구한 것같이, 동시대 문학이 표방하는 가치관을 패러디함으로써 그 허구성을 폭로하기 위한 경우가 많은 것이다.

패러디는 기존의 텍스트를 모방하고 기존 텍스트의 추종적인 장르처럼 사용될 수도 있지만 기존 텍스트를 전복시켜서 그 텍스트의 허구성을 풍자하는 기능을 하기도 한다. 이러한 의미에서 상호 텍스트성의 한 분야인 패러디는 타 문학에 감추어진 위선과 허상을 폭로하는 사실주의적인 장르라고 볼 수 있다. 베이걸리(Baguley)는 패러디와 우리가 흔히 부르는 사실주의와의 관계를 다음과 같이 설명하고 있다.

> 사실주의는 문학적 관례를 감추는 것이고 패러디의 주요 기능은 이를 폭로하는 것이다. 자신과 그 목적이 되는 텍스트 사이의 분명하게 드러나는 아이러니컬한 틈을 보여 줌으로써 패러디는 항상 독자의 관심을 문학적인 요소와 인위적인 요소에 집중시킨다.

> The impulse of realism is to disguise literary conventions, whereas the mainspring of parody is to expose them. In creating as evident ironic hiatus between itself and the target text(s), the parody, of necessity, draws the reader's attention to literariness and artifice(94).

흔히 말하는 사실주의는 작품에 내재한 문학적 관례를 숨기고 그 글의 내용이 실제의 사실 혹은 실제를 그대로 재현한 것처럼 나타내고자 하여 소위 '사실주의적 환상'(realistic illusion)을 불러일으키는 것이지만, '패러디'(Parody)는 이러한 텍스트에 숨겨진 문학적 관례를 폭로하고 들추어냄으로써 독자가 그 작품의 허구성, 인위성을 인식하게 하여 진실을 보게 하는 장르라는 것이다. 즉, 패러디야말로 진정한 사실주의적인 문학 양식이라는 주장이다. 베이걸리의 이러한 주장은 주로 패러디 형식으로 나타나는 필딩의 소설에 사용된 동시대 작품에 대한 상호 텍스트성에 적용하면 흥미진진한 의미를 갖는다.

먼저 필딩의 최초의 본격적인 소설인 『조셉 앤드류즈』를 이러한 논의에 따라 분석해 보면 우리는 그의 패러디 문학이 필딩의 사실주의적인 세계관에 근거하고 있음을 알 수가 있다. 이를 위해 우선 필딩이 『조셉 앤드류즈』를 집필한 동기부터 살펴보는 것이 적합할 것이다. 필딩의 『조셉 앤드류즈』가 리처드슨의 보상받은 미덕이라는 부제를 지닌 작품 『파멜라』를 패러디하기 위해서라는 것은 널리 알려진 사실이다. 리처드슨은 『파멜라』라는 작품에서 하녀의 신분인 파멜라가 주인 '미스터 비'(Mr. B)의 끈질긴 유혹과 위협에도 굴복하지 않고 끝까지 자신의 정조를 지켜 나가 미스터 비와 결혼에까지 이르게 된다는 이야기를 여성이 지킨 미덕에 대한 보상으로 해석하고 있다. 이러한 주제는 당시의 주된 독자층이었던 중산층의 신분 상승의 욕구와 도덕적 우월감에 기여하였으므로 많은 독자들의 호응을 얻었다. 그러나 필딩은 이러한 파멜라의 겉으로 드러난 미덕으로 보이는 행동이 그 이면에는 중산층의 신분 상승에 대한 꿈의 실현을 위해 주인 남자를 성적으로 교묘하게 자극하는 파멜라의 교활함이 숨어 있다고 주장한다. 즉, 필딩은 리처드슨이 『파멜라』에서 보여 주고 있는 '보상받은 미덕'이란 자신의 출세를 위해 거짓으로 꾸며 낸 위선적 행동의 소산으로 보았던 것이다. 따라서 필딩은

『조셉 앤드류즈』 속에서 희극적 패러디를 통해 파멜라가 표방하고 있는 위선의 허구성을 드러내 보여 주고자 하였던 것이다. 헛천 (Linda Hutcheon)도 필딩 소설에 나타난 패러디가 중산층의 신분 상승의 꿈에 대한 욕망을 드러내는 풍자적 도구로 사용되고 있음을 다음과 같이 지적하고 있다.

> 종종 리처드슨의 『파멜라』에 대한 패러디라고 불리는 필딩의 소설 『조셉 앤드류즈』가 좋은 본보기가 될 것이다. 이 작품은 사실상 『파멜라』에 대한 풍자적 패러디요 『돈키호테』에 대한 존경 어린 패러디다. 그의 다른 작품인 『샤멜라』와 마찬가지로 필딩의 『조셉 앤드류즈』는 리처드슨의 중산층적인 가치관을 풍자한 것이다. 『파멜라』에 나오는 애매모호한 표현이나 상황을 약간 변형시켜 필딩은 계략적인 여자라고 판단하는 여자의 세속적인 면을 드러낸다.

A good example might be Fielding's novel Joseph Andrews, which has often been called a parody of Richardson's *Pamela*. I would suggest however, that it is in fact a satiric parody of *Pamela* and a respectful parody of *Don Quixote* ...... Like his other work, *Shamela*, Fielding's *Joseph Andrews* satirizes Richardson's middleclass assumptions. In tilting ever so slightly each equivocal expression or situation in *Pamela*. Fielding reveals the vulgarity of the girl he judges to be a conniving wench(78).

필딩은 『파멜라』의 패러디를 위해 파멜라를 『조셉 앤드류즈』의 주인공인 조셉의 여동생으로 등장시키며 주인공 조셉은 앞서 언급한 바와 같이 구약성서의 인물 '요셉'(Joseph)을 그 모델로 한다. 즉, 자신의 정조를 지키기 위해 주인의 미망인 레이디 부비의 유혹을 거절하여 많은 어려움과 우여곡절을 겪게 되는 조셉은 보디발(Potiphar)의 아내의 유혹을 물리치나 강간 미수의 누명을 쓰고 7년의 감옥생활을 하였던 요셉을 모델로 하거나 레이디 부비와 조셉과의 관계가 시작되는 조셉의 나이와 요셉이 애굽의 노예로 팔려 간 나이가 17세의 같은 나이로 설정된 것은 조셉이 요셉의 전형임을 보이는 것 이외에도 『파멜라』를 패러디하기 위한 장치인 것이다. 이러한 간접적인 방법뿐만 아니라 필딩은 조셉이 자신의 여동생 파멜라에게 보낸 편지를 통해서 『조셉 앤드류즈』가 『파멜라』를 패러디하고 있음을 거의 노골적으로 드러낸다.

사랑하는 누이에게.

너의 마님이 돌아가셨다는 네 편지를 받은 이후에 우리도 비슷한 불행을 겪었단다. 나의 훌륭하신 주인어른인 토마스 경이 4일 전에 돌아가셨다. 더욱 불행한 일은 우리 불쌍한 마님이 제정신이 아니신 것 같다.

Dear Sister,

Since I received your Letter of your Good Lady's Death, we have had a Misfortune of the same kind in our Family. My worthy Master, Sir Thomas, died about four days ago, and what is worse, my poor Lady is certainly gone distracted(*JA* 31).

　　리처드슨의 『파멜라』는 이 작품의 주인공 파멜라가 자신의 안주인이 세상을 떠났음을 알리는 편지를 부모에게 쓰는 것으로 시작한다. 이러한 내용을 잘 알고 있는 필딩은 『조셉 앤드류즈』의 주인공 조셉으로 하여금, 자기 집안의 바깥주인의 사망을 파멜라에게 알리는 편지를 쓰게 함으로써 당시 독자들에게 『파멜라』에서의 편지를 연상하게 한다. 즉, 필딩은 이 작품을 쓰게 된 동기가 바로 『파멜라』에 나타난 신분 상승에 대한 중산층의 욕구에 대한 반감에서 시작되었음을 알리고 있는 것이다. 필딩이 이 작품을 『파멜라』에 대한 패러디로 시작하였고 보다 구체적으로 신분 상승 욕망에 대한 비방을 이 작품의 주요 모티브 중의 하나로 설정하였다는 사실은 이 작품의 후반부에 직접 등장하는 파멜라를 통해서 제시된다.

　　『조셉 앤드류즈』의 후반부에 부비의 아내로 등장하여 오빠 조셉을 만난 파멜라는 조셉이 하녀 출신인 패니와의 결혼을 강력히 원하고 있다는 사실을 레이디 부비로부터 듣고는 남편 부비처럼 자신도 이 결혼에 반대한다면서 부모님도 이들의 결혼에 반대할 것이라는 논리를 펴며 이 결혼을 저지하려 한다. 이때 파멜라가 조셉을 설득하기 위해 편 논리는 파멜라의 노골적인 신분 상승의 욕구와 의도를 표출시킨다. 즉, 파멜라는 조셉과 패니가 결혼을 하게 되면 자신이 일으켜 놓은 가문을 다시 추락시키는 것이 되므로 부모님도 찬성하지 않을 것이라는 논리를 펴는 것이다. 그러나 이에 대해서 패니와 파멜라는 같은 계층이 아니냐는 조셉의 반문에 파멜라는 "그녀[패니]는 나와 동등한 계층이었지. 하지만 지금의 나는 더 이상 파멜라 앤드류즈가 아니며 이 신사[부비]의 부인이므로 패니보다는 상류층이야"(*JA* 302) 하며 자신의 상승된 신분을 강조한다.

필딩이 이처럼 과거의 문학작품이나 동시대의 문학작품을 자신의 새로운 글쓰기에 도입한 이유와 그 방법은 다양하다. 한 가지 분명한 사실은 필딩은 전적인 창작으로만 자신의 글쓰기를 시작한 것이 아니라, 과거의 문학전통을 자신의 방식대로 수용하고 때로는 비판적으로 이용하고 있으며 동시대 작가의 문학도 자신의 글쓰기에 정체성을 확립해 나가는 데 이용하고 있다는 것이다. 이 점에서 필딩의 글쓰기는 그의 동시대 작품에 대한 패러디에서도 엿보이듯이 사실주의적인 추구와 더불어 과거부터 전해 내려오던 문학 장르인 서사시, 로맨스, 목가시, 셰익스피어의 작품을 재해석하여 이를 통합한 것이다. 즉, 그의 상호 텍스트성의 본질은 사실주의와 로맨스, 서사적 세계관 등의 통합과정인 동시에 그의 새로운 글쓰기는 겉으로 보기에 서로 대조적인 사실주의 문학과 로맨스적인 문학의 통합의 결과인 것이다. 따라서 필딩이 이 두 가지 문학 장르와 그 문학 장르가 표방하는 세계관을 어떻게 통합하여 자신만의 독창적 글쓰기, 나아가 자신만의 독특한 문학관을 형성하여 갔는지 살펴볼 필요가 있겠다.

필딩은 희극적 사실주의와 로맨스적 세계관의 결합을 재현하고자 한 자신의 새로운 글쓰기를 '히스토리'(History)라고도 규정한다. 이러한 이유는 필딩이 활동하던 18세기 당시의 문학 풍토와도 많은 관련성을 지니고 있다.

18세기 초기에 과거 허황된 로맨스에 대한 혹독한 비난은 로맨스의 전통을 계승한 소설(novel)에 대해서도 계속 이어졌다. 많은 비평가들은 소설이 허황된 거짓투성이 장르라며 소설이 독자를 기만하며, 사랑을 주제로 삼아 독자들을 타락시킬 소지가 많아서 도덕적으로 위험한 문학이라고 비난하였다. 이에 작가들은 이러한 비판을 피하기 위해 자신의 글쓰기의 전통성을 주장하고자 '역사적 글쓰기'(historical writing)를 모방하는데 그 방식은 '역사적 글쓰기'에 대한 패러디를 통해서나 '역사 기술법'(historical technique)을 자신의 글에 도입함으로써였다. 작가들이 자신의 작품에 역사의 개념을 도입함으로써 작품의 전통성을 획득하고자 하였던 배경에 대하여 베크(Hamilton Beck)는 다음과 같이 설명한다.

> 소설에 대한 비평가들의 비난은 소설의 작가들이 그들의 노력을 정당화해야 한다는 압박을 느끼도록 했다. 작가들이 그것(소설)을 정당화하기 위해 취해진 노력의 대표적인 형태는 작가들이 자신은 소설처럼 의심받을 것을 쓰고 있다는 것을 부인하는 것이었다. 대신에 작가들은 역사를 쓰고 있다고 주장하였다. 역사를 선택한 것은 논리적인 선택이었다. 여기에는 두 가지의 이유가 있었는데, 그 중 하나는 역사는 훌륭한 고전 작가들에 의해 기술되는 권위 있는 장르였기에 역사에 편입됨으로써 소설이 자동적으로 권위를 얻을 수 있었기 때문이다. 둘째로는 사료 편찬의 허구적인 측면이 소설가들에게 호감을 주었는데 그것은 그들이 자신의 작품을 보호하기 위해 역사처럼 위장하려고 크게 애쓸 필요가 없었기 때문이다. 그것은 사료 편찬의 임무가 독자를 개선시키는 것에 있었기에 역사가는 역사가 교훈적으로 더 설득력을 지니게 하기 위해서는 어떠한 수사학적인 장치라도 사용할 권한이 있었기 때문이다.

The critical disapprobation of the novel meant that authors of novels felt constrained to justify their endeavors. The typical form this effort at legitimization took was the author's denial that he was in fact writing anything so suspect as a novel. Instead, authors claimed to be writing history. The choice of history was a logical one, for two reasons. First, history was respected genre, represented by great classical authors. By becoming more like history, the novel automatically gained respectability. Second, the fictional aspects of historiography were appealing to novelists, who did not have to engage in much disguising in order to prevent their works as history. Since the task of historiography was to improve the reader, the historian had every right to employ rhetorical devices to make his history didactically more persuasive(405).

거짓으로 꾸며진 로맨스에 대하여 식상해 있던 독자들과 로맨스의 전통과 완전히 단절되지 않은 소설에 대한 비평가들의 신랄한 비난을 의식한 작가는 자신의 글, 즉 소설이 과거의 로맨스처럼 거짓으로 꾸며진 황당무계한 이야기가 아니라고 자신의 글의 정당성을 입증해야 할 부담을 가지게 되었다. 이에 작가들은 자신의 작품이 로맨스의 전통을 이은 '소설'(novel)이라기보다는 객관적 사실을 다루고 있는 '역사'(history)임을 주장함으로써 이를 입증하려 하였는데, 그것은 역사가 지니고 있는 권위를 자신의 글도 자연히 이어받을 수 있을 거라고 생각하였기 때문이다. 더구나 역사로 위장한 소설은 그동안 역사의 기능이었던 교훈성을 부여받게 되자, 작품의 교훈성 강조를 위해서라면 소설 안의 허구성도 어느 정도 인정받게 되었다. 따라서 더 이상 전적으로 역사처럼 기술되어야 할 필요가 없는 소설에는 작가의 상상력이 반영될 수 있었던 것이다.

이러한 과정을 통하여 생겨난 소설의 허구적 요소와 역사의 사실적 요소가 혼합된 장르라 할 수 있는 '모조 역사소설'(the pseudo-historical novel)(Beck 409)은 역사의 권위와 더불어 도덕적 교훈성을 지닐 수 있게 되었는데, 소설가들은 역사의 진실성과 더불어 작품에 구체적인 예를 통하여 도덕성을 부여하는, 동시에 진실성과 교훈적 감동을 주는 방법을 사용하여 소설의 정당성을 확보하고자 했다. 따라서 역사의 객관적 사실과 작가의 상상력의 산물로서의 인물의 도덕적 모범의 예를 통한 교훈성을 작품에 부여하며 소설가들은 자신의 작품이 진실을 담고 있음을 보여 주고자 하였다.

필딩도 이러한 소설가들과 같은 입장이었다. 우선 필딩은 "훌륭한 인물의 삶을 통해 모범을 보여 주는 작품이 한마디의 교훈보다 인간의 마음에 강하게 작용한다."(*JA* 39)며, 작가는 이들의 이야기를 더 널리 퍼뜨려야 할 소명이 있으며 그들의 모범적인 삶을 세상에 전달하여 그 실제인물을 접하는 행복을 누리지 못하는 사람들에게 이들의 착한 모습을 알 수 있도록 소개해야 한다고 주장함으로써 자신의 글쓰기의 사실성과 교훈성을 강조하였다(*JA* 39-40). 또한 가지 공통점은 골드가(Bertrand A. Goldgar)의 지적처럼 필딩이 자신의 글쓰기를 기존의 로맨스나 소설과 엄밀히 구분하고자 자신의 작품을 작품 내에서 계속 '히스토리'(History)(*JA* 286)라고 지칭하지만 그 용어가 기존에서 사용되는 의미의 '역사'(history)와는 차이가 있음을 강조한다.

필딩은 '영국 역사'(the history of England)나 '프랑스 역사, 스페인 역사'(the history of France, of Spain) 등의 제목을 지닌 책들이 사실은 진정한 '히스토리'(History)가 아니라 로맨스 작가들처럼 상상력에 의해서 쓴 허구라고 진술한다. 그 근거로 필딩은 소위 이들 역사책이 기록된 사실(Fact)에 의거하여 기술된 것 같지만, 실제로는 저술가의 의견에 의해서 쓰인 것이며, 또한 같은 사실(Fact)도 저자들의 사적인 이해관계나 편견에 따라서 다르게 해석될 수 있기 때문에 겉으로 기록된 사실(Fact)에만 의거한 역사책은 진실을 담지 못한다고 말하고 있다(*JA* 185 − 86).

필딩의 이러한 견해는 역사란 역사가의 시각, 즉 이해관계에 따라 사실이 선별 기록될 수 있으므로 역사는 진실을 보여 주지 못할 수 있다는 소위 '역사의 허구성'을 필딩 자신이 인식하고 있었음을 잘 보여 주는 것이다. 워렌(Leland Warren)도 역사 기술에 대한 허구성과 진실 왜곡 가능성에 대해 다음과 같이 지적한다.

우리는 이상적으로는 어떠한 사실이 은폐되고 있는 경우 진실을 들었다고 말하지는 않는다. 그러나 이러한 생각은 모든 자료에 대한 누적을 의미하는 것이 아니라 일어난 일들에 대한 의도적인 선별과 배열을 의미하며, 또한 어떠한 정보가 포함되는 것이 그들이 가치를 인정하는 사회를 위해 적절하지 않다고 생각되어서 그것을 누락시키는 것을 의미한다. 이러한 일을 하는 역사가들은 그들이 수용할 수 있는 것의 기준을 정해 놓고 또한 선택의 결과에 대한 책임을 주장하면서 그 기준에 의하지 않은 다른 가능성은 배제시킨다,

We might want to declare idealistically that the truth can never be told when any known fact is suppressed, but these comments imply the claim that emerges not from the accumulation of all data, but from the conscious selection and ordering necessary to make experience apprehensible. Omitting certain information because its inclusion is not deemed appropriate to the society whose values they honor, these writers avoid duplicity by outlining the criteria for inclusion which they accept and by assuming responsibility for the consequences of their decision(96).

워렌은 역사는 역사가들의 판단에 따라 기록물들이 삭제되거나 선별될 수 있으므로 역사란 항상 '진실'(truth)이라 할 수 없으며 또한 사회나 개인의 이해관계에 의해 결정되기도 하기 때문에 역사는 진실이 아니라고 말하고 있어, 필딩의 역사의식이 워렌과 같은 현대 비평가와 그 맥을 같이하고 있음을 알 수 있다.

필딩이 자신의 글쓰기를 '히스토리'라고 정의 내리면서도 자신의 글쓰기가 일반적으로 우리가 '역사'라고 정의 내리는 형태의 글과 다르다고 주장한 이유가 여기에 있다. 필딩이 주장하는 진정한 의미의 '히스토리'는 사심이 배재된 객관성과 보편성을 지닌 진실(Truth)을 담고 있어야 하며, 이러한 진실(Truth)은 훌륭한 인물의 생애를 칭송하는 작품에서만 발견될 수 있다고 필딩이 주장하였기 때문이다. 이러한 주장에 따라 필딩은 자신이 규정한 진정한 의미의 히스토리를 '전기'(Biography)29)라고 칭하며, 스캐론(Scarron)의 『코미디

---

29) "진실이 위대한 사람들의 생애를 칭송하는 글, 보통 전기라는 글에서

소설』(*Roman Comique*)이나 『아라비안나이트』(*Arabian Night*)와 같은 작품이 이에 속한다고 주장한다(*JA* 187). 따라서 필딩은 진실을 나타내기 위한 객관성과 보편성을 지닌 자신의 히스토리(History)를 전기(Biography)로서 설명하며, 이것은 기록에 의존하는 역사보다 더 진실한 글쓰기고 이것이 자신이 지향하는 글쓰기임을 천명하고 있는 것이다.

이와 같은 필딩의 주장은 그의 문학관, 즉, 그가 말하는 진정한 의미의 '역사'가 무엇인지에 대해 시사한다. 필딩은 '히스토리'가 중심인물의 업적과 성품을 제대로 기록한다면 그 인물에 관한 사소한 사실, 예를 들어 나이, 국적, 그가 사는 지방 같은 것은 틀려도 상관없다고 주장하며 자신이 쓰는 '히스토리'의 주인공들은 작가 자신이 상상력을 통해 창조한 인물들이라고 설명한다. 즉, 필딩은 자신의 히스토리는 기록된 사실에 의거하는 것이 아니라 실제로 일어나지도 않았지만 개연성과 객관성의 토대하에 그가 자신의 상상력을 통해 만든 작가의 창작물, 즉, 문학작품임을 주장하는 것이다.

케이만[30]의 지적처럼 자신의 '히스토리'(History)는 기록된 사실에 의거한 것이 아니라는 필딩의 이와 같은 진술은 그의 작품이 로맨스와 같은 허황된 거짓이라는 오해를 불러일으킬 위험성을 지니

만이 발견된다는 것은 매우 확실하다"(*JA* 185)
30) "필딩이 자신의 글과 다른 역사를 구분 짓는 두 번째 것이 그의 글은 기록물에서 취한 것이 아니라는 점을 지적하고 있다. 그러나 이는 매우 위험한 시도다. 이는 대중들이 로맨스에 대해 갖고 있는 혐오감을 그에게도 느끼게 할 수 있기 때문이다"(Kayman 630).

고 있다. 그럼에도 불구하고 필딩이 이러한 주장을 한 것은 자신의 '히스토리'는 단순한 사실(fact)의 기록만도 아니지만, 개연성과 가능성이 없는 허황된 로맨스도 아니라는 사실, 그리고 자신의 작품은 자신의 상상력과 통찰력을 통해 만들어 낸 허구지만 인간 삶의 진실을 담고 있다는 사실을 밝히기 위한 것이다. 필딩이 자신이 추구하는 히스토리 혹은 전기의 좋은 예로 『질 브라의 생애』(*The True History of Gil Blas*)와 세르반테스의 『돈키호테』와 같은 소설을 들고 있다는 점이 바로 그 증거다(*JA* 186-87).

이처럼 로맨스와 사실주의의 특성을 동시에 지니는 '히스토리'로서의 필딩의 작품이 장르 통합의 과정을 거쳤다는 증거는 다양한 관점에서 이루어진 그의 작품에 관한 비평들을 통하여 찾아볼 수 있다. 『조셉 앤드류즈』나 『톰 존스』에 대하여 구조적 통일성의 결여를 지적하는 비평가 중에는 필딩의 작품의 이야기의 산만함과 두서없음을 지적하며 필딩 작품을 이루고 있는 여러 모험들은 서로의 유기적 관련성을 찾아볼 수 없다고 지적하는 비평가가 있고(Dudden 351) 『조셉 앤드류즈』는 관련성이 없는 삽화들의 모음으로 이루어져 있다고 평가하는 비평가도 있다(Parker 2).

그러나 이러한 필딩 작품의 구조에 대한 부정적인 견해에 맞서 바테스틴은 필딩의 작품의 '도덕성'을 향한 일관성이 그의 작품의 '구조적 통일성'을 이루게 하고 있다(*The Moral Basis of Fielding's Art* 86-88)고 주장하는데 이는 "『조셉 앤드류즈』는 『오디세이』(*Odyssey*)에서와 마찬가지로 독립적인 여러 가지 모험들로 구성되어 있지만 이 모험들은 한 가지 목적을 지향한 통일성을 지니고 있다”31)는 필딩의 언급을 통해서도 뒷받침되고 있다. 이처럼 공통된 목적의 실현을 통해 이루어지는 작품의 구조적 통일성을 강조하며 이를 칭송하는 비평가들도 있지만, 작품의 구조적 통일성의 결여를 작품의 단점이 아니라 장점으로 보는 비평가들도 있다. 번즈(Bryan Burns)는 『조셉 앤드류즈』가 ‘잘 다듬어진 동질성의 느낌이나 통제된 느낌’(an impression of smoothness, assimilation and mastery) 때문이 아니라 ‘예측불능과 불일치성의 기분’(a sense of the unexpected and incongruous)으로 인해 미학적 매력과 희극적 생생함을 발휘하고 있다고 주장하였고(120), 크로프(Carl R. Kropf)는 필딩이 『조셉 앤드류즈』에서 대조적인 문체와 화자를 통해 ‘바흐친(Bakhtin)적인 대화(dialogue)’를 시도하고 있으며 다양하고 대조적인 언어와 관점을 통해 바흐친이 말하는 ‘다성성의 소설’(the polyphonic novel)을 추구하고 있다(206－17)는 평가를 함으로써 오히려 ‘유기적 통일성의 부재’가 필딩 작품의 탁월함을 드러내 보여 주는 장점이라고 주장하고 있기 때문이다.

이와 같이 비평가들이 필딩의 작품에서 발견하고 있는 불일치성은 그의 작품에 나타나는 대조적인 문체의 사용 그리고 다양한 관점 등에서 그 원인을 찾아볼 수 있다. 뿐만 아니라 필딩 작품의 불일치성은 앞서의 장에서 보았듯이 필딩이 자신의 작품을 ‘희극적 로맨스’(Comic－Romance)라고 정의하며 그의 작품에 사실주의적 세계의 모습과 로맨스적, 서사시적 세계의 모습을 혼재하여 나타내

---

31) 사라 필딩(Sarah Fielding)의 『데이빗 심플』(*David Simple*)의 서문에서 필딩은 이처럼 주장하고 있다.

고 있기 때문에 즉 로맨스와 사실주의의가 결합된 혼합된 장르인 필딩의 작품의 특성에서 비롯된 것임을 알 수 있다.

필딩은 로맨스와 서사시의 구조를 자신의 작품에 부여하고 있을 뿐 아니라, 작품의 전반적인 플롯, 구조, 남녀 주인공의 성격과 모습을 통해 로맨스 장르를 구현하고 있지만 동시에 전통적인 로맨스와는 대치되는 사실주의적인 요소도 도입하는 것이다. 이러한 점은 필딩 소설의 주요 등장인물에 대한 소개에서 첨예하게 드러난다.『톰 존스』의 시작 부분에서 소개되는 강력한 권위를 가진 인물인 올워디는 그의 저택인 파라다이스 홀이 암시하는 것처럼 만물을 주관하는 기독교적인 신처럼 보인다. 그러나 실상 올워디가 주변 사람들에게 잘 속고 때로는 근거 없는 의혹에 따라 아무 죄 없는 사람을 벌하는 오류를 범하는 보통 사람으로 묘사함으로써 신과 같이 완벽한 존재가 아니라 현실 세계 속의 보통 사람임을 작가는 암시한다.

이는 『톰 존스』의 여주인공인 소피아에게도 마찬가지로 해당된다. 우선 필딩은 소피아를 로맨스의 여주인공처럼 그리기 위해 목가시의 수법과 화려한 문체를 사용하여 그녀의 아름다움을 다음과 같이 칭송한다.

　　보시오. 자연의 여신이 부여할 수 있는 모든 매력을 갖추고 아름다움과 젊음, 쾌활함, 순진함, 정숙함, 부드러움, 장밋빛 입술에서 나오는 달콤한 숨결, 반짝이는 눈에서 뿜어 나오는 밝은 빛으로 치장한 사랑스러운 소피아가 오고 있는 것을.

for lo! adorned with all the Charms in which Nature can array her; bedecked with Beauty, Youth, Sprightliness, Innocence, Modesty, and Tenderness, breathing Sweetness from her rosy Lips, and darting Brightness from her sparkling Eyes, the lovely Sophia comes(*TJ* 155).

아름다움, 순진함, 젊음, 장밋빛 입술과 같이 목가시에서 주로 나타나는 표현을 사용한 이 장면에 뒤이어 필딩은 갑작스럽게 사실적 문체를 사용하여 소피아가 사실은 앞서 말한 천상의 여신과 같은 인물이 아님을 암시한다.

웨스턴의 외동딸인 소피아는 중간 키 중에서 약간 큰 편의 여성이었다. 그녀의 몸매는 반듯할 뿐 아니라 몹시 고왔다. 그녀의 균형 잡힌 팔은 그녀의 사지의 균형을 잘 보여 주었다. 풍성한 그녀의 검은 머리털은 허리에 닿을 정도였는데 그녀는 당시 유행에 따르기 위해 그것을 잘라내었다. 그녀의 머리털은 그녀의 목 주변을 우아하게 감싸 그것이 그녀의 머리털이라고 믿는 사람을 별로 없었다.

Sophia then, the only Daughter of Mr. Western, was a middle sized Woman; but rather inclining to tall. Her Shape was not only exact, but extremely delicate; and the nice Proportion of the Arms promised the truest Symmetry in her Limb. Her Hair, which was black, was so luxuriant, that it reached her Middle, before she cut it, to comply with the modern Fashion; and it was now curled so gracefully in her Neck, that few could believe it to be her own(*TJ* 156).

이와 같이 필딩이 시간차를 두고 두 가지 대조적인 문체를 사용함에 따라 독자는 소피아를 로맨스의 여주인공으로 느꼈다가 그녀가 여신이 아니라 단순한 보통 사람이라는 사실을 깨닫게 된다. 밀러도 필딩이 서로 다른 문체를 사용하여 소피아를 묘사함으로써 이러한 효과를 낳았다고 다음과 같이 지적한다. "작가가 여주인공을 우리에게 소개할 때 그녀는 먼저 목가적 숭고미를 고양시키는 안개 속을 통해서 제시된 다음, 현실 세계로 내려온다. …… 따라서 독자는 그녀가 여신이 아니라 단순한 인간임을 알게 된다."(Miller 92) 밀러의 지적처럼 필딩이 등장인물의 묘사에 있어 로맨스와 사실주의 요소를 동시에 사용한 것은 로맨스적인 주제는 취하되, 사실적인 소재와 등장인물을 사용하여 기존의 로맨스와 자신의 작품을 차별화하기 위한 것이며 동시에 실제로 존재하는 사람들을 생생하게 그려 내고자 하였기 때문이다.

이와 같은 문체를 통한 로맨스와 사실주의의 결합은 『조셉 앤드 류즈』에서도 발견된다. 그러나 이번에는 여주인공이 아니라 이 작품에서 작은 역할을 맡은 어느 여관의 하녀 '베티'(Betty)에 관한 것으로 이 작품의 화자가 '하녀 베티의 이야기'(The History of Betty the Chambermaid)란 주제로 소개한 베티의 과거의 삶에 대한 내용에 이것이 잘 드러난다.

베티에게는 몇 가지 장점이 있었다. 그녀는 성품이 착하고 관대하며 동정심이 많았다. 그러나 불행히도 그녀는 호색적인 기질(warm ingredients)을 가지고 있었는데, 아마 궁정이나 수녀원에서라면 이런 기질은 다행히도 통제될 수 있었을 테지만, 여관에서 일하는 상황에 있는 하녀로서는 이런 기질을 극복하기란 어려운 일이었다. …… 이제 겨우 21살인 베티는 3년 동안은 이러한 위태로운 상황을 잘 벗어났다. 그러나 어느 보병대의 기수가 그녀의 마음에 최초로 인상(impress－ion)을 남긴 사람이 되었다. 그는 그녀에게 정열(flame)을 일깨웠고 의사의 도움으로 그 정열을 가라앉힐 수 있었다. 그녀는 그 남자 때문에 타올랐으나(burnt), 다른 몇몇의 사람들은 그녀 때문에 타올랐다(burnt). 군 장교, 젊은 순회재판관들, 착한 영주들, 근엄한 성품의 사람들이 그녀의 매력(charm)에 의해 불이 붙었다. 마침내 그녀는 첫 불행의 열정(passion)의 영향에서 완전히 회복한 후, 그녀는 내내 순결(perpetual chastity)을 지킬 것을 다짐한(vow) 것처럼 보였다. 그녀는 그녀의 연인들(lovers)의 고통(sufferings)에 대해 오랫동안 들은 척도 않았지만, 어느 날 이웃 마을에서 열린 장터에서, 말구종인 존(John)의 멋진 언변과 새 밀짚모자, 그리고 포도주 1파인트(pint)로 인하여 두 번째로 자신을 내주었다.

Betty, who was the Occasion of all this Hurry, had some good Qualities. She had Good－nature, Generosity and Compassion, but unfortunately her Constitution was composed of those warm Ingredients, which, though the Purity of Courts or Nunneries might have happily controuled them, were by no means able to endure the ticklish Situation of a Chamber－maid at an Inn, ……Betty, who was but one and twenty, had now lived three Years in this dangerous Situation, during which she had escaped pretty well. An Ensign of Foot was the first Person who made any Impression on her Heart; he did indeed raise a Flame in her, which required the Care of a Surgeon to cool. While she burnt for him, several others burnt for her. Officers of the Army, young Gentlemen travelling the Western Circuit, inoffensive Squires, and some of graver Character were set afire by her Charms! At length, having perfectly recovered the Effects of her first unhappy Passion, she seemed to have vowed a State of perpetual Chastity. She was long deaf to all the Sufferings of her Lovers, till one day at a neighbouring Fair, the Rhetorick of John the Hostler, with a new Straw Hat, and a Pint of Wine, made a second Conquest over her(*JA* 86).

여기서 화자는 인상(impression), 정열(flame), 타오르다(burn), 매력(charm), 열정(passion), 영원한 순결(perpetual chastity), 맹세(vow), 연인들(lovers), 고통(sufferings) 등의 목가시에서 주로 사용되는 어휘를 사용하여 목가적 분위기를 조성하고 있어 그녀의 신분이 하녀가 아닌 목가시의 여주인공인 것처럼 느끼게 한다. 그러나 이에 대한 김일영의 지적처럼 베티의 생에 대한 기술에는 목가적인 어휘만이 존재하는 것이 아니다. 여기에 사용되는 대부분 용어에는 성적인 의미를 동시에 내포하고 있다. 가령 로맨스나 목가시에서 '사랑의 열정'이란 의미로 사용되는 '불꽃'(Flame)이란 단어가 여기서는 성병에 의한 '염증'(inflammation)을 의미하기도 하며, 이것은 그녀가 이 불꽃을 식히는 데 의사의 치료가 필요하였다는 사실을 통해 짐작할 수 있다. 또한 '타오름'(burning)이란 단어도 이중적으로 사용되고 있어, 사랑으로 '마음이 탄다'의 로맨스적 의미로 해석될 수 있지만, 여기서는 'flame'과 마찬가지로 '염증'(inflammation)이 생겼다는 의미이므로 "베티가 그 때문에 타올랐고(burn), 다른 몇 사람들은 그녀 때문에 타올랐다"는 말은 베티가 그녀의 첫사랑인 보병의 기수에게서 성병을 얻었고 이를 다른 사람들에게 옮겨 주었다는 의미로 해석될 수 있다는 것이다. 이런 점에서 '베티의 생'은 순수한 목가적인 로맨스라기보다는 저속한 내용을 로맨스적인 어휘로 포장하면서 그 어휘들을 이중적으로 사용하여 그 사랑의 저속함을 동시에 재현하고 있으며, 이것은 필딩이 '베티의 이야기' 자체 내에서 이미 로맨스와 저속한 리얼리즘 문학을 결합한 것이라고 김일영은 주장한다(638−39). 이러한 의미에서 본다면 '베티의 생'이란 에피소드는 필딩이 그의 작품 안에서 불일치성이나 대조적인 문체 그리고 다양한 관점 등을 사용하여 시도하고자 한 장르의 혼합을 잘 보여 주는 예라고 할 수 있다.

또한 필딩의 이와 같은 장르의 혼합에 대한 추구는 목가시적인 문체와 사실주의적 문체를 교대로 사용하다가 때로는 하나의 장면을 묘사함에 있어서 서사시적 혹은 로맨스적인 문체로 사실적이고 일상적인 삶을 그려 내는 '의사영웅시'(mock−epic)를 통해서도 나타난다. 『조셉 앤드류즈』에서 아담즈와 조셉 그리고 한 떼의 사냥개들 사이에서 벌어지는 싸움 장면에서 이러한 의사영웅시를 사용하는 필딩은 특히 이 싸움 장면 묘사에 앞서 화자로 하여금 '전기'(biography)를 주관하는 존재에게 자신에게도 영감을 불어넣어 줄 것을 기원하게 함으로써 화자가 뮤즈(Muse)에게 영감을 달라고 기원하는 서사시의 시인처럼 느껴지게 한다. 이어서 화자는 조셉에게 달려드는 사냥개와 이에 맞서 대응하는 조셉의 싸움을 마치 하나의 전투 장면처럼 묘사한다.

조셉이 손에 곤봉을 움켜잡자 그의 눈에선 광채가 빛났노라. 발빠른 이 젊은 영웅은 친구를 돕기 위해 있는 힘을 다해 빨리 달려갔노라. …… 그때 락우드가 목사의 옷자락을 단단히 물어 그가 도망가지 못하도록 하였도다. 조셉이 이를 알아차리고는 곤봉으로 머리를 겨냥하여 그[락우드]를 바닥에 뻗게 하였노라. 그때 조셉이 온 힘을 모아 자울러의 등을 강타하지 않았더라면 자울러와 락우드는 그[아담즈]의 두꺼운 외투를 물어 틀림없이 그를 땅바닥으로 넘어뜨렸을 것이로다. 등에 강타를 맞은 자울러는 물었던 것을 놓고 저 들판 너머로 비명을 지르며 도망갔노라. 링우드여 그대에게는 더 냉혹한 운명이 기다리고 있노라.

No sooner had Joseph grasped this Cudgel in his Hand, than Lightning darted from his Eyes; and the heroick Youth, swift of Foot, ran with the utmost speed to his Friend's assistance. …… Now Rockwood had laid fast hold on the Parson's Skirts, and stopt his Flight; which Joseph no sooner perceived, than he levelled his Cudgel at his Head, and laid him sprawling. Jowler and Ringwood then fell on his Great－Coat, and had undoubtedly brought him to the Ground, had not Joseph, collecting all his Force given Jowler such a Rap on the Back that quitting his Hold he ran howling over the Plain: A harder Fate remained for thee(*JA* 241).

위의 장면에서는 사냥개들을 락우드, 자울러, 링우드 등으로 호칭하며 서사시에 등장하는 용감한 군인의 모습처럼, 조셉을 이들을 압도하는 전쟁터의 훌륭한 '젊은 영웅'(heroic youth)처럼 그리며 사람을 공격하는 사냥개들과 이를 막으려는 사람의 행동을 트로이 전쟁의 영웅들의 전투 장면처럼 서사시의 문체를 사용하여 묘사하고 있다. 특히 눈에서 광채를 번뜩이며 적의 기를 꺾는 전장의 장군으로서 그리고 '발 빠른 젊은 영웅'(the heroic youth, swift of foot)으로 묘사되는 조셉은 '발 빠른'(swift of foot) 제우스의 전령이자 격투기를 좋아하는 그리스의 신 헤르메스를 떠올리게 한다. 이러한 조셉의 곤봉에 의해 하나 둘씩 쓰러지거나 멀리 도망가는 사냥개들을 화자는 전장의 장수의 '분노의 희생물'(victim of his wrath)(*JA* 411)로 표현하며 이 사냥개들과 조셉의 싸움을 서사시의 한 전투 장면으로까지 승화시키고 있다. 그러나 용감한 영웅들의 전투가 아니라 사실상 사냥개들과 사람의 싸움인 평범한 내용을 심각한 내용을 다루는 서사시의 장중한 문체로 재현함으로써 생기는 내용과 문체의 불일치로 인해 이 장면에서는 아담즈와 조셉이 처한 위기 상황에도 불구하고 독자에게는 심각성보다는 웃음을 안겨 주게 되는 것이다.

이러한 필딩의 '의사영웅시'의 사용은 『톰 존스』에서도 이루어지는데 몰리가 교회 묘지 앞에서 자신을 조롱하는 친구들과 몸싸움을 하는 다음의 장면에서 잘 나타나 있다. 여기서도 화자는 이 장면을 묘사하는 데 있어서 뮤즈(Muse)를 불러내어 자신의 글쓰기를 도와주기를 청하며 서사시인들의 관례적 의식을 행한 후 몰리와 마을 사람들 간의 싸움을 다음과 같이 묘사한다.

몰리는 멋지게 후퇴하려고 한 후 이를 이루지 못하게 되자 방향을 틀어 적군의 선두에 선 누더기 옷의 베스를 붙잡아 일격에 그녀를 땅바닥에 누였다. 적군은 그들의 대장의 운명을 보고는 뒷걸음 쳐서 새로 판 무덤으로 물러갔다. 이날 저녁 장례식을 치룰 이 묘지가 이들의 전쟁터가 된 것이다. 몰리는 그녀의 승리를 쫓아 무덤가에 놓여 있던 해골을 들고는 분노의 포효와 함께 이를 날려 보내 재봉사의 머리를 맞추었다. 두 개의 해골이 만나 빈 소리를 똑같이 내었고 재봉사는 곧장 바닥에 쓰러졌는데, 나란히 누워 있는 이 두 개의 해골 중 어느 해골이 더 가치 있는 것인지 알 수 없었다. 몰리는 그때 허벅지 뼈를 손에 잡고는 달아나는 적군의 행렬에 뛰어들어 양쪽에 강한 일격을 마구 가해서 강인한 영웅들의 시신을 사방에 흩어지게 하였다.

Molly, having endeavoured in vain to make a handsome Retreat, faced about; and laying hold of ragged Bess, who advanced in the Front of the Enemy, she at one Blow felled her to the Ground. The whole Army of the Enemy(though near a hundred in Number) Seeing the Fate of their General, gave back many Paces, and retired behind a new−dug Grave; for the Church−yard was the Field of Battle, where there was to be a Funeral that very Evening. Molly pursued he Victory, and catching up a Skull which lay on the Side of the Grave, discharged it with such Fury, that having hit a Taylor on the Head, the two Skulls sent equally forth a hollow Sound at their

Meeting, and the Taylor took presently measure of his Length on the Ground, where the Skulls lay side by side, and it was doubtful which was the more valuable of the two. Molly then taking a Thigh bone in her Hand, fell in among the flying Ranks, and dealing her Blowing with great Liberality on either Side, overthrew the Carcass of many a mighty Heroe and Heroine(*TJ* 179 − 80).

필딩은 이처럼 몰리가 마을 사람과 싸움을 벌이는 장면을 묘사할 때도 호메로스(Homer)의 『일리아드』(*Iliad*)에서와 같은 영웅적인 문체를 사용하고 있다. 이 장면이 마치 전투의 한 장면처럼 화자는 몰리가 도망가려는 모습을 '멋진 후퇴'(handsome retreat)로 묘사하거나 몰리와 싸움을 벌이는 상대편의 무리들을 '적군들'(Army of the Enemy)로, 그들의 주도자를 '장군'(General)으로, 그들이 싸움을 벌이고 있는 묘지의 뜰을 '전쟁터'(the Field of Battle) 등의 용어로 지칭하고 있으며, 또한 몰리를 그리스나 트로이의 장군처럼 강한 힘과 용기를 지닌 인물로 묘사하고, 그녀와 일전을 벌이는 마을 사람들도 범상한 사람이 아니라 서사시의 장수들처럼 그리고 있다. 그러나 이 장면은 평범한 사람들의 이기적인 마음에서 시작된 저속한 싸움이며 이들은 서사시의 영웅과 같은 고귀함이나 힘을 지니지도 않은 인물들이다. 즉, 이 장면은 일상의 세속적인 일을 서사시의 영웅적인 문체를 사용하여 묘사한 의사영웅시(mock − epic)의 전형적인 예인 것이다.

필딩이 이처럼 의사영웅시를 사용한 이유에 대하여 디블로이스

(Peter Deblois)는 필딩의 의사영웅시는 작품의 주인공이나 주요한 등장인물들이 어려운 상황에 처해 있음에도 그들의 고통스럽고 비극적인 상황에 독자가 종속되지 않도록 희극적 거리를 만들어 내고자 하였다고 주장한다(7). 그러나 필딩이 이 이외에도 의사영웅시적인 문체를 이 사실주의적인 작품에 도입한 것은 전통문학 장르로서 그 문학적 위상을 누렸던 서사시에 대한 동경심을 표출하면서도 논리와 이성이 강조되던 18세기 당시에 초인적인 영웅들의 일대기를 묘사하는 서사시는 비현실성과 개연성의 결여로 인해 조롱거리가 될 수밖에 없다는 그의 사실주의적인 문학관을 동시에 피력하기 위해서이기도 하다. 즉, 자신의 작품을 '산문으로 쓰인 희극적 서사시'라고 정의한 필딩에게 있어서 의사영웅시는 바로 그의 문학의 성격을 잘 보여 주는 실체인 것이며, 희극적 요소와 서사시 혹은 로맨스의 결합을 통해 그가 창출하려 했던 글쓰기의 구체적인 표본이 되는 것이다.

필딩은 이와 같이 문체 면에서만 서사시적 로맨스와 사실주의의 결합을 시도한 것은 아니다. 필딩은 작품을 접할 때 독자들이 가장 친근하게 느끼며, 신뢰하는 존재인 화자를 통해서도 이 두 장르의 혼합을 시도한다. 그 결합은 화자의 대조적인 두 가지 면과 역할에 의해서 이루어진다. 우선 이 작품의 화자는 단순하게 등장인물에 관한 이야기를 독자에게 사실적으로 전달하고 때로는 자신이 등장인물에 대하여 갖고 있는 정보가 부족하다고 실토하는 일반인으로서 혹은 보고자로서 작품 안에 등장하기도 하지만, 작품의 매 권의 첫 장마다 자기의 생각과 주장을 독자에게 직접 피력하며 작품의 의미와 이에 대한 해석을 주도하기도 하며, 또한 보통 사람이 알 수 없는 등장인물 간의 은밀한 대화와 생각을 독자에게 알려 주는 작품 밖에 존재하는 전지전능한 화자로도 등장하기 때문이다.

보고자로서의 화자는 자신이 톰과 같은 등장인물임을 자처하면서 자신의 말은 자신이 직접 정보를 수집했거나 전해 들은 내용에 의거한 것임을 강조한다. 따라서 그는 자신이 진실을 아는 데에 있어서 한계가 있는 존재라는 사실을 감추지 않고, 블리필의 종교적 경건함이 외형적인 것인지 아니면 진실 된 것인지 판단하지 못한다고 고백까지 한다. 때문에 보고자 혹은 관찰자로서의 사실적인 화자는 자신이 제공하는 정보에 대해 확신을 갖지 못하는 경우가 많아 '어쩌면, 가능하겠지만, 아마도'(perhaps, possibly, probably)와 같은 용어를 자주 사용하는 것이다.[32] 이러한 화자의 모습은 '자신이 정보를 얻기 위해서는 무척 힘이 들었다'(*TJ* 522)고 말하거나 톰과 소피아의 재회의 장면에서도 '그들의 표정과 생각을 그리는 것은 자신의 능력 밖의 일'(*TJ* 730)이라고 말함으로써 그가 다른 등장인물들과 마찬가지로 다른 사람의 마음을 꿰뚫어 보는 능력이 없는 평범한 인간임을 독자에게 필딩은 각인시켜 주고 있는 것이다.

이러한 사실주의적인 화자의 모습은 『조셉 앤드류즈』에서도 발견된다.

그[아담즈]가 여관에 돌아왔을 때 그는 조셉과 패니가 같이 앉아

---

[32] 김일영의 논문 「필딩의 "새로운 글쓰기"와 이중적 재현」에서도 『조셉 앤드류즈』의 화자의 이러한 일면이 논의되고 있다.

있는 것을 보았다. 그들은 아담즈가 걱정하듯이 아담즈의 부재가 길다고 전혀 생각하지 않았으며 아담즈를 그리워하거나 생각하지도 않았다. 두 사람으로부터 난 이들이 이 시간 동안 매우 즐거운 대화를 나누었다고 들었다. 그러나 그 대화가 무엇인지 말하라고 이들 중 누구도 설득하지 못하였기 때문에 내가 그것을 독자에게 알려 줄 수는 없다.

When he came back to the Inn, he found Joseph and Fanny sitting together. They were so far from thinking his Absence long, as he had feared they would, that they never once miss'd or thought of him. Indeed, I have been often assured by both, that they spent these Hours in a most delightful Conversation: but as I never could prevail on either to relate it, so I cannot communicate it to the Reader(*JA* 168).

위의 화자는 작품 속 인물이 주는 정보가 없이는 그들의 의도나 속마음을 알지 못하며 사건의 진상에 대해서도 파악하지 못하는 다른 등장인물들과 같은 존재이다. 따라서 이 화자는 사건의 정확한 전모를 독자에게 알려 주기 위해서 작중인물과의 인터뷰를 시도하여 그들의 진술에 의존하는 태도를 취한다. 특히 조셉과의 인터뷰에서는 '조셉이 끝내 말하지 않아 알 수 없어서 독자에게 알려 줄 수 없다'고 토로하며 작품 속의 등장인물과도 같이 한계를 지닌 사실주의 화자임을 보여 준다.

이와는 다른 전지전능한 화자는 톰에 관한 이야기를 진행하는 이야기꾼이면서도 동시에 앞으로는 어떤 식으로 이야기를 이끌어 갈지 독자들에게 암시를 주는 화자로서 이 작품은 실제의 세계를 그대로 보여 주는 것이 아니라, 실상은 자신의 계획에 따라 쓰이고 있는 일종의 허구라는 사실을 암시한다. 로젠가튼(Richard Rosengarten)도 전지전능한 화자의 이러한 면모를 다음과 같이 지적한다.

> 필딩은 의도적으로 독자에게 틈틈이 독자들이 실체를 직접 대면하고 있는 것이 아니라, 독자들이 이 서사로부터 떨어져 있으며, 서사와는 구별되는 외적인 존재인 저자의 통제된 지도하에 있음을 상기시켜 준다.

> Fielding deliberately reminded the reader at regular intervals that he, the reader, is not confronting reality immediately but only under the controlled guidance of the author, who remains a distinct and significant presence external to the narrative he holds before the reader as the image of reality(16).

이러한 화자는 이 소설을 실제적으로 진행시키는 소설 밖의 존재, 즉 이 소설을 통제하는 작가이기 때문에 독자는 이 전지전능한 화자의 말에 따라 작품이 진행될 것이라는 믿음을 갖게 된다. 톰이 고난에 빠지고 심지어 감옥에 들어가게 되는 상황을 목격하면서도 불안해하지 않는 이유는 이 전지전능한 화자가 이 작품을 로맨스적인 해피엔딩으로 이끌 것이라는 믿음을 가지고 있기 때문이다.

많은 비평가들은 필딩의 화자가 일관성이 없다는 견해를 내놓는다. 그것은 실제로 이 작품에는 두 명의 화자가 존재한다고 봐도

좋을 정도로 화자가 서로 상반되는 면을 보여 주고 있기 때문이다. 그러나 필딩이 하나의 화자에게 서로 대조적인 면을 부여한 것은 그가 앞서 밝혔듯이 로맨스와 사실주의를 결합하기 위해서이다. 즉, 필딩은 세상의 모습을 있는 그대로 묘사하는 사실주의적인 화자와 이 세계에 권선징악과 해피엔딩을 부여하고자 하는 로맨스 작가로서의 화자를 동시에 제시함으로써 독자에게 사실주의적인 세상과 로맨스의 관점이 보여 주는 이상적인 세계를 동시에 보게 하려는 시도를 한 것이다. 즉, 그의 사실주의와 로맨스의 결합이 이 상반되는 면의 화자를 만들어 낸 것이다.

이중적 화자를 통해 독자로 하여금 로맨스적인 시각과 사실주의적인 시각으로 작품에 접근하도록 유도하는 필딩은 소설의 결론에서도 또한 이중적인 방법을 사용한다. 피츠패트릭과의 결투로 인해 감옥에 갇혀 교수형을 당할지도 모르는 위기에 처하게 된 톰을 찾아온 워터즈 부인을 파트리지가 알아보고, 압튼에서 톰과 육체적 관계를 가졌던 워터즈 부인이 톰의 친어머니라고 진술함으로써 톰은 더 깊은 절망의 늪에 빠지게 된다. 설상가상으로 톰이 레이디 벨라스턴으로부터 벗어나기 위한 방편으로 보냈던 청혼의 편지를 소피아가 보았다는 소식에 톰은 더 이상 아무런 희망을 가질 수 없게 된다. 그러나 자신의 작품을 '희극적 로맨스'라고 정의하였던 필딩은, 이 일촉즉발의 위기에 처한 톰에 대한 독자의 긴장을 다음과 같은 진술로 완화시킨다.

희극 작가의 임무는 그의 작품 속의 주인공들을 될 수 있는 한

행복하게 만드는 것이며, 비극 작가의 임무는 할 수 있는 한 주인
공을 최대한으로 불행하게 만드는 것이다.

When a Comic Writer hath made his principal Characters as
happy as he can; or when a Tragic Writer hath brought them to
the highest Pitch of human Misery(*TJ* 875).

여기서 독자들은 희극 작가로서의 임무를 수행해야 한다는 전지
전능한 화자의 말에 의해 결국은 톰이 역경에서 벗어나 행복을 이
룰 수 있으리라는 로맨스적인 결말의 가능성에 확신을 가지게 된다.
그러나 잠시 후 화자는 궁지에 빠져 있는 주인공에게 초자연적인
힘을 빌려 주지는 않을 것이며, 톰이 자신이 처한 역경으로부터 벗
어날 타당한 방법을 발견하지 못해 교수형을 당하게 되더라도 이
이야기의 진실성과 위엄성에 해가 될 일을 하지 않을 것이라고 부
언한다. 이는 화자가 앞으로 개연성을 상실시키는 방법은 사용하지
않을 것이라는 암시이며 또한 필딩 자신의 사실주의적 세계관을 표
방하는 것이기도 하다(*TJ* 875 − 76).

필딩의 이러한 대치되는 진술은 그가 갖고 있던 로맨스적인 세계
관과 사실주의적 세계관에 기인한다. 즉, 로맨스 작가로서의 필딩은
미덕은 행복으로 이끌고 악덕은 불행을 초래한다는 권선징악의 원
칙을 보여 주려고 하지만 사실을 그려 내야 하는 작가로서의 사명
은 이 세상에서 미덕이 항상 존중받는 것은 아니며 권선징악의 원
칙이 우리가 살고 있는 현실의 삶에서 반드시 이루어지는 것은 아

니라는 사실도 보여 주어야 하기 때문이다. 다음의 인용문은 필딩의
이러한 사실주의적 세계관을 잘 보여 준다.

> 미덕이 행복으로 가는 확실한 길이고 악덕은 불행을 맞이할 것
> 이라고 가르치는 일군의 종교적이고 도덕적인 작가들이 있다. 매우
> 건전하고 위안이 되는 원리이다. 그러나 이 원리에 대해 한 가지
> 반대 의견이 있다. 그것은 이 원리가 사실이 아니라는 것이다.

> There are a set of Religious, or rather Moral Writers, who
> teach that Virtue is the certain Road to Happiness, and vice ti
> Misery in this World. A very wholesome and comfortable
> Doctrine, and to which we have but one Objection, namely, That
> it is not true(*TJ* 783).

로맨스 작가라면 누구나 '시적 정의'(poetic justice)가 실현되는
작품을 쓰기를 원할 것이다. 기독교인으로서의 신의 섭리에 대한 믿
음을 지닌 필딩에게 있어서는 더욱 그러했을 것이다. 그러나 현실
세계에서는 권선징악의 법칙이 항상 적용되는 것은 아니라는 것을
잘 알고 있던 필딩은 결론에 있어서 로맨스와 사실주의가 혼합된
결말로 이끈다.

필딩은 톰과 소피아, 조셉과 패니 그리고 아담즈를 비롯한 선인
들에게는 신의 섭리에 따라 해피엔딩이라는 로맨스적인 보상을 주
지만, 그들에게 해를 입혔던 악인들을 모두 가혹하게 처벌하지는 않
는다. 톰의 많은 도움을 받았던 블랙 조지는 톰이 잃어버린 수표를

가로채었던 사실이 들통 나지만 멀리 도망가 처벌을 피할 수 있었고, 톰을 모함해 파라다이스 홀에서 쫓겨나도록 결정적 역할을 하였던 블리필은 올워디의 용서는 받지 못하지만 톰의 용서를 얻게 되고 또한 연금을 받게 되며, 톰을 유혹하고 톰과 소피아의 관계를 갈라놓으려 했던 부도덕한 상류층의 전형인 벨라스턴 부인 또한 아무 일도 없었던 듯이 소피아와 왕래하며 여전히 전과 다를 바 없는 사치스럽고 방종한 생활을 한다.

조셉과 패니의 사랑을 위협하던 레이디 부비와 보 다이대퍼는 그들의 잘못된 행동에 대한 처벌을 받지 않고 레이디 부비는 런던으로 돌아가 며칠 안에 조셉에 대해서는 모두 잊고 용기병의 대위를 새로운 애인으로 두고 파티와 카드놀이를 즐기며 지내고, 보 다이대퍼도 이전과 같은 방탕한 생활을 계속한다. 이처럼 로맨스와 사실주의를 모두 수용하고 있는 필딩의 작품세계에서는 선인은 승리하지만, 악인이 모두 처벌받지는 않는다. 또한 선인에 대한 보상 역시 과거의 로맨스처럼 행복의 상징만을 부여하는 것이 아니라 현실적인 방식인 경제적인 보상을 통해 구체적으로 부여함으로써 사실주의적인 방식을 동시에 사용한다.

파멜라의 남편인 부비로부터 파멜라의 친언니로 판명된 패니는 2천 파운드를 받게 되고 가난한 목사 아담즈는 연봉 130파운드의 커다란 성직록을 받게 된다. 『톰 존스』에서도 역시 이러한 방식의 보상이 이루어지는데 올워디는 톰의 출생의 비밀을 알려 준 워터스 부인에게 60파운드의 연봉을 주게 되며, 톰을 도와준 파트리지는 톰으로부터 50파운드의 연봉을 받게 되어 다시 학교를 세울 수 있

게 되고, 소피아와 결혼하게 된 톰 또한 영주 웨스턴에게서 상당한
영지를 물려받게 된다. 이처럼 필딩이 해피엔딩이라는 로맨스적인
보상과 악인을 모두 처벌하지는 않는 사실주의적인 결말을 비롯해
로맨스에서 다루는 해피엔딩이라는 상징적인 보상과 더불어 사실주
의적인 물질적 보상을 제공하는 이중적인 결말은 기독교적인 신의
섭리에 대한 믿음이 반영된 로맨스의 세계와 인간의 삶을 있는 그
대로 보여 주어야 했던 사실주의 세계 안에서 공존해야 했던 필딩
이 내릴 수밖에 없었던 결말이었던 것이다. 즉, 그가 사실주의와 로
맨스를 혼합하여 만든 새로운 글쓰기는 로맨스적인 세계관 혹은 기
독교적인 세계관을 통해 그가 바라는 이상적인 사회를 그리며 동시
에 현실을 누구보다도 직시하고 있던 그가, 정의가 실현되지 못하는
현실 세계의 단면을 있는 그대로 묘사하기 위해 선택한 필딩의 이
중적 세계관의 산물인 것이다.

Ⅳ. 사회비평으로서의 글쓰기

앞 장에서는 필딩의 새로운 글쓰기의 구성(요소)과 그의 세계관이
이 새로운 글쓰기에 어떤 형식으로 반영되었는가를 살펴보았다. 그
러나 여기서 더욱 중요한 것은 필딩이 자신의 세계관을 근거로 만
든 이 글쓰기의 목적이 무엇인가의 문제다. 필딩이 새로운 글쓰기를
시도한 이유를 살펴보는 것이야말로 그의 글쓰기의 본질을 파악하
는 길이기 때문이다.

　필딩이 자신의 작품에서 당시 사회의 모습을 그대로 재현하거나
사실적으로 그린 목적은 그의 사실주의적 문학관을 반영하기도 하
지만, 이는 더 나아가 필딩이 당시 사회문제에 대하여 많은 관심과
개선의 열망을 가지고 있었기 때문이다. 로우(Donald Low)는 필딩
의 글쓰기의 이러한 측면을 다음과 같이 지적한다.

　어떤 영국 작가는 박애주의적 행동뿐만 아니라 언어로써 자신을

표현한다. 필딩의 경우는 특히 재미있는 경우다. 그의 전 인생의 패턴은 그가 글쓰기를 일종의 사회 활동의 한 형태로 항상 보고 있다는 것을 강력하게 시사한다. 그리고 그런 의미에서 그의 글쓰기는 정당화된다. 그러나 그의 힘과 그의 사회적 관심의 정도가 커서 그는 기회만 있으면 실제적이고 문학외적인 문제에 있어서도 관계하려 하였다.

Certain English authors have sought to express themselves in philanthropic action, as well as in words. Fielding's is a particularly interesting case. The pattern of his whole life strongly suggests that he always saw writing as a form of social action, and in that sense its own justification; yet such was his energy, and such the quality of his social concern, that he took every opportunity to involve himself also in practical, extra—literary matters(Low, 13).

로우에 따르면 필딩은 사회문제에 대한 관심과 사회에 대한 개혁의 의지를 자신의 글로써 표현하였기 때문에 그의 글쓰기는 사회 활동의 한 형태로 볼 수 있다. 이는 필딩이 글쓰기를 하나의 여흥거리나 한 번 읽고 잊어버려도 되는 그런 종류의 글로 인식하는 것이 아니라, 만인에게 공감을 불러일으키고 사회의 문제점을 지적함으로써 보다 나은, 혹은 이상적인 사회를 이루는 데 공헌하기를 바란다는 의미가 될 것이다. 즉, 필딩에게 있어서 글쓰기는 시회정의의 실현을 위한 하나의 방편이며 그의 사회적 관심에 대한 구체적 표현인 것이다. 따라서 필딩은 자신의 소설뿐만 아니라 여러 글쓰기를 통해 사회에 관한 자신의 관심과 사회개혁 의지를 표방한다.

한 예로 필딩은 자신의 「최근 도적들의 증가의 원인에 대한 조사」
("Enquiry into the Causes of the late Increase of Robbers," 1751)
라는 에세이에서 "런던의 거리와 이곳으로 오는 도로는 곧 위험 때
문에 다닐 수 없게 될 것이며 또한 우리는 이태리인들이 산적이라
고 부르는 사람만큼 위험한 사람들의 위협을 받을 것이다"라는 주
장과 함께 당시 사회의 질서와 시민에게 위협적인 존재였던 노상강
도의 악행이 더욱 심해져서 런던의 길거리나 런던으로 들어오는 도
로는 강도들의 위협에 항상 노출될 것이라 우려하며, 이러한 악행의
근절을 위한 대책이 필요함을 강조하기도 하였다(Simon Varey 80).
이처럼 범죄에 대한 심각한 우려를 지니고 있던 필딩은 대중의 후
원을 얻어 훈련된 경찰관을 유지하여 이러한 사회의 무질서를 통제
하기 위하여 신문에 범죄예방 홍보용 광고를 내었고 후원을 통해
1749－50년의 겨울 필딩은 소위 '도둑 잡이'(thief－takers)라는 단
체를 창설하여 범죄 예방과 범인 검거에 공헌하고자 하였다.

또한 필딩은 1745년에 발생한 영국의 제임스 2세(James Ⅱ)의
손자인 소위 'Young Pretender'의 영국 왕위 복귀를 위해 일어난
자코바이트(Jacobite)의 반란에 대한 관심을 보이며 팸플릿을 쓰는
데, 이 팸플릿에서 필딩은 당시 영국의 법과 종교(성공회)를 지지하
면서 제임스 가문의 스튜어트(Stuart) 왕가를 지지하는 가톨릭에 대
한 저항을 촉구하여 자신의 사회적 관심을 표명하였다.

필딩의 사회적 관심의 표출은 팸플릿에 제한되지는 않는다. 필딩
은 『챔피언』(*Champion*)이라는 잡지를 창간하여 정치 문제뿐만 아

니라 도덕과 종교 문제 등 사회 제반 문제에 관한 글을 발표하였으며, 『진정한 애국자』(*The Patriot*)와 『자코바이트 저널』(*Jacobite's journal*)의 편집을 맡아 당시 정부의 정통성을 주장하고 자코바이트 세력을 저지하는 데 필력을 다하는 등, 정치 전반의 문제에 대해서도 관심을 보였다.

이처럼 다방면으로 사회에 관심을 보였던 필딩의 비판정신이 그의 정치적, 사회적 성향 및 경력과 밀접한 관계가 있다는 사실을 우리는 간과할 수는 없을 것이다. 정치적으로는 휘그(Whig)이며 종교적으로는 광교회파(Latitudinarian)였던 할아버지 존 필딩(J. Fielding)의 영향을 받은 필딩도 역시 정치적으로는 휘그였으며, 이튼 동창생들이었던 조지 리틀튼(Goerge Lyttelton), 윌리엄 피트(William Pitt), 그렌빌 형제(Richard and George Grenville) 등의 월폴에 반대하는 휘그당 인사들과 정권에서 배제된 토리당 사람들이 모여 당시 야당지인 『크라프트맨』(*The Craftsman*)을 만들어 운영하였고, 1730년대부터 본격적으로 쓰고 있었던 소극과 풍자극으로 당대 수상으로 장기 집권하던 로버트 월폴(Robert Walpole)의 금권정치와 권모술수를 풍자하였다. 그러다 1737년 6월 '극장 검열법'(Theatrical Licensing Act)의 통과로 인해 더 이상 정치 풍자극이 공연될 수 없게 되자, 필딩은 드라마 작가로서의 삶에 종지부를 찍고 생계를 위하여 변호사의 길을 선택하게 된다. 따라서 필딩은 1737년 11월에 미들 템플(Middle Temple)에 입학하고, 1740년에는 변호사의 자격을 얻어 이해 6월부터 서부지방의 순회 재판에 변호사로서 참여하게 된다. 또한 미들섹스(Middlesex)의 치안판사로서 그리고 웨스트민스터의 자유를 위해서 필딩은 1749년부터 런던의 주요한 치안관의 직무를 담당하였고, 대도시의 질서를 유지하는 데 있어 그 주요 후원세력으로 정부는 필딩의 직무에 많은 기대를 하였다(Jr. Malvin R. Zirker 36).

이러한 필딩의 치안판사로서의 경험과 그의 사회에 대한 관심은 사회의 잘못된 면을 비판하며 바로잡고자 하는 그의 신념에 더욱 박차를 가하였고, 그 결과 필딩은 정기간행물이나 잡지 그리고 자신의 작품을 통하여 이러한 영국 사회의 폭력과 범죄 그리고 사회의 병적인 모습을 개선하기 위한 노력을 하게 된다. 따라서 이번 장에서는 사회개혁가 또는 사상가로서의 필딩의 모습이 자신의 작품 속에서 어떻게 구현되고 있으며, 그가 자신의 소설을 통해서 개혁 의지를 어떻게 표출하였는지 즉, 사회비평으로서의 그의 새로운 글쓰기가 사회적 활동의 하나로서 어떻게 형성되고 있는지 살펴보고자 한다.

필딩은 자신의 작품을 희극적 로맨스(Comic‒Romance)라고 정의하면서, 톰과 소피아, 조셉과 패니 등의 서로 사랑하는 주인공들의 행복한 결합을 하는 소위 해피엔딩으로 자신의 작품을 종결한다. 그러나 이것은 로맨스의 전통을 필딩이 따르고 있기 때문만이 아니라, 이상적인 결혼에 대한 자신의 견해를 나타내고자 하였기 때문이기도 하다. 필딩의 자서전적인 생애나 글을 통해서 짐작할 수 있듯이 필딩은 결혼의 동기가 무엇보다도 '사랑'이어야 한다고 생각한다. 필딩은 당시 사회의 결혼 풍습에 있어서 흔히 이루어지던 재산이나 신분 상승을 목적으로 하는 당시 사회의 정략결혼 풍습에 대하여 비판적인 생각을 갖고 있었다. 이것은 필딩이 리처드슨의 『파멜라』를 풍자하기 위해 쓴 『샤멜라』(*Shamela*)나 『조셉 앤드류즈』를 통하여 파멜라와 미스터 비와의 결혼은 파멜라가 자신의 정조를 상품화하여 신분 상승을 하려고 한 정략적인 것이라고 직·간접적인 풍자와 비판을 서슴지 않는 것에서도 잘 알 수 있다. 그러나 이러한 이해타산적인 정략결혼을 비판하고 애정(affection)이 우선되는 결혼을 지지하는 필딩의 생각은 『조셉 앤드류즈』에서보다는 『톰 존스』에서 좀 더 강조되고 있다. 필딩의 이러한 생각은 다음의 올워디의 말을 통하여 피력된다.

> 난 항상 사랑이 결혼한 상태에서 행복의 유일한 근간이라고 생각하여 왔다. 사랑이야말로 이 결합의 유대를 공고히 하는 그 고귀하고 애정 어린 우정을 만들어 내기 때문이다. 그리고 내 생각에 다른 동기에서 한 모든 결혼은 범죄라고 생각한다. 그것들은 가장 신성한 의식에 대한 신성모독이며 보통은 혼란과 재앙으로 끝이 난다. 이 가장 신성한 제도를 욕정과 탐욕의 사악한 희생물로 만드는 것은 분명 신성모독이다. 따라서 단지 아름다운 외모나 많은 재산 때문에 한 결혼에 대해서 어떻게 더 좋게 말할 수 있겠는가?

> I have always thought Love the only Foundation of Happiness in a married State; as it can only produce that high and tender friendship, which should always be the Cement of this Union; and, in my Opinion, all those Marriages which are contracted from other Motives, are greatly criminal; they are a Profanation of a most holy Ceremony, and generally end in Disquiet and Misery: For surely we may call it a Profanation, to convert this

most sacred Institution into a wicked Sacrifice to Lust, or Avarice: And what better can be said of those Matches to which Men are induced merely by the Consideration of a beautiful Person, or a great Fortune!(*TJ* 71)

『톰 존스』에서 일종의 신의 대행자로 도덕적 잣대를 제시하는 올워디의 결혼에 대한 생각은 그만큼 커다란 무게를 갖는다. 그런 의미에서 올워디가 결혼의 최우선 조건으로서 사랑을 언급하며 물질적인 탐욕이나 육체적인 욕정을 충족하기 위해 결혼하는 것은 신성모독과도 같다고 말하는 것은 신중하게 받아들여야 할 사항이다. 필딩은 올워디의 진술을 통해 자신의 결혼관을 강조하고 있기 때문이다. 이러한 자신의 결혼관과는 대치되고 있던 당시의 정략결혼 풍습에 대하여 필딩은 『코벤트가든 저널』(*Covent −Garden Journal*)에서 다음과 같이 말하고 있다.

상류사회에서 결혼은 양쪽이 모두 상대방을 속이려 하는 거래, 사고파는 행위다. ...... 이러한 것들에 대해서, 서로 행복하고 사회의 안녕에 이바지할 후손을 낳을 목적으로 결혼을 하는 예외적인 사람들이 있다는 것은 인정하여야 할 것이다.

In high Life, Marriage is a mere trade, a Bargain and Sale, where both Parties endeavour to cheat one another. ...... To these it must be owned there are some Exceptions of Persons who engage with a Prospect of mutual Felicity and Designs of raising a Progeny that may contribute to the Welfare of

Society(Fielding, *the Covent Garden Journal* Ⅱ 41).

필딩은 상류사회의 결혼을 '거래'(trade) 또는 '사고파는 행위'(bargain and sale)라며 신성함이나 아름다움이 결여된 세속적인 이러한 결혼은 결혼의 '본질에서 벗어난 잘못된 결합'(unnatural union)이라며 이런 결혼 풍속도에 대해 비판적인 견해를 견지하고 있다. 그래서 필딩은 이러한 상류층의 결혼 생활의 모습에 대한 부정적인 생각을 작품을 통해서도 나타내고 있다. 다음은 『조셉 앤드류즈』에서 조셉이 동생 파멜라에게 보내는 편지의 한 부분이다 그는 편지에서 영주 부비와 부비 부인의 관계에 대하여 다음과 같이 언급하고 있다.

나의 훌륭하신 주인 토마스 경이 나흘 전에 세상을 떠나셨어. 설상가상으로 우리 불쌍한 마님도 분명 제정신이 아니야. 우리 하인들 중 누구도 마님이 그렇게 가슴 아파할 거라고 예상하지 못했어. 너도 알겠지만 파멜라야, 우리 집 주인 가족의 비밀을 말하고 싶지는 않지만 너도 두 양반이 서로 사랑한 적이 결코 없다는 것을 알잖아. 나는 마님이 주인 어른이 죽었으면 좋겠다고 말하는 것을 천 번도 더 들었어.

My worthy Master, Sir Thomas, died about four days ago, and what is worse, my poor Lady is certainly gone distracted. None of the Servants expected her to take it so to heart, because you know, Pamela, I never loved to tell the Secrets of my Master's Family; but to be sure you must have known they never loved

one another, and I have heard her Ladyship wish his Honour
dead above a thousand times(*JA* 31).

하인들은 영주 부비의 죽음에 대하여 부비 부인이 진심으로 슬퍼
하기를 기대하지도 않았으며 더 심각한 것은 부비의 생존 시에도
부비 부인은 자기 남편인 부비가 죽었으면 좋겠다는 말을 수없이
하는 것을 들었다는 것이다. 분명 여기서 우리는 부비 부부간의 부
부관계가 바람직하지 못함을 잘 알 수 있는데 그것의 원인은 사랑
의 결여 때문임을 조셉은 분명히 말하고 있다. 따라서 여기에는 사
랑이 없이 이루어지는 상류층의 정략결혼의 폐단을 잘 보여 주고자
하는 필딩의 의도가 담겨 있음을 알 수 있다.

물질적인 이해관계에 따라 이루어지는 정략결혼에 대한 필딩의
비판적인 생각은 『톰 존스』의 중심적인 모티브 중의 하나이기도 하
다. 블리필 대위(Captain Blifil)와 올워디의 여동생인 브리짓(Bridget)
의 결혼은 사랑에 근거한 것이 아니라 블리필 대위의 올워디의 재
산을 얻기 위한 계획적인 정략결혼임을 필딩은 다음과 같이 말한다.

독자 여러분에게 솔직히 말하자면, 대위는 이곳에 도착한 이래로
혹은 형으로부터 이 결혼을 제안받은 순간부터, 브리짓으로부터 자
신에게 유리한 어떤 징후를 발견하기 오래전부터 사랑에 심각하게
빠졌다. 즉, 올워디 씨의 집과 정원 그의 땅과 집과 가옥과의 사랑
에 빠졌다. 이 모든 것을 그는 너무나도 열렬히 좋아하여 그는 아
마 엔도르 마녀를 덤으로 가져가야 한다 할지라도 이것들과 결혼을
하였을 것이다.

To deal plainly with the Reader, the Captain, ever since his Arrival, at least from the Moment his brother had proposed the Match to him, long before he had discovered any flattering Symptoms in Miss Bridget, had been greatly enamoured; that is to say, of Mr. Allworthy's House and Gardens, and of his Lands, Tenements and Hereditaments; of all which the Captain was so passionately fond, that he would most probably have contracted Marriage with them, had he been obliged to have taken the Witch of Endor into the Bargain(*TJ* 67).

위의 인용문에서 필딩은 블리필 대위가 원하였던 것은 브리짓 자신이 아니라 그녀의 재정적인 배경이었음을 거의 노골적으로 밝히고 있다. 즉, 블리필에게 있어 결혼은 부를 획득하기 위한 하나의 도구에 지나지 않는 것이다. 그러나 이러한 의도적인 결혼은 결국 블리필 대위와 브리짓의 결혼 생활을 행복으로 이끌지 못하였고 브리짓은 블리필 대위뿐 아니라 그의 아들 블리필까지도 좋아하지 않게 되는 불행한 결과를 낳게 된다. 이와 같이 재산만을 목적으로 하는 정략결혼에 대한 필딩의 부정적인 견해와 비판은 소피아가 물려받을 재산 때문에 소피아와 결혼하려는 블리필 대위와 브리짓 사이에서 나은 블리필에 대해서도 이어진다.

비록 그[블리필]는 우리가 앞서 다루었던, 그리고 소피아의 미덕과 아름다움이 불러일으키는 그 혼합된 감정[사랑]이 전혀 없었지만, 이 젊은 여인의 재산을 가질 수 있다는 만족감을 보장하는 다

른 열정으로는 가득 차 있었다. 그것은 바로 탐욕과 야망이라는 것
으로서 이는 둘 사이에서 그의 마음을 갈등하게 만들었다.

> But tho' he was so entirely free from that mixed Passion, of
> which we there treated, and of which the Virtues and Beauty of
> Sophia formed so notable an Object; yet was he altogether as
> well furnished with some other Passions, that promised
> themselves very full Gratification in the young Lady's Fortune.
> Such were Avarice and Ambition, which divided the Dominion
> of his Mind between them(*TJ* 284).

블리필이 이 작품의 주인공이 될 수 없는 커다란 이유 중의 하나
가 이러한 세속적인 동기에 근거한 그의 결혼관 때문이다. 블리필은
자신의 부친처럼 세속적인 이해관계를 결혼의 척도로 삼고 있고 이
해타산적인 인물이기 때문에 로맨스적 세계관을 구현하고 있는 이
작품의 주인공이 될 수 없는 것이다. 즉, 필딩의 남녀 주인공들은
세속적인 동기 때문이 아니라 사랑하기 때문에 결혼하는 사람들로
구성되어 있다. 조셉이 주인공이 될 수 있는 이유는 바로 여기에
있다. 그는 자신이 어느 신사계급의 아들임을 알게 되지만, 하녀 출
신의 패니를 저버리지 않고 그녀를 아내로 받아들인다. 이는 그가
사회적인 신분이나 재산에 따라 배우자를 선택하는 것이 아니라 사
랑을 배우자 선택의 가장 근본으로 삼는 인물이란 점에서 그는 필딩
의 결혼관을 몸소 실천하는 로맨스의 주인공이 될 수 있는 것이다.
필딩이 잘못된 결혼 풍습을 지적한 것은 상류층에만 국한되는 것

은 아니다. 하층민들은 특별한 재산이 없기 때문에 정략결혼의 가능
성이 적지만 그들도 이상적인 결혼에 저해가 되는 동기를 갖고 있
다. 그것은 바로 육체적 쾌락의 수단으로서 결혼 제도를 악용하고
있다는 것이다. 필딩은 『코벤트가든 저널 Ⅱ』에서 하층민들의 잘못
된 결혼 풍습에 대해서도 다음과 같이 비판한다.

　　하층민의 경우에 있어서 사람들은 현재 자신의 성적 욕망을 충
　족시키기 위한 것 이외에 다른 목적이 없이 결혼을 한다. 이러한
　대중의 성적 결합은 법적인 혹은 교회법적인 통정에 지나지 않는
　다. 목사가 이 두 가련한 인물들을 소위 결혼이라는 신성한 유대로
　묶는다 할지라도 그들의 신혼의 즐거움이 끝나면 곧 신랑은 다른
　아내를 신부는 다른 남편을 취한다. 그리고 이것이 종종 일어나는
　양쪽의 경우다.

　　In low life, People often intermarry with no other View or
Regard, than the sensual Gratification of a present Appetite: The
Copulation of the Mob is no better than legal or ecclesiastical
Fornication, and th'o a Priest may join two Wretches together,
what is called the holy Bands of Matrimony, yet in a very short
Time when the consummation Pleasures are over, the Bridegroom
either takes another Wife, or the Bride another Husband; and
very often this is the Case of both(Fielding, *Covent－Garden
Journal* Ⅱ 41).

　　하층민들의 결혼 풍속도를 묘사할 때 필딩이 구사한 어휘는 가히

충격적이다. 그는 동물 간의 짝짓기 묘사에서나 사용하거나 불법적이고 천한 인간의 육체적 결합을 묘사할 때 사용하는 '성적 결합'(copulation), 혹은 '통정'(fornication)이란 단어를 이들의 결혼에 적용하고 있기 때문이다. 즉, 필딩은 하층민들이 결혼하는 유일한 목적은 물질적인 것은 아니지만 동물적 욕정이라고 비판하고 있으며, 결혼을 쾌락의 도구로 여기는 하층민의 결혼 관습에 대한 강한 혐오감을 피력하고 있는 것이다.

필딩은 이처럼 결혼이 인간의 물질적 욕망이나 육체적 욕망을 성취하기 위한 수단이 되어서는 안 되고 사랑을 근간으로 서로 간의 행복을 위해서 지켜나가고 이루어 나아가야 할 제도라고 생각하고 있다. 그러나 필딩은 여기서 한층 더 나아가 사랑으로 결혼하더라도 부부간에 지켜야 할 근본적인 도리와 관계가 있다고 생각한다. 그것은 부부간에는 남성과 여성의 차이에서 오는 우열이 없으며, 남편과 아내는 모두 평등한 관계에서 서로 이해하고 협조해 나가야 한다는 것이다. 즉, 필딩은 부부간의 권위주의를 인정하지 않는 진보적인 결혼관을 가지고 있는데, 이를 피력하기 위해서 부부간에 평등이 보장되지 않는 상황에서의 문제점과 부정적인 면을 작품에 그 예로 제시함으로써 자신이 생각하는 이상적인 결혼관을 제시한다.[33]

---

33) 스몰우드(Angela Smallwood)는 "필딩 작품에 나타난 성별(gender)에 대한 이념에 관한 연구"(the inscription of ideologies of gender in Fielding's fiction)를 통해 필딩의 소설은 상당히 계몽적이며 여성의 문제에 있어서도 당시의 일반적인 생각에 비해 개방적인 견해를 보이고 있다고 필딩의 진보주의적인 생각을 피력한다(Gary Gautier 111).

평등과 사랑 이해가 바탕이 되지 않는 결혼 생활의 예를 필딩의 소설에서 찾는 것은 어려운 일이 아니다. 『조셉 앤드류즈』에서 타우와우즈 부인이 남편인 타우와우즈를 무시하며 남편의 위신을 세워 주지 않는 것이나, 다른 여관 주인이 자기의 아내에게 폭언을 퍼부으며 강압적인 행동을 하는 것 등은 이들의 관계가 평등과 상호에 대한 이해에 근간을 두고 있지 않음을 분명히 보여 주고 있다. 이는 『톰 존스』에서 제시되는 여러 부부관계를 통해서도 마찬가지다. 남편과 하녀 제니의 관계를 의심하는 파트리지의 아내는 제니와 파트리지가 서로 웃으며 대화하는 모습을 보고 남편에게 신랄한 비난과 폭력을 가한다. 다음은 파트리지 부인이 남편에게 가하는 폭력에 대한 필딩의 묘사다.

파트리지 부인은 이에 못지않은 분노로 불쌍한 학교 선생에게 달려들었다. 그녀의 혀, 이빨과 손은 일시에 그를 공격하였다. 그의 가발은 순식간에 그의 머리에서 벗어지고 그의 셔츠는 등에서 찢겨졌다. 그의 얼굴에는 불행히도 자연의 여신이 그의 적에게 무장시킨 손톱의 숫자를 나타내는 다섯 줄의 핏줄기가 흘러내렸다.

Not with less Fury did Mrs. Partridge fly on the poor Pedagogue. Her Tongue, Teeth, and Hands, feel all upon him at once. His Wig was in an Instant torn from his Head, his Shirt from his Back, and from his Face descended five Streams of Blood, denoting the Number of Claws with which Nature had unhappily armed the Enemy(*TJ* 89).

파트리지 부인은 남편을 물어뜯고 때리며, 남편의 가발을 벗기고 셔츠를 찢고 손톱으로 얼굴을 할퀴어서 피를 나오게 하는 등 그 폭언과 폭행의 정도가 정상적인 부부간의 다툼을 능가한다. 포악한 아내와 어쩔 수 없이 그 폭행을 감내해야 하는 남편의 모습은 일방적인 힘의 우세를 보이는 지배적인 아내와 무기력하고 복종적인 남편의 모습은 행복이란 단어와는 무관해 보인다. 그래서 파트리지 아내의 이러한 행동은 남편을 마을에서 추방시키게 되고 경제적으로 어려움을 겪게 된 자신도 병으로 죽음을 맞이하게 되어 불행한 운명을 맞게 된다.

이에 대하여 고티어(Gary Gautier)는 이들의 결혼 생활이 부정적인 모습으로 보이는 것은 부부의 관계가 성(gender)의 대립관계로 그려지고 있기 때문이라고 말한다. 즉 타우와우즈 부부의 결혼생활이 지배적인 여성과 그에 순종하는 남성의 유형으로 이루어지고 상대방을 무시하는 행위나 포악한 행위가 아내와 남편 간의 힘의 우열의 관계로 나타남으로써 결혼생활이 부정적으로 보이는 것이다(112).

이처럼 필딩은 결혼생활에 있어서 남녀 간의 힘의 우열의 성립을 행복한 결혼 생활을 저해하는 요인으로 간주하며 이는 당시의 결혼생활에 있어서 시정되어야 할 관습이라고 보았다. 필딩은 여기서 더 나아가 자신의 배우자를 선택하는 데 있어서도 매우 진보적인 견해를 가지고 있었다. 필딩은 당시 상류층들이 자식의 의사와는 상관없이 자식의 결혼을 아버지의 독단에 의해 결정하는 당시에 만연한 결혼 풍속도에 대해서도 비판적인 태도를 보인다. 자식의 의사 여부와 관계없이 결혼을 추진하려는 부모의 모습은 『톰 존스』에서도 나타난다. 톰을 사랑하는 소피아는 절대로 블리필과의 결혼을 원치 않지만 그녀의 아버지 웨스턴은 소피아를 거대한 재산의 소유자인 올워디의 상속자이며 조카인 블리필과 결혼시키려고 하고 자식은 부모의 뜻에 거역하면 안 된다고 생각한다. 그러나 필딩의 철학과 입장을 대변하는 올워디의 결혼관은 이와는 반대다. 올워디는 아무리 자식이라 할지라도 본인의 동의나 찬성 없이 결혼을 강요하는 것은 정당하지 못하고 억압적인 것이므로 국법으로 이를 저지할 수 있기를 바란다고 말한다.[34]

필딩은 이러한 올워디의 말을 통해 당시에 관습적으로 행해지고 있던 부모에 의한 강압적인 결혼에 반대 입장을 표명한다. 필딩의 이러한 견해는 톰이 런던에서 사귄 친구 나이팅게일(Nightingale)의 결혼 문제를 통해서도 나타낸다. 나이팅게일의 아버지는 아들이 재산이 많은 해리스 양(Miss Harris)과 결혼하기를 원해 나이팅게일은 자신이 사랑하는 가난한 밀러(Miller) 부인의 딸 낸시(Nancy)와의 결혼을 포기하려고 한다. 이를 알게 된 톰이 나이팅게일의 아버지를 찾아가 설득하여 두 사람의 결혼이 성사되도록 도와준다. 톰의 이러한 중재는 자식의 견해와는 무관하게 부모의 일방적인 결정에 의해 결혼이 이루어지는 것에 대해 필딩이 분명한 반대를 하고 있음을 시사한다. 고티어(Gautier)도 필딩이 자식의 결혼에 있어 부모의 전제적인 결정의 부당함을 잘 인식하고 있었다고 설명한다.

---

34) 올워디는 "여자를 자신의 동의 없이 억지로 결혼시키는 것은 부당하고 억압을 가하는 행위다. 따라서 나는 우리나라의 법이 그러한 것을 못 하게 하였으면 좋겠다."라고 진술한다(*TJ* 883).

　　이러한 결혼관에는 아버지에게 딸의 결혼 상대를 선택할 권한을 주는 부모의 전제주의에 대한 거부가 내재해 있다. 필딩이 올워디로 하여금 『톰 존스』에서 강압된 결혼을 금지하는 법안을 제시하게 한 것은 이러한 생각을 갖고 있었기 때문일 것이다.

　　Implicit in such a view of marriage is the rejection not only of intra-marriage tyranny but also of the paternal absolutism which gives fathers control over their daughters' marriage choices. It is perhaps with such sentiments in mind that Fielding has Allworthy suggest a law prohibiting forced marriage in Tom Jones(112).

　　결혼 문제에 있어 자식의 의사를 존중하고 강요하지 말아야 하며 이를 법적으로라도 보장하여야 한다는 필딩의 생각은 당시 시대 상황을 고려해 볼 때 매우 신선하며 심지어 파격적이기도 하다. 필딩의 이러한 견해는 개인의 의사 존중이라는 민주주의 원칙에 근거하기도 하지만 강요된 결혼이 가져오는 폐해를 누구보다도 잘 알았기 때문일 것이다. 또한 이러한 결혼 풍습의 개선을 위해서는 이를 법적으로 금지해야 한다는 견해는 이러한 결혼 풍습이 권유나 홍보에 의해 변화될 수 없을 정도로 얼마나 사회에 깊이 뿌리박고 있었는가를 잘 말해 준다. 따라서 이는 원치 않는 결혼으로 생기는 개인의 불행을 야기하는 사회적 제도에 대한 필딩의 비판의식과 개선의 의지를 보여 주고 있는 것이라 하겠다.

　　필딩의 사회와 사회제도에 대한 관심은 당시 만연하던 잘못된 결혼제도와 결혼관에만 제한되는 것은 아니다. 사회 전반에 걸쳐 질서를 어지럽히고 사람들을 타락의 길로 이끌어 사회를 병들게 하는 도박이나 술 그리고 성적 문란 등을 유발시키는 주된 원인 중의 하나가 가면무도회(masquerade)라고 생각한 필딩은 『톰 존스』의 가면무도회 장면에서 톰에게 접근하는 여자에 대하여 "그 나이 든 여자의 가면을 쓴 여자는 가면무도회에나 다니며 버릇없이 남의 진상을 얘기하거나 할 수 있는 한 많은 야유를 퍼부으며, 말 그대로 남의 흥미를 깨려고 하는, 나쁜 본성(ill−nature)을 분출하는 여자들 중에 하나"라고 묘사하는데(*TJ* 715) 이는 가면무도회에서 벌어지는 못되고 상스러운 일들을 단적으로 잘 보여 주고 있으며 이를 통해 상류층의 비도덕성을 조장하는 가면무도회를 질타하고 있다. 필딩은 『조사서』(*Enquiry*)에서도 이러한 가면무도회에 대하여 "만취와 음란과 온갖 종류의 방탕의 전당"이라고 칭하며 강력히 비판한다. 다음은 치안판사로서 가면무도회에서 잡아 온 사람들을 취조하면서 필딩이 느낀 것을 기술한 것이다.

그 기괴한 의상을 벗었을 때 그들 중의 몇은 20세도 안 된 상류층의 젊은 사람이었다. 그들의 이름을 드러내는 것은 치안판사로서 부적절하다고 판단하였기 때문에 또한 어떤 편파적인 결정을 하고 싶지 않았기 때문에 판사는 호된 꾸지람을 한 후 체포된 모든 사람들을 풀어 주었다. …… 따라서 이 한밤중의 회합을 철폐하는 것이 필요하게 보였다.

Several of them when strip of their Antic Dresses, were found to be young Gentlemen of Fashion, under twenty Years of Age, whose Names and Persons the Justice did not think proper to expose, and therefore, as he was unwilling to shew any Partiality, after a severe Reprimand, dismiss's all the Prisoners. ...... Hence it appears how necessary it is to abolish these Scenes of Midnight Rendezvous(Battestin, *Henry Fielding: A Life,* 522－23).

한밤중에 벌어지는 가면무도회는 도덕적 문란을 야기하면서 젊은 사람들의 정상적이고 건전한 삶을 방해해 왔다. 따라서 치안판사로서 그 병폐를 수차례 목격하였던 필딩은 이 문제가 단순한 개인의 문제가 아니라 국가가 나서서 불법한 일로 규정하고 폐지하여야 한다고 생각하였던 것이다. 이는 가면무도회가 상류층의 도덕적 해이를 조장할 뿐만 아니라 상류층을 동경하던 하층민들도 상류층들의 가면무도회에서 벌어지는 일들을 그대로 모방하여 사회적 심각성을 낳았기 때문이다. 다음의 로우(Low)의 지적은 이를 뒷받침해 준다.

필딩은 런던이 게으름과 방종한 스타일의 삶을 영위할 여유가 있는 사람들에게 그런 삶을 살 많은 기회를 주고 있다는 자신의 견해를 피력하였다. 가장무도회가 '만취와 음란과 온갖 종류의 방탕의 전당'으로서 특히 비판의 대상이 된다. 그는 또한 하층민이 귀족층을 모방하는 정도에 대해 심각한 견해를 제시하였다.

Fielding then proceeds to illustrate his view that London offers too many opportunities for idleness and extravagant behaviour on the part of those who can least afford such a style of behaviour.

Masquerades comes in for particular criticism as 'temples of drunkenness, lewdness, and all sorts of debauchery' and he also comments severely on the degree to which the lower levels of society have learned to copy the aristocracy(21).

필딩은 이러한 가면무도회가 하층민들에게 끼치는 영향에 대해서 『톰 존스』의 밀러 부인의 말을 통해서도 전달한다. 톰이 레이디 벨라스턴으로부터 초대받은 가면무도회에 나이팅게일과 함께 가기를 원하자 나이팅게일은 자신의 애인인 낸시와 그의 어머니 밀러 부인에게 같이 동행하자고 권유한다. 그러나 밀러 부인은 이를 거절하며 가면무도회는 상류층 사람들에게는 오락거리가 될 수 있지만 자기 딸과 같은 생계를 걱정해야 하고 기껏해야 소매상인과 결혼할 정도의 사람들에게는 어울리지 않는 곳이라며 그런 곳은 자신의 분수를 잊게 하여 생업을 위해 일해야만 하는 현실을 망각하게 한다고 말한다(*TJ* 709).

이처럼 당시의 가면무도회는 상류층을 모방하고 싶어 하던 하층민들에게는 분수에 맞지 않는 생각과 행동을 조장함으로써 그들이 생업에 충실하지 못하게 되거나 도박이나 술, 여자 등으로 일과 건강을 모두 잃고 타락하게 되어 결국 가난한 생활을 견디다 못해 도둑이나 강도로 전락하여 비행을 저지르는 원인이 되기도 하였다. 필딩은 결국 가면무도회가 사회 계층을 가리지 않고 사회 전반에 걸쳐 사람들의 비행을 유발하고 술 중독자들을 증가시켰으며, 성적으로 문란한 생활과 과격한 행동 등을 유발하여 사회에 여러 가지 문제를 안겨 주고 있음을 우려하고 이에 대해 강력한 조처, 즉 폐지를 주장하였던 것이다.

이러한 종류의 사회문제들을 해결하고 예방하기 위하여 치안판사로 재직을 하였던 필딩은 법과 제도를 통한 질서 유지의 중요성을 강조하며 경찰력을 강화하여 범죄자를 잡아들여 치안을 유지하고자 노력한다. 그러나 법과 제도의 중요성을 인식하면서도 한편으로는 잘못된 법과 제도의 유해성에 대해 필딩은 심각한 우려를 표방하기도 한다. 잘못된 법 적용에 관한 필딩의 지적 중의 하나는 잘못을 범한 사람들을, 특히 도덕적인 잘못을 저지른 사람을 무조건 교도소(Bridewell)에 보내는 법이 경우에 따라서는 바람직하지 않다고 생각하였다. 특히 부도덕한 행위를 한 여자들을 모두 교도소에 보내는 것은 그들의 도덕성을 회복시키는 것이 아니라 오히려 타락의 길로 접어들게 하는 것이 될 수도 있다고 필딩은 주장한다. 필딩은 자신의 이러한 견해를 『코벤트가든 저널Ⅱ』에서 다음과 같이 밝히고 있다.

　　난 무엇보다도 도덕적 분노를 느끼지만, 모든 창부들이 산 채로 화형을 당하여야 한다고 생각하지 않는다. 또한 나는 교도소로 보내는 처벌을 그다지 좋게 생각하지 않는다. …… 겉으로 최소한의 체면을 지키는 여자는 그곳으로 결코 보내지 않는 치안판사를 난 알고 있다. 난 그가 그 학교에서 교육을 마친 사람들은 수치심을 다 잃고 방종하게 지내는 것을 보아 왔다고 그가 말하는 것을 들었다.

I do not indeed think with the virtuous Fury in Prior, that all Whores should be burnt alive; nor am I a Well－wisher to the

Punishment of Bridewell. …… I know a Magistrate who never
sends a Woman thither, while she retains even any external Mark
of Decency; and I have heard him declare, that he never saw a
Woman totally abandoned and lost to all Sense of Shame, who
had not already finished her Education in that College(Fielding,
Covent－Garden Journal Ⅱ 70).

필딩은 교도소가 현재 상태를 유지하는 한 도덕성이 결여된 여자
들의 도덕성 회복에 도움이 된다고 생각지 않는다. 오히려 그들에게
교도소에 보내지 않고 정상적인 사회생활을 할 기회를 다시 준다면
그들은 전적으로 방탕하게 되거나 수치심을 통째로 내던지지 않고
도덕성을 회복할 수 있을 거라고 생각하였기 때문이다. 이러한 필딩
의 생각은 『톰 존스』에 등장하는 제니에 대한 법적 처리에서도 나
타난다.

처녀인 제니가 아버지가 알려지지 않은 톰을 낳아 올워디의 침대
에 몰래 갖다 놓은 장본인이라고 생각한 사람들은 그녀를 교도소에
보내 수치심 속에서 오명을 쓰고 살아야 한다고 주장하지만 그 구
역의 판결권을 가지고 있던 올워디는 제니를 교도소에 보내지 않고
그녀를 모르는 다른 지역으로 가도록 조처를 취한다. 그것은 교도소
에 다녀온 사람들이 자신의 잘못을 반성하고 도덕성을 회복하는 것
이 아니라 그들이 알고 지내던 사람들에게 돌아왔을 때 경멸과 냉
대 속에서 자신이 저지른 이전의 실수를 만회하지 못하고 결국 최
악의 단계로까지 추락해 타락한 생활을 하게 되는 경우가 있었기

때문이라고 올워디는 말한다. 따라서 올워디는 제니가 치욕 속에서 살지 않도록 당시의 법을 따르지 않고 그곳을 떠나가게 허용한 것이다. 필딩은 이러한 올워디의 판단의 합리성을 두둔하며, 사람들을 구제하는 것이 아니라 오히려 타락의 길로 접어들게 하던 잘못된 법과 제도에 대해 다음과 같이 비판적인 견해를 나타내고 있다.

그[올워디]는 공정과 자비를 아울러 행하며, 제니를 동정하기 위해서 그녀가 교도소의 수치스러운 감화교육을 통해 파멸과 오명을 쓰는 것을 보기 바라는 군중들의 뜻을 만족시키기 거부하는 정치적인 실수를 하였다. 그녀가 올바른 길을 선택할 마음이 든다 하여도 개선의 희망이 사라지고 심지어 개선의 문이 닫히게 만드는 군중의 뜻을 올워디 씨는 따르기는커녕, 제니가 올바른 길을 갈 수 있는 유일한 수단을 통해 그곳으로 가도록 용기를 주기 바랐다. 사실 많은 여성들이 첫 실수를 만회할 수 없어서 타락하고 회복할 수 없을 정도로 악의 구렁텅이에 빠진다고 난 생각한다. 그 여자들이 전에 자신들을 알고 있던 사람들과 머무는 경우는 항상 그렇다. 따라서 올워디 씨가 제니가 자신의 명예를 잃은 쓰라린 맛을 본 후에는 그녀를 자신의 명예를 누릴 수 있는 곳으로 보낸 것은 현명한 것이다.

He had indeed committed no other than an Error in Politics, by tempering Justice with Mercy, and by refusing to gratify the good-natured Disposition of the Mob, with an Object for their Compassion to work on in the Person of poor Jenny, whom, in order to pity, they desired to have seen sacrificed to Ruin and Infamy by a shameful Correction in a Bridewell. So far from complying with this their Inclination, by which all Hopes of Reformation would have been abolished, and even the Gate shut against her, if he own Inclination should ever after lead her to chuse the Road of Virtue, Mr. Allworthy rather chose to encourage the Girl to return thither by the only possible Means; for too true I am afraid it is, that many Women have become abandoned, and have sunk to the last Degree of Vice by being unable to retrieve the first Slip. This will be, I am Afraid, always the Case while they remain among their former Acquaintance; it was therefore wisely done by Mr. Allworthy, to remove Jenny to a Place where she might enjoy the Pleasure or Reputation, after having tasted the ill Consequence of losing it(*TJ* 59－60).

당시의 많은 사람들은 잘못을 범한 사람들을 불쌍히 여겨 그들을 올바른 길로 인도하려는 생각보다는 그들의 잘못을 질책하고 형벌을 가해 또다시 잘못을 범하는 일을 막아야 한다고 생각하였다. 이것은 이들을 불쌍히 여기는 따뜻한 마음과 용서하는 마음을 권장하기보다는 형벌을 우선으로 하는 이성 중심의 도덕적 사고와, 인간의 본성은 사악하기 때문에 형벌로 죄를 다스려야 한다는 원리주의자의 정신과 같은 당시 사회의 주류를 이루고 있던 사상들이 보여 주는 편협성이기도 하였다. 이러한 편협성은 『톰 존스』의 가정교사 스퀘어와 목사 스와컴에게서 보이는데 스와컴은 톰의 어린 시절의 잘못에 대해서도 사랑과 용서로 이끌기보다는 회초리만이 유일한 개선책이라고 생각하는 인물이다. 그러나 이와는 다르게 올워디는 정의에 대한 도덕적 신념과 동시에 용서와 자비를 베푸는 종교적 신념을 함께 중시하는 인물이다. 쉬스그린은 이러한 올워디를 스와컴과 스퀘어가 공언하는 미덕을 겸비한 '진정한 지도자'(true guide)이며 필딩이 우리에게 보여 주고자 하는, 인간으로의 모습과 기독교인으로서의 모습을 동시에 이루게 하는 철학을 지닌 인물임을 주장한다(163). 이러한 올워디는 제니가 그녀의 잘못으로 인하여 명예의 손상이라는 도덕적 형벌을 치른 후, 교도소에 보내지 않고 그녀가 파멸하지 않도록 추방을 명령하는 자비를 베푼다. 그것은 당시의 교도소가 죄인들을 교화된 삶으로 이끌기보다는 앞서 언급한 것처럼 교도소의 생활로 인해 타락의 길로 접어드는 경우가 비일비재하다는 것을 누구보다도 잘 알고 있었기 때문이었다. 이러한 올워디의 결정이 당시의 관례로는 법이나 관습에 위배되는 것이기는 하나 그의 판단이 현명한 것임을 보여 줌으로써 필딩은 당시 사회에 주류를 이루던 사상들과 제도를 비판하고 시정하고자 하였던 것이다.

필딩의 사회에 대한 관심은 당시의 풍속도와 법에만 국한되는 것은 아니다. 필딩은 당시 지식인층 사이에 퍼져 있던 사상, 특히 당시 사회에 지배적인 영향력을 지니고 있던 사상들에 대해서도 깊은 관심을 가지고 지켜보았고, 이를 자신의 작품에 그려 내어 간접적으로 각 사상들에 대한 자신의 견해를 피력하였다. 당시 사회에 어떠한 사상들이 만연하였는가를 알아보기 위해서는 『톰 존스』에 톰의 가정교사로 등장하는 두 인물 스퀘어(Square)와 스와컴(Thwackum) 목사의 사상을 살펴볼 필요가 있다.

『톰 존스』에서 스퀘어는 당시 이신론적인 많은 저서를 내었던 셀

즈버리(Salisbury)의 수지 양초 제조인이었던 토마스 첩(Thomas Chubb)의 사상과 샤프츠베리(Shaftesbury)의 도덕감 이론을 추종하는 소위 자유사상가(free thinker) 혹은 이신론자(deist)[35]를 대변하는 우화적 인물(allegorical figure)로 등장한다. 그가 첩에게서 전수받은 자유사상에 따르면, 신은 세계와 그 영원·보편적인 법질서의 창조자이지만 그 세계 밖에 있는 초월적 존재자이며, 세계는 일단 신에 의해서 창조된 후에는 신의 간섭이나 개입 없이 자동적으로 돌아간다는 것이다. 즉, 자유사상가들은 신을 만물의 창조주로 인정은 하지만, 일단 창조 후에는 신이 인간 생활에 직접 관계하지 않기 때문에, 신의 섭리나 은총, 기적, 계시를 인정하지 않는다.

스퀘어는 "육체적인 불구가 원래는 정상적인 몸에서 일탈된 것이듯이 인간의 악행은 근본적으로는 도덕적인 인간의 본성에서 일탈된 것"(*TJ* 126)이라고 주장하며 '사물 본래의 합목적성'(Fitness of Things)이라는 사상, 즉, 만물은 모두 자기가 있어야 할 자리에 있는 것이므로 모든 '자연스러운 것은 다 미덕이다'(natural beauty of virtue)라는 사상을 신봉한다. 따라서 스퀘어는 톰의 애인인 몰리(Molly)와 잠자리를 같이하다 불시에 찾아온 톰에게 들통이 났을 때도 이를 합리화한다. 그에게 있어 합목적성(fitness)은 관습이나 법에 의해 결정되는 것이 아니라, 자연스러운 것에 의해 결정되는 것이며, 또한 모든 자연스러운 것은 다 적합하고 옳은 것이기 때문이다(*TJ* 232).

---

35) 『톰 존스』의 주석을 단 바테스틴은 스퀘어가 케임브리지 플라톤주의자의 전통과 도덕감 철학을 대변하는 인물로 보고 있다(*TJ* 124).

철학자로서 지칭되는 스퀘어는 또한 도덕성에 있어서 '미덕의 자연스러운 아름다움'(natural beauty of virtue)을 신봉하는 플라톤 학파임을 공언한다. 그러나 스퀘어의 공언에도 불구하고 스퀘어가 보여 주는 도덕성은 그가 연계성을 주장하는 플라톤 학파와의 그것과는 사뭇 다르다. 스퀘어의 미덕(virtue)은 플라톤의 '미덕의 아름다움'(virtue of beauty)인 '자비'(benevo-lence) 와는 거리가 먼 진정한 미덕이 아니기 때문이다. 쉬스그린(Shesgreen)은 스퀘어의 이러한 면모를 다음과 같이 설명하고 있다.

> 필딩은 스퀘어의 성격을 묘사한 뒤에 그가 대변하는 고결한 척하는 말 뒤에 숨겨진 그의 실제를 드러내기 위해 그의 행동을 보여 준다. 개인주의적이고 자기중심적인 그의 행동을 통해 그가 대변하는 미덕이 얼마나 빈약한지 밝히는 데 그가 이용된다. 이런 이유로 그는 자신의 쩨쩨하고 이기적인 행동과 그의 공허한 도덕성이 드러나는 희극적 인물이다.

> After Fielding establishes Square's character by means of his set-piece description, he employs the figure's conduct to expose the reality behind the high-sounding cliches he represents. Egotistical and self-centered in his conduct, the philosopher is made to illuminate the wholly jejune nature of the 'virtues' he represents. For this reason he is a comic figure, exposed by his petty, selfish conduct and his vacuous moral pretensions(162).

쉬스그린은 스퀘어는 타인에게 자선이나 관용을 베풀 줄 모르는 인색하고 이기적이며 자기중심적인 인물이어서 그가 주장하고 다니는 미덕은 아무런 의미도 없다는 점을 지적한다. 이는 더 나아가 아무런 덕과 자선을 베풀지 않는 스퀘어와 같은 자유사상가 혹은 플라톤 주의자들의 철학이 실제로 얼마나 공허한 것인지를 보여 주고 있는 것이다.

톰의 또 다른 가정교사인 스와컴은 여러 가지 점에서 스퀘어와 대조적인 인물이다. 이성과 자연의 법칙에 근거한 종교만을 인정하며 인간의 자연적인 행동은 다 옳은 것이라고 생각하는 스퀘어와는 달리 목사 스와컴은 신의 절대적 주권과 계시를 강조하는 동시에 신의 무조건적 은혜와 인간의 원죄를 적극 주장하고, 선행 여부와 관계없이 신앙에 의해서만 사람이 의로워지고 구원받을 수 있다고 믿는 교리중심주의자다. 즉 그는 에덴동산에서 추방된 이후에 인간의 본성은 타락하여 선하지 않으므로 신의 은총에 의해서만 죄 사함을 받고 구원된다고 믿는 편협하고 엄격한 원리주의자로서, 선행을 통해서 인간은 신의 구원을 받는다고 강조하는 호드리 주교(Bishop Hoadly)와 같은 광교회파와는 아주 다른 생각을 지니고 있다. 이처럼 편협한 기독교관에 근거한 신조를 지닌 스와컴은 끝까지 진실을 밝히지 않는 톰에게 벌을 내리지 않는다고 올워디에게 항변한다.

회초리 생각만 하는 스와컴은 스스로 칭하듯 이 무르고 잘못된 관대함에 항의를 하였다. 그는 말하길 이러한 죄를 벌하지 않는 것은 죄를 더 조장하는 것이라고 하였다. 그는 어린아이의 훈육에 관해 상당히 길게 설명하였고 솔로몬의 시편과 다른 책에서 인용을 하였다. 그런 내용은 많은 다른 책에서도 찾을 수 있기 때문에 여기서는 더 말하지 않겠다. 다음으로 그는 누구보다도 다른 것 못지 않게 잘 알고 있는 거짓말이라는 죄악에 대해 말하기 시작하였다.

Thwackum, whose Meditations were full of Birch, exclaimed against this weak, and, as he said he would venture to call it, wicked Lenity. To remit the Punishment of such Crimes was, he said, to encourage them. He enlarged much on the Correction of Children, and quoted many Texts from Solomon, and others; which being to be found in so many other Books, shall not be found here. He then applied himself to the Vice of Lying, on which Head he was altogether as learned as he had been on the other(*TJ* 132).

스와컴은 인간의 본성이 원죄로 인해 타락하였기 때문에 이를 교정할 방법은 엄격한 벌을 적용해야 한다고 믿는다. 그가 톰을 달래서 진실을 이끌어 내려고 하지 않고 회초리를 통해서만이 진실을 밝힐 수 있다는 것은 그의 이러한 믿음에 기인한다. 또한 잘못에 대한 처벌을 면제해 주는 관대함은 잘못을 조장하는 것이라는 스와컴의 말은 그의 엄격한 원리주의자로서 관용과 포용력이 없는 편협한 혹은 왜곡된 기독교인의 모습을 잘 드러내 준다. 이러한 스와컴의 면모는 피츠패트릭과의 결투로 인해 감옥에 갇히게 된 톰을 '악한 영혼'(this diabolical spirit)이라고 부르며 이것은 자신이 좀 더 가혹한 처벌로 톰의 잘못을 고쳐 주지 않은 결과라고 언급하는 것에서도 드러난다.

필딩은 『톰 존스』에 등장하는 서로 상반되는 편협성을 지닌 이 두 대조적인 인물의 언행을 다음과 같이 비판한다.

이 신사[스퀘어]와 스와컴 씨는 만나기만 하면 논쟁을 벌인다. 이 둘의 신조는 정반대였기 때문이었다. 스퀘어는 인간의 본성이 모든 미덕 중에서도 완벽한 것이며 악덕이란 육체의 기형이 그렇듯이 자연스러운 모습에서 이탈한 것이라고 주장하였다. 스와컴은 이와 반대로 인간의 마음은 신의 은총에 의해서 정화되고 구원받기 전에는 타락 이후에 죄악의 온상일 수밖에 없다고 주장하였다. 오직 한 가지 점에서만 그들은 동의를 하였는데 이들은 도덕을 논할 때 선함을 결코 언급하지 않는다는 것이었다.

this Gentleman and Mr. Thwackum scarce ever met without a Disputation; for their Tenets were, indeed, diametrically opposite to each other. Square held human Nature to be the Perfection of all Virtue, and that Vice was a Deviation from our Nature in the same Manner as Deformity of Body is. Thwackum, on the contrary, maintained that the Human Mind, since the Fall, was nothing but a Sink of Iniquity, till purified and redeemed by Grace. In one Point only they agreed, which was, in all their Discourses on Morality never to mention the Word Goodness(*TJ* 126).

필딩의 주장처럼 위 두 사람의 사상과 세계관은 이미 살펴본 바와 같이 극과 극이다. 인간의 본성을 포함한 자연스러운 현상을 모두 선으로 보는 스퀘어의 생각과, 인간의 본성을 천성적으로 악하다고 보며 본성을 억누르고 통제하는 것이 선으로 가는 유일한 길임을 강조하는 스와컴의 생각과는 그 연결고리를 찾을 수 없을 정도로 멀다. 그러나 필딩이 지적하는 이들의 공통점은 바로 인간에 대한 사랑의 마음과 박애심이 없으며 인간을 위해 실천적인 행동을 하는 데 전혀 관심이 없다는 점이다. 결국 이 두 명의 사상가는 이기심과 편협한 종교에 의존하여 진정한 기독교 정신이라 할 수 있는 사랑의 실천을 도외시하고 있는 것이다.

그렇다면 필딩이 톰의 가정교사로 등장하는 이 두 명의 인물을 이 작품에 등장시킨 이유는 무엇일까? 물론 여기에는 두 인물이 대변하는 당시의 사상을 필딩이 소개하고 이의 문제점을 제시한다는 의미가 있다. 그러나 필딩은 여기서 더 나아가 이 둘의 문제점을 보완하고 더 나은 기독교관과 세계관을 제시하는 데 그 목적이 있었던 것이다. 이 두 편협한 사고의 대안은 이들을 톰의 가정교사로 고용하고 있는 올워디에게서 발견되는데 이는 쉬스그린이 지적한 것처럼 "그의 선한 성품에 미덕과 신앙을 결합한 올워디는 추상적인 철학자와 공허한 신학자의 극단적인 사이에서 중립을 지키고 있다"(Shesgreen 164－65)는 점에서 추측될 수 있다. 즉, 자신의 구원을 신의 은총에만 의지하고 선행을 베풀지 않는 스와컴과, 종교적으로는 이단이며 자신의 이기적인 행동을 정당화하는 데 자신의 세계관을 악용하는 스퀘어 이 둘의 문제점을 잘 알고 진정한 미덕과 진정한 종교인의 자세를 결합한 세계관을 유지하고 있는 인물로서 올워디는 필딩이 주장하는 올바른 기독교인의 자세를 지니고 있는 인물인 것이다.

필딩은 이처럼 당시 사회의 사상에 이르기까지 폭넓은 관심을 보이고 이를 자신의 작품에서 구현함으로써 대안을 제시하고 있는데, 더욱 흥미로운 사실은 필딩이 글쓰기를 통해 당시에 일어났던 역사적, 정치적 사건에 대해 자신의 입장과 그 입장을 견지하는 이유를 분명히 밝히고 있다는 것이다. 필딩이 작품에서 다루고 있는 정치적 사건 중에 가장 주목할 만한 것은 자코바이트 반란에 관한 것이다. 이는 제임스 2세의 손자 찰스 왕자(Charles Edward Stuart), 일명 '보니 프린스'(Bonnie Prince Charles)가 군대를 이끌고 영국을 침공해 왕권을 되찾기 위해 일으켰던 소위 제2의 '자코바이트 반란'(The Jacobites)이 일어난 1745년을 『톰 존스』의 시대적 배경으로 삼았던 사실에서 강력히 시사된다. 커니(Anthony Kearney)는 필딩이 자코바이트 사건에 대한 자신의 견해를 밝히기 위해서 이 작품의 시기를 1745년으로 설정하였다고 다음과 같이 설명한다.

　　이 소설에 대한 필딩의 원래 의도가 무엇이던 간에 톰이 7권에서 일단 여행을 떠나게 되자, 자코바이트의 주제가 보다 분명하게 작품의 전반에 떠오른다. 이것은 필딩이 톰의 여행을 1745년이란 문맥에 설정한 방식에서 보이는데, 톰은 반역자들과 싸우기 위해 북으로 행진하는 한 보병 중대와 마주친다.

whatever Fielding's original intentions for the novel, once Tom's journey gets under way in Book Ⅶ, the Jacobite theme comes much more obviously to the fore. This can be seen, for example, in the way Fielding places Tom's journey in the context of 1745: Tom falls in with a company of soldiers marching north to fight the rebels(69).

자코바이트 반란에 대한 언급은 『톰 존스』의 전반부에서는 거의 언급이 없었고 중반부인 7권에서부터 언급된다. 이는 특히 톰이 올워디의 저택 파라다이스 홀에서 쫓겨나게 되어 바다를 향해 가던 중 자코바이트 반란군을 진압하기 위해 북쪽으로 행진하는 정부군과 합류함으로써 본격적으로 자코바이트 반란이 작품에 도입되는데, 이때 이 사건에 대한 필딩의 견지는 이 작품의 주인공 톰이 정부군에 기꺼이 합류한다는 사실에서 짐작할 수 있다. 다음은 톰이 자코바이트를 진압하기 위해 결성된 정부군에 합류하게 된 배경과 의미를 필딩이 설명하는 구절이다.

[정부군의] 상사는 존스에게 그들은 반란군을 향해 행군하고 있다고 말하고는 위대한 컴버랜드 공작의 지휘를 받게 될 것이라 말하였다. 이 말을 통해 독자 여러분은 최근의 반란이 최고조에 이른 시기였다는 것을 알게 될 것이다. 실제로 그 도적 떼들은 왕의 군대와 싸우기 위해 그리고 도시로 진격을 시도하기 위해 영국으로 행군하고 있었다. 존스는 영웅적인 기질을 가지고 있었고 자유라는 영광스러운 대의명분과 프로테스탄트를 지지하였다. 따라서 낭만적이고 위험한 모험을 필요로 하는 상황에서 이 원정대의 자원병으로 나서야겠다는 생각이 그에게 떠오른 것은 놀랄 일이 아니다.

The serjeant had informed Mr. Jones, that they were marching against the Rebels, and expected to be commanded by the

glorious Duke of Cumberland. By which the Reader may
perceive. …… that this was the very Time the late Rebellion
was at the highest; and indeed the Banditti were now marched
into England, intending, as it was thought, to fight the King's
forces, and to attempt pushing forward to the Metropolis. Jones
had some Heroic Ingredients in his Composition, and was a
hearty Well−wisher to the glorious Cause of Liberty, and of the
Protestant Religion. It is no wonder, therefore, that in Circum-
stances which would have warranted a much more romantic and
wild Undertaking, it should occur to him to serve as a Volunteer
in this Expedition(*TJ* 367−68).

　필딩이 자코바이트에 대한 거부감을 가지고 있다는 사실과 그 이
유는 위의 인용문에 충분히 제시되어 있다. 우선 필딩은 자코바이트
를 '반란군'에 혹은 도적 떼에 비유하고 있어 이들의 행위가 정당하
지 못한 찬탈행위를 하려는 시도로 간주하고 있음을 보여 준다. 또
한 정부군에 지지를 보내는 것을 톰이 자유라는 영광스러운 대의명
분을 옹호하는 것으로 간주하는 것 또한 필딩이 자코바이트를 자유
를 억압하려는 그리고 프로테스탄트를 말살하려는 세력으로 간주하
고 있음이 명백히 드러난다. 특히 톰이 반 자코바이트 편에 서는
것을 영웅적인 행위로까지 묘사하며 이를 로맨스적이며 어려운 과
업일 수 있다고 말하는 것에서 필딩이 얼마나 자코바이트에 대해
부정적인 생각을 갖고 있는지 충분히 짐작할 수 있다.
　이러한 필딩의 반 자코바이트적인 생각은 자코바이트를 지지하는

인물의 부정적인 면모를 부각시킴으로써도 나타난다. 그 대표적인 인물이 『톰 존스』의 지방귀족인 영주 웨스턴과 파트리지이다. 클리어리(Thomas R. Cleary)는 이 두 인물이 어떻게 자코바이트를 비난하는 데 이용되는지 다음과 같이 설명하고 있다.

영주 웨스턴과 파트리지는 무지하고 술에 취하고 비논리적이고 무식하고 비겁하다고 조롱되는 자코바이트를 생각나게 하게끔 정확히 묘사되고 있다.

Squire western and Partridge have been correctly described as highly reminiscent of the Jacobites ridiculed as ignorant, drunken, illogical, illiterate, and cowardly(270).

『자코바이트 저널』에서 자코바이트들을 선동적인 시골뜨기들로 묘사하였던 필딩은 자신의 작품 『톰 존스』에서 영주 웨스턴을 늘 술만 마시고 비논리적이며 표준어를 사용할 줄 모르며 독단적이고 교양 없는 행동과 말을 하는 인물로 그리고 있는데, 문제는 그가 전형적인 자코바이트라는 점이다. 이는 웨스턴이 자신은 돼지나 나귀나 쥐새끼 같은 나라를 좀먹는 하노버의 혈통이 아닌 진정한 영국인이라고 하며 앤(Ann) 여왕이 영국 왕위를 이어받은 독일의 혈통인 하노버왕가를 비하시키고 있는 데서 드러난다. 하노버 왕가에 대한 반발은 제임스 왕의 혈통을 지닌 사람이 진정한 영국 왕이 될 수 있다는 자코바이트의 생각과 일치하기 때문이다. 필딩은 웨스턴이 하노버왕가를 '돼지' '당나귀 새끼' '쥐새끼' 등의 과격하고 교양 없는 말투로 비난하는 모습을 보여 줌으로써 자코바이트들에 대한 자신의 부정적인 견해를 간접적으로 나타내고 있는 것이다.

자코바이트에 대한 비난을 간접적으로 나타내기 위해 필딩이 제시하는 또 하나의 인물은 클리어리가 지적한 것처럼 파트리지다. 그는 소설의 앞부분에서 사생아 톰의 아버지로 오해를 받고 그 마을에서 추방되어 사라졌다가 소설의 중반부에 길에서 우연히 톰을 만나 톰과 여행길을 동행하게 되는데, 그는 '제임스 2세의 손자'(Young Pretender)가 훌륭한 프로테스탄트라며 그가 프로테스탄트의 한 일파인 영국 교회를 위태롭게 하지 않을 것이라고 말한다. 그는 또한 스스로 자코바이트라고 생각하면서 정부군에 참여하는 모순을 보이기도 한다. 이는 파트리지가 얼마나 자코바이트의 이념을 모르고 있으며, 또한 어떻게 하는 것이 자코바이트를 지지하는지도 모르고 있다는 점을 나타내는데, 필딩은 파트리지가 보여 주는 자코바이트에 대한 비논리적이며 모순적인 그리고 그의 경솔한 믿음을 통해 간접적으로 자코바이트들을 풍자하는 것이다.

필딩이 자코바이트를 비난하는 간접적인 또 하나의 방법은 자코바이트들을 미신적인 인물로 묘사하는 것이다. 스스로 자코바이트라 자처하는 파트리지는 톰과 여행 도중 '산 사나이'의 집을 방문하기 전 산속에서 귀신에 대한 두려움으로 톰의 곁을 떠나지 못하고, 한밤중의 집시의 연회를 귀신들의 모임이라고 생각하며 톰을 그곳에 가지 못하게 호들갑을 떤다. 필딩이 이처럼 파트리지를 미신적으로 그린 이유는 필딩 자신이 자코바이트들은 미신적이며 마녀의 존재를 믿는다고 생각하였기 때문이다. 필딩뿐만 아니라 당시 사람들이 자코바이트들이 미신적이라고 생각하는 데는 나름대로의 근거가 있었다. 자코바이트들이 추종하는 영국의 제임스 1세는 『악마론』(*Demonology*)에서 바람을 일으켜 소를 날려 보내는 마녀의 능력에 대해 언급하기도 하였고, 자신이 통치하던 1604년에는 마녀법을 제정하였기 때문이다. 따라서 제임스 1세의 후손인 제임스 2세, 제임스 2세의 아들(Old Pretender)과 손자(Young Pretender) 그리고 이들을 추종하는 자코바이트 모두 마녀와 악마의 존재를 믿는다고 당시 사람들은 생각하였던 것이다. 스티븐슨(John Allen Stevenson)이 지적한 것처럼 필딩은 마녀나 귀신의 존재를 믿는 미신적인 파트리지를 희극적으로 그려 그가 추종하는 자코바이트들을 풍자하고 자코바이트들의 믿음과 생각이 잘못되었음을 지적하고 있는 것이다(561).

필딩이 자신의 새로운 글쓰기를 시도함에 있어서 그 주요 목적 중의 하나는 앞서 살펴본 바와 같이 당시 사회에 대한 자신의 생각과 이를 개선하려는 의지의 표출이다. 필딩은 이를 위해 당시 사회의 잘못된 관습과 법, 제도, 생각 등을 작품에 하나하나 반영하며 이에 대한 자신의 견해를 등장인물을 통해 때로는 필딩의 생각을 대변하는 화자를 통해 제시하곤 하였다. 따라서 필딩이 자신의 소설의 목적은 인간의 삶과 인간의 본성을 다루는 것이라고 『톰 존스』의 1권 1장에서 천명하였지만, 그의 소설은 어떤 의미에서는 상당히 정치적인 색깔을 띠게 되는 것도 사실이다. 특히 작품의 배경 시기를 제2의 자코바이트 반란이 일어났던 1745년으로 삼은 『톰 존스』의 경우는 필딩의 자코바이트에 대한 반대의 주제가 강력하게 제시되는 정치적 소설로도 볼 수 있다. 커니는 필딩이 반자코바이트적인 견해를 이 작품의 전체적인 주제를 통해 반영하고 있다고 주장하며 이 작품의 결말을 다음과 같이 분석하고 있다.

> 이 소설[『톰 존스』]의 결말은 톰과 소피아가 정당한 상속을 받음으로써 질서의 회복을 찬미하는 것이다. 그들의 결혼은 두 세대에 걸친 블리필가에 의해 위태로워진 두 개의 영지를 결합하고 확보한다. 또한 이들의 결혼은 행복한 이웃과 소작인들 그리고 하인들이 흡족해하는 사회 질서를 보여 주는 이상적인 세계를 만들어 내었다.

> The ending of the novel celebrates the restoration of order with Tom and Sophia entering upon their rightful inheritance. Their marriage unites and secures the two great estates which have been endangered by two generations of Blifils, and also creates a model world of contented social order with happy neighbour, tenants and servants(76).

커니는 '질서의 회복', '정당한 상속', '2세대에 걸친 블리필가' 등의 표현을 통해 톰과 블리필을 각각 하노버 왕조와 자코바이트에 비유하고 있다고 주장한다. 필딩은 혈연적으로는 올워디의 원래 상속자인 블리필과 그의 반쪽 형제인 톰과의 관계를 원칙적으로 자신이 영국의 왕위 계승자가 되어야 한다고 주장하는 제임스 2세의 손자(Young Pretender)와 제임스 왕의 후손은 아니지만 프로테스탄트의 수호자로서 영국 성공회의 수장으로 추대된 하노버 왕가에 비유하고 있다는 것이다. 이 비유를 적용하면 이 작품의 결말에서 우리는 필딩의 정치적인 메시지를 읽을 수 있다. 올워디의 적통 조카가 아닌 톰이 올워디의 원래의 상속자인 블리필의 위협에서 벗어나 웨스턴의 딸 소피아와 행복한 결합을 이루고 올워디의 영지를 상속받는 것은 자신이 적법한 영국 왕위 계승자임을 주장하며 자코바이트 반란을 일으킨 제임스 2세의 손자를 몰아내고 영국 왕위를 계승한 독일의 하노버왕가의 계승이 '정당한 상속'(rightful inheritance)이라는 의미가 되기 때문이다. 이런 해석을 보다 가능하게 하는 것은 영국의 왕위계승권을 주장하며 일어난 자코바이트 반란이, 제임스 2세의 아들(Old Pretender)과 손자(Young Pretender) 2대에 걸쳐 일어났고, 톰과 소피아의 결혼도 2대에 걸친 블리필가의 위협에서 벗어나 이루어 낸 결실이라는 점이다. 이러한 의미에서 『톰 존스』의 결말은 단순히 로맨스 주인공들의 결합으로 이루어지는 해피엔딩이 아니라 『톰 존스』의 시대적 배경이 되는 18세기 당시 영국 사회가, 반프로테스탄트인 자코바이트들의 사회적, 도덕적 질서에 대한 위협에서 벗어나게 된 기쁨을 나타내고 있는 것이다.36)

필딩이 자신만의 새로운 글쓰기인 소설을 쓴 이유는 이제 보다 분명해진 것 같다. 그의 글쓰기는 단순히 사실주의와 로맨스의 전통을 결합한 양식을 넘어 필딩 자신의 세계관과 사상을 표현하고 이를 널리 독자에게 알리고 공감을 유도하기 위한 하나의 매개체였던 것이다. 이는 필딩의 사회적 관심이 단순한 관찰자에 머무는 것이

---

36) 커니는 『톰 존스』의 결말이 1745에 일어난 사건과 관계있는 파멸의 직전에 영국 사회가 살아나 질서 회복을 한 것을 기념하고 있다고 주장하고 있다(77).

아니라, 당시 사회의 현상과 상황에 대해 적극적으로 자신의 의사를 표현하고 비판함으로써, 사회문제를 해결하는 데 일조하겠다는 그의 의지가 반영된 것이 그의 글쓰기라는 결과물을 낳았다는 점을 시사한다. 필딩의 새로운 글쓰기인 그의 소설은 그가 사회에 적극 참여하고 개입하는 사회 활동의 표현이며 그 자체가 그의 사회 활동인 것이다. 필딩의 글쓰기의 본질과 목적은 바로 여기에 있다.

결 론

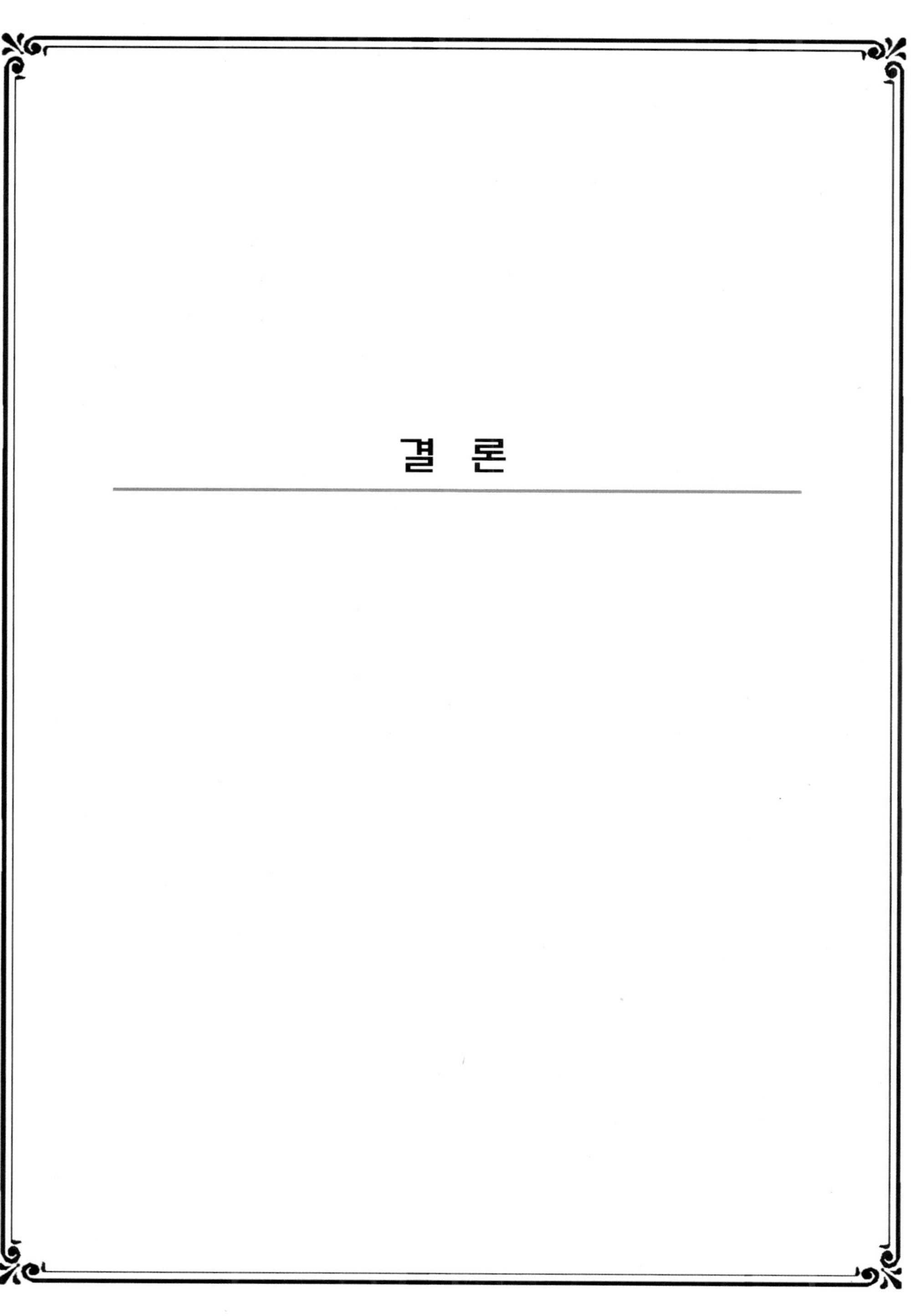

자신을 '새로운 글쓰기의 창시자'라고 주장한 필딩의 새로운 글쓰기가 어떠한 면에서 '희극적 로맨스' 또는 '산문으로 된 희극적 서사시'의 특성을 지니고 있는지에 대한 고찰을 통해 필딩이 이상적인 세계를 꿈꾸는 이상주의자이며 동시에 자신이 살고 있는 세상과 인간의 실제 모습을 잘 알고 있는 사실주의 작가임을 확인하였다. 즉, 필딩은 해피엔딩과 같은 로맨스적인 양식을 사용하여 자신의 이상주의적 비전을 나타내었고, 또 한편으로는 현실을 꿰뚫고 있는 통찰력과 세밀한 관찰을 통해 당시 사회와 인간의 모습을 있는 그대로 보여 준 사실주의 작가였던 것이다.

사실주의 작가로서의 필딩의 모습은 자신의 주장처럼, 그의 작품에 나오는 모든 것은 지어낸 것이 아니라 현실 세계에서 따온 것이며 필딩 자신의 관찰과 경험에서 비롯된 것이라는 사실에서 제시된다. 즉, 필딩은 당시 사회에서 일어나던 사건이나 관습, 그리고 법

등을 작품의 소재로 사용하고 있으며, 또한 자신이 직접 알고 지내던 인물들을 등장인물의 모델로 설정하였고 장소에 있어서도 실제 여관이나 도시의 이름을 그대로 사용함으로써 그가 사실주의를 추구하고 있었음을 알 수 있었다. 특히 『톰 존스』에서 필딩은 자신이 어린 시절을 보냈던 서머싯(Somerset)을 작품의 배경으로 설정하는 등 실제 사회와 인물의 모습을 자신의 작품에 그대로 반영함으로써 자신이 사실주의를 추구하는 작가임을 강조하였다.

또한 필딩은 작가는 실제의 세계를 있는 그대로 그리기 위해서는 다양한 경험과 많은 사람과의 접촉이 필요하다고 강조하였다. 이러한 필딩의 생각은 당시 사회에서 흔히 벌어지던 범법적인 일과 더불어 일반 사람들이 흔히 겪게 되는 일련의 사건이나 삶의 여정을 사실적으로 생생하게 제시한 『톰 존스』의 '산 사나이'(Man of the Hill)의 이야기와 『조셉 앤드류즈』의 '윌슨'(Wilson)의 이야기에서 잘 엿볼 수 있다. 그것은 시골 출신의 젊은이가 허영심에 들떠 도회지로 나와 타락의 길을 겪게 되는 과정을 그리고 있는 이 두 이야기가 모두 당시에 흔히 일어나던 일이며, 도회지에서의 이들의 삶이 특이한 것이 아니라 종종 당시 사람들이 접할 수 있는 것이기 때문이다.

필딩은 사실주의의 방법을 통해 당시 사회 모습을 작품에 제공하는 데 그치지 않고 자신의 사실주의적인 문학적 신념과 세계관도 작품 내에서 구현하였다. 한 예로 필딩은 교훈적인 목적을 위해 기존의 많은 작가들이 즐겨 사용하였던 권선징악의 법칙에 대해 비현실적인 문학적 관례임을 역설한다. 즉 필딩은 현실 세계에서 미덕

(virtue)이 항상 존중받는 것도 권선징악이 항상 실현되는 것도 아니기 때문에 권선징악을 역설하는 것은 다만 우리의 소망이지 결코 현실이 아님을 주장한다. 자신의 기독교적 신념과는 모순되는 듯한 필딩의 이러한 진술은 현실을 객관적으로 바라보고자 한 그의 열망과 글쓰기에 있어 사실적인 요소의 중요성에 대한 그의 인식을 잘 보여 주는 것이기도 하다.

필딩은 글쓰기의 사실성과 객관성의 중요성은 독자의 신뢰를 얻기 위해서이며 이의 실현을 위해 작가는 개연성과 실현가능성 안에서 작품을 써야 하는 것은 당연한 것이라 강조한다. 따라서 자신의 작품에서는 전통적인 드라마에서 보이는 불가능한 일, 가령 악인이 갑작스럽게 선인으로 변화되는 일이나, 실존하지 않는 괴물이라든가 초자연적인 능력을 지닌 주인공을 등장시키는 일 등을 자신의 새로운 글에서는 사용하지 않겠다고 선언한다. 즉, 필딩은 개연성과 가능성이 있는 상황만을 작품에 도입하겠다는 것이다. 개연성과 가능성이라는 사실주의의 추구는 필딩의 등장인물에게도 적용된다. 필딩은 인물설정에 있어서도 조셉과 패니처럼 하인의 신분이거나 톰처럼 사생아인 보통 사람을 주인공으로 등장시킨다. 등장인물에게 보통 사람의 면모를 부여함으로써 자신의 작품이 우리가 살고 있는 현실의 세계를 다루고 있음을 보여 주고자 한다. 이것은 필딩이 사실성을 고양시키기 위해 작품의 주인공으로서 과거의 로맨스에서 주로 등장하던 왕, 귀족 등의 고귀한 인물들이 아닌, 주변에서 쉽게 만날 수 있는 아주 평범하고 다양한 신분의 사람들을 등장시켰으며, 그 다루는 내용에 있어서도 영웅이나 귀족의 대단한 모험이 아니라 당시 사회에서 보통 사람들이 쉽게 접할 수 있는 일상적인 일을 소재로 삼아 독자들에게 친근감과 사실감을 주고자 하였음을 잘 보여 준다.

필딩은 이러한 인물 설정을 통해 자신의 사실주의 추구를 명시하면서 좀 더 구체적으로 자신이 주인공으로 설정한 인물들이 전통적인 로맨스의 주인공과는 달리 귀족 출신도 아니며, 또한 미덕과 장점만을 지닌 완벽한 인간이 아니라 약점과 편견 나아가 모순적인 면모를 가진 불완전한 존재인 보통 사람임을 강조한다. 우선 『조셉 앤드류즈』의 주인공 조셉은 전통적인 로맨스의 남자 주인공처럼 강하고 자아실현을 한 인물이 아니라, 레이디 부비의 유혹으로 어려운 처지에 놓일 때 자신의 여동생이라고 믿는 파멜라에게 자신의 어려움을 토로하며 쫓겨날 경우에 대비해서 일자리를 부탁하는 등의 유약한 면모를 보이는 인물로서 전통적 로맨스의 남자 주인공과는 판이하게 다른 인물이다.

아담즈 목사 또한 그의 이름이 암시하듯이 믿음과 신앙심에 있어 구약성서의 아브라함처럼 완전한 기독교적인 믿음을 지니고 있으나, 그는 분별력에 있어 불완전한 모습을 보이며 올바른 상황판단을 하지 못해 실수를 연발하기도 하여 로맨스에 등장하는 완벽한 인간이 아니라 불완전한 보통 인간임을 보여 주고 있다.

『톰 존스』의 주인공 톰도 신분이 낮은 사냥터지기와 친구처럼 지내며, 그의 천박하고 저속한 딸 몰리와 관계를 맺으며 로맨스의 주인공과는 다르게 분별력과 신중함 역시 부족하여 여자의 유혹에 쉽사리 빠지며 실수를 범하는 결점을 지닌 평범한 인물이다.

필딩은 소설의 사실성을 높이기 위해 등장인물의 면모를 통해서 뿐만 아니라 플롯의 진행과 관계없는 상황적인 세부사항에 관심을 보인다. 『조셉 앤드류즈』에서 여주인공인 패니의 외모에 대한 아주 상세한 설명(Circumstantial detail)은 실제 인물을 그리는 듯하며, 더구나 턱에 있는 천연두의 자국 등 패니의 결점에 대한 언급은 완벽한 미모를 지닌 로맨스의 여주인공이 아니라 오히려 그녀가 살아 있는 인물처럼 보이게 한다.

필딩은 또한 자신의 작품에 대화체의 글을 다수 도입함으로써 화자의 성품과 신분 그리고 교양 수준에 어울리는 말투를 독자들이 직접 접하게 만들어 독자들은 작중 인물의 대화를 여과 없이 직접 듣는 느낌을 받게 되는 등 작품의 내용을 실감 나게 전달하는 효과를 창출하였다.

사실주의를 지향하는 필딩은 인간의 사실적인 모습을 보여 주기 위한 또 다른 방편으로서 왕이나 귀족 등과 같이 제한된 높은 신분이 아닌 상류층뿐 아니라 중산층과 하층민의 모두를 포함하고 폭넓은 인간의 세계를 다루는 희극이라는 장르를 도입한다. 따라서 필딩은 자신의 작품에서 영주, 귀족부인, 목사, 회계사, 의사, 변호사, 여관 주인, 하인, 마부 등 다양한 계층의 인물들을 등장시켜 사실주의의 추구를 지속한다. 장단점을 지니고 있는 평범한 보통 사람들의 일상적인 모습을 다루며 그들의 불완전한 모습을 그대로 들추어 보여 줌으로써 사실주의를 실현하고 있는 것이다.

그러나 필딩이 추구하는 훌륭한 작품은 이러한 사실성 이외에도 놀라운 일을 다루는 것이었다. 독자들에게 놀랍고 신기한 일들을 보여 주기 위해 필딩은 자신이 항상 동경했던 서사시의 위엄과 로맨스의 이상적 세계를 작품에 끌어들이고자 한다. 필딩 작품에 로맨스적 주제와 플롯, 그리고 서사시의 구조 등의 전통적인 문학 양식이 도입되는 이유가 바로 여기에 있다. 필딩은 『톰 존스』와 『조셉 앤드류즈』와 같은 자신의 작품에서 『오디세이』와 같은 서사시의 구조를 사용하여 주인공의 다양한 모험을 제시하면서도, 사랑하는 연인들의 이별과 재회, 뒤바뀐 아이, 신분의 회복, 근친상간 등의 전통적 로맨스에서 사용되던 모티브를 작품에 도입한다. 또한 필딩 소설의 주인공들은 신분은 귀족이 아니지만 로맨스의 주인공들이 지니는 수려한 외모와 정의롭고 착한 본성을 지닌 내면의 모습을 지닌다.

필딩 소설의 로맨스적 요소는 작품의 주제와 엔딩에서도 드러난다. 필딩은 서로 사랑하는 남녀, 즉, 조셉과 패니. 톰과 소피아와 같은 연인들의 변함없는 사랑을 강조하였고 이들의 결합과 선한 사람들에 대한 보상을 확보해 주는 방법을 통해 권선징악과 해피엔딩을 구현함으로써 자신의 작품에서 로맨스의 주제를 실현하였던 것이다.

그러나 필딩이 추구하였던 것은 사실주의적 세계관도, 로맨스적 세계관도 아니었다. 그가 궁극적으로 자신의 새로운 글쓰기에서 시도하였던 것은 로맨스의 비전과 동시에 현실 세계를 있는 그대로 보여 주고자 하였으며 그는 이로 인해 '로맨스와 사실주의의 장르의 혼합'이라는 독특한 글쓰기를 시도하게 되었다. 즉, 필딩의 새로운 글쓰기는 착한 사람에게는 행복을 가져다주지만 악인이 반드시 처벌받지는 않는 로맨스와 사실주의가 혼재된 결론을 담고 있다. 이는 필딩 소설의 주인공인 조셉과 패니, 그리고 톰과 소피아가 로맨스 주인공의 외모와 내면세계를 가지고 있으면서도 실수를 연발하고 질투심도 있는 보통의 불완전한 사람임을 통해서도 제시된다. 즉, 필딩의 주인공들은 '현실 속에 존재하는 이상적이며 동시에 평범한 인물'인 것이다. 필딩이 자신의 새로운 글쓰기를 '희극적 로맨스' 또는 '산문으로 된 희극적 서사시'라고 정의한 이유가 바로 여기에 있는 것이다.

필딩의 장르 혼합의 시도는 그의 기독교적인 세계관과 당대의 사실주의적인 태도를 근간으로 과거 문학을 수용하고 이를 자신의 문학에 접목시키는 새로운 글쓰기를 통해서도 나타난다. 필딩이 과거 문학작품의 전통을 작품에 편입하고 이를 재해석, 재창조하려고 했다는 증거는 그가 자신의 글쓰기에 도입한 과거 문학작품이나 고대 작가들에 대한 언급 그리고 고대 작가들이 즐겨 사용하였던 문체상의 테크닉 등을 자신의 작품에서 활용하고 있는 것에서 엿볼 수 있다. 필딩이 이처럼 전적인 창작으로만 자신의 글쓰기를 시작한 것이 아니라, 과거의 문학전통을 자신의 방식대로 수용하고 때로는 비판적으로 이용하고 있다는 사실은 그의 상호 텍스트성의 본질이 사실주의와 로맨스, 서사적 세계관 등의 통합과정인 동시에 그의 새로운 글쓰기는 겉으로 보기에 서로 대조적인 사실주의 문학과 로맨스적인 문학의 통합의 결과라는 점을 분명히 나타내고 있다.

필딩은 이러한 자신의 새로운 글쓰기를 '히스토리'(History)라고도 규정한다. 그는 자신의 '히스토리'가 중심인물의 업적과 성품을 제대로 기록한다면 그 인물에 관한 사소한 사실, 예를 들어 나이, 국적, 그가 사는 지방 같은 것은 틀려도 상관없으며 자신이 쓰는 '히스토리'의 주인공들은 작가 자신이 상상력을 통해 창조한 인물들이라고 설명한다. 따라서 필딩의 '히스토리'는 기록된 사실에 의거한 실제로 일어난 사실이 아니라 개연성과 객관성의 토대하에 그가 자신의 상상력을 통해 만든 창작물인 문학작품을 의미하는 것임을 알 수 있다.

필딩의 '새로운 글쓰기' 즉 필딩의 '히스토리'는 단순한 장르의 혼합 차원만은 아니다. 필딩이 자신의 새로운 글쓰기를 시도한 그 주요 목적 중의 하나는 당시 사회에 대한 자신의 생각과 사회악, 부조리한 사회의 측면을 개선하기 위해서이다. 필딩은 이를 위해 당시 사회의 잘못된 관습과 법, 제도, 생각 등을 작품에 반영하며 이에 대한 자신의 견해를 등장인물과 화자를 통해 제시한다. 따라서 필딩은 인간의 삶과 본성을 다루는 것뿐만 아니라 이를 토대로 한 사회개혁을 자신의 소설의 목적으로 하고 있는 것이다. 즉, 그의 글쓰기는 단순히 사실주의와 로맨스의 전통을 결합한 양식을 넘어 필딩 자신의 세계관과 사상을 표현하고 이를 널리 독자에게 알리고 공감을 유도하기 위한 하나의 방법인 것이다.

필딩에게 있어서 글쓰기는 시회정의의 실현을 위한 하나의 방편이며 그의 사회적 관심에 대한 구체적 표현인 사회활동이다. 이는 필딩이 정기간행물이나 잡지 그리고 자신의 작품을 통하여 이러한 영국 사회의 폭력과 범죄 그리고 사회의 병적인 모습을 개선하기 위한 노력을 하였으며 당시에 일어났던 역사적, 정치적 사건인 자코바이트 반란에 대한 자신의 반대 입장과 그 입장을 견지하는 이유를 분명히 밝히고 있다는 점에서도 잘 알 수 있다. 또한 이것은 필딩의 사회적 관심이 단순한 관찰자에 머무는 것이 아니라, 당시 사회의 현상과 상황에 대해 적극적으로 자신의 의사를 표현하고 비판함으로써, 사회문제를 해결하는 데 일조하겠다는 그의 의지가 반영된 것이 그의 글쓰기임을 시사하는 것이기도 하다.

이 논문은 필딩이 로맨스와 코미디 장르의 결합을 통해 이룩한 '새로운 글쓰기' 혹은 그가 '히스토리' 또는 '전기'라고도 지칭한 필딩의 문학관이 무엇인지, 그리고 필딩의 새로운 글쓰기를 통하여 필딩이 사회와 인간에 대하여 어떻게 바라보았으며 그에 대한 관심과 애정이 작품에 어떻게 반영되어 나타나 있는지 살펴보는 것에 그 목적을 두었다. 앞서 살펴본 바와 같이 필딩의 새로운 글쓰기는 이상주의적 비전을 향한 보편적 진리와 객관적 사실이 결합된 필딩의 놀라운 창의력의 산물이다. 필딩은 이러한 새로운 글쓰기를 통하여 삶의 참모습을 보여 주고자 하였으며, 동시에 그가 이루어지기를 바라는 이상적 삶의 비전을 제시하고 있다.

이러한 필딩의 글쓰기는 치안판사로서의 현실 세계에 대한 경험으로부터 얻어진 다양한 소재와 더불어 로맨스의 이상적 비전과 함께하는 그의 기독교 종교관이 반영된 것이기도 하다. 즉, 필딩의 새로운 글쓰기에는 기독교인으로서의 필딩의 세계관이 로맨스 장르의 주요 모티브의 하나인 권선징악과 해피엔딩을 통해 실현되고 있으며, 치안판사로서의 필딩의 경험은 당시 사회의 실상을 사실적으로 재현하고 이에 대한 개선의 의지로서 표출되고 있다. 필딩이 새로운 글쓰기를 하나의 사회개혁의 일환으로 삼게 되는 것에는 그의 종교적 성향도 상당한 몫을 한다. 기독교 중에서도 광교회파에 속하는 필딩은 교리와 신앙만을 강조하는 교리중심적인 종교인의 모습을 비판하며 신앙심과 더불어 선행과 자비의 중요성을 믿고 있었기 때문이다. 즉, 필딩은 신앙심과 기도만을 통해서 천국에 갈 수 있다는 교리중심적인 기독교를 거부하고 자신의 기독교적 믿음을 행동으로 실천하는 것이 참된 기독교인의 자세라고 생각하였고 이에 따라 타인에게 도움이 되는 작가로서의 길을 선택하였던 것이다. 그에게 있어서 선행은 선택이 아니라 당연히 해야 할 의무였던 것이다.

따라서 필딩은 사실주의 문학에 로맨스의 비전과 고전문학의 예술성을 혼합하여 '산문으로 된 희극적 서사시'(Comic Epic-Poem in Prose)라는 새로운 문학양식을 탄생시킨 '새로운 글쓰기의 창시자'(The Founder of New Province of Writing)이며 동시에 시대와 공간을 넘어선 위대한 교훈자인 것이다.

Bibliography

1. Primary Sources

Fielding, Henry. *The History of Tom Jones* U. S. A: Wesleyan University Press, 1975.

Fielding, Henry. *Joseph Andrews.* Middletown, Connecticut: Wesleyan University Press, 1967.

Fielding, Henry. *The Covent Garden Journal,* Vol. I Ed. Gerade Edward Jensen. New Haven: Yale University Press, 1915.

Fielding, Henry. *The Covent Garden Journal,* Vol. II Ed. Gerade Edward Jensen. New Haven: Yale University Press, 1915.

2. Secondary Sources

김일영, 「필딩의 "새로운 글쓰기"와 이중적 재현－『조셉 앤드류즈』를 중심으로」. 『영어 영문학』 49.3(2003): pp.627－649.

문희경. 『고전영문학의 흐름』. 서울: 고려대학교 출판부, 2000.

이디스 해밀튼. 「아이네아스의 모험」. 『그리스, 로마 신화』. 이재호, 유철준 옮김. 서울: 탐구당, 1995. pp.363－388.

조신권. 『정신사적으로 본 영미문학－중세편』. 서울: 한신문화사, 1994.

케네스 모건. 『옥스퍼드 영국사』. 영국사학회 옮김. 서울: 도서출판 한울, 1997.

호메로스. 『오디세이아』. 유영 옮김. 서울: 범우사, 1997.

Alter, Robert. *Nature of the Novel.* Cambridge, Massachusetts: Harvard UP, 1968.

Aristotle. *Aristotle's Poetics.* New York: Farrar Straus & Giroux, 1961.

Auty, Susan G. *The Comic Sprit of Eighteenth－Century Novels.* Port Washington, N. Y.: Kennikat Press, 1975.

Baguley, David. "Parody and the Realist Novel." University of Toronto *Quarterly* 55(1985): pp.94－108.

Baker, Sheridan. "Fielding's Comic Epic－in－Prose Romance Again." *Philological Quarterly* 58(1979): pp.63－81.

Baker, Sheridan.. "Fielding: The Comic Reality of Fiction." *Tennessee Studies in Literature* 29 (1985): pp.109－142.

Battestin, Martin. *The Moral Basis of Fielding's Art: A Study of Joseph Andrews.* Middletown: Wesleyan UP, 1959.

Battestin, Martin. *Henry Fielding: A Life.* London: Routledge, 1993.

Battestin, Martin. *The Providence of Wit.* U.S.A.: Virginia UP, 1989.

Battestin, Martin. *Twentieth Century Interpretations of Tom Jones.* Englewood Cliffs, New Jersey: Prentice－Hall, Inc., 1968.

Beasley, Jerry C. "Romance and the 'New' Novels of Richardson, Fielding, and Smollett." *SEL* 16(1976): pp.437－450.

Beasley, Jerry C. Novels of the 1740s. Athens, Georgia: Georgia UP, 1982.

Beck, Hamilton, "The Novel Between 1740 and 1780: Parody and Historiography." *Journal of History of Ideas* 46(1985): pp.405－416.

Bellamy, Liz. Commerce, *Morality and the Eighteenth－Century*

Novel. Cambridge: Cambridge UP, 1998.

Bissell, Frederick Olds. *Fielding's Theory of the Novel.* New York: Cornell UP, 1933.

Blanchard, Frederick T. *Fielding the Novelist: A Study in Historical Criticism.* New Haven: Yale UP, 1926.

Burns, Bryan. "The Story−telling in Joseph Andrews." *Henry Fielding: Justice Observed.* Ed. K. G. Simpson. London: Vision Press, 1985. pp.pp.119−136.

Butler, Gerald J. *Fielding's Unruly Novels.* Lewiston, New York: The Edwin Mellen Press, 1995.

Byron, G. Gordon. *Byron's Letters and Journals.* Ed. Leslie A. Marchand. London: John Murray, 1978. VIII. pp.11−12.

Campbell, Jill. *Natural Masques: Gender and Identity in Fielding's Play and Novels.* Stanford, California: Stanford UP, 1995.

Carter, Elizabeth. *Henry Fielding: The Critical Heritage.* Eds. Ronald Paulson and Thomas Lockwood. London: Routledge & Kegan Paul, 1969.

Cleary, Thomas R. *Henry Fielding −Political Writer,* Waterloo, Ontario: Wilfrid Laurier Univ. Press, 1984.

Cohen, Murray. "Eighteenth−Century English Literature and Modern Critical Methodologies." *The Eighteenth−Century* 20(1979): pp.5−23.

Coleridge, S. T. "Table Talk." *The Complete Works.* Ed. W. G. T. Shedd. New York: Harper, 1853. IV. pp.382−383.

Comb, William W. "The Return to Paradise Hall: An Essay on Tom

Jones." *The South Atlantic Quarterly* 67(1968): pp.419−436.

Cruise, James. "Precept, Property, and 'Bourgeois' Practice in Joseph Andrews." *SEL* 37(1997): pp.535−552.

Deblois, Peter. "Ulysses at Upton: A Consideration of the Comic Effect of Fielding's Mock−Heroic Style in Tom Jones." *Thoth* 11(1971): pp.3−8.

Dircks, Richard J. *Henry Fielding.* Boston: Twayne Publishers, 1983.

Donald Thomas. *Henry Fielding.* New York: Martin's Press, 1990.

Donovan, Robert Alan. *The Shaping Vision: Imagination in the English Novel from Defoe to Dickens.* Ithaca, New York: Cornell UP, 1966.

Dudden, Homes. *Henry Fielding: His Life.* Works and Times. Vol.1. Oxford: Clarendon Press, 1952.

Evans, James E. "The World According to Paul: Comedy and Theology in Joseph Andrews." *Ariel* 15(1984): pp.45−56.

Fisch, Harold. "Biblical 'Imitation' in Joseph Andrews." *Biblical Pattern in Modern Literature* 77. Eds. David H. Hirsh and Nehama Aschkenasy. Chicago, California: Scholar Press, 1984. pp.31−43.

Folkenflik, Rovert. "Tom Jones, the Gypsies, and the Masquerade." *University of Toronto Quarterly* 44(1975): pp.224−237.

Frank, Judith. "The Comic Novel and the Poor: Fielding's Preface to Joseph Andrews." *ELS* 27(1993): pp.217−234.

Fues, Wolfram Malte. "The Beginning of the Realistic novel in England and in Germany." *Transactions of the Eighth Interna-*

tional Congress on the Enlightenment. Oxford, England: The Alden Press. 1992. pp.1353 – 1356.

Gautier, Gary. "Henry and Sarah Fielding on Romance and Sensibility." *Novel* 31(1998): pp.195 – 214.

Gautier, Gary. "Marriage and Family in Fielding's Fiction." *SNNTS* 27(1995): pp.111 – 128.

Goldberg, Homer. "Comic Prose Epic or Comic Romance: The Argument of the Preface to Joseph Andrews." *Philological Quarterly* 43(1964): pp.193 – 215.

Goldberg, Homer. *The Art of Joseph Andrews.* Chicago and London: Chicago U P, 1969.

Golden, Morris. *Fielding's Moral Psychology.* U.S.A.: The University. of Massachusetts Press, 1966.

Goldgar. Bertrand A. "Fielding on Fiction and History." *Eighteenth – Century Fiction* 7(1995): pp.279 – 292.

Goldknopf, David. "The Failure of Plot in Tom Jones." *Criticism* 11(1969): pp.262 – 274.

Guilhamet, Leon. "The Function of Mixed Genres in Fielding's Fiction: the Case of Joseph Andrews." *Transactions of the Eighth International Congress on the Enlightenment.* Oxford, England: The Alden Press, 1992. pp.1356 – 1359.

Hahn, H. George. "Main Lines of Criticism of Fielding's Tom Jones, 1900 – 1978." *The British Studies Monitor* 10(1980): pp.8 – 35.

Higbie, Robert. *Character & Structure in the English Novel.* Gainesville: Univ. of Florida Press, 1984.

Hughes, Helen. *The Historical Romance*. London and New York: Routledge, 1993.

Hunter, J. Paul. *Occasional Form: Henry Fielding and the Chain of Circumstance*. Baltimore and London: The Johns Hopkins Univ. Press, 1975.

Hutcheon, Linda. *A Theory of Parody: The Teaching of 20th Century Art Forms*. New York: Methuen, 1985.

Irwin, Michael. *Henry Fielding: The Tentative Realist*. Oxford: Clarendon Press, 1967.

Jensen, Gerard E. "Fashionable Society In Fielding's Time." *PMLA* 24(1916): pp.79－89.

John, Allen Stevenson. "Fielding's Mousetrap: Hamlet, Partridge, and the '45." *SEL* 37(1997): pp.553－571.

Kay, Donald. Ed. *A Provision of Human Nature*. Alabama: The University of Alabama Press, 1977.

Kayman, Martin A. "The 'New Sort of Speciality' and The 'New Province of " *ELH* 68(2001): pp.633－653.

Kearney, Anthony. "Tom Jones and the Forty－five." Ariel 4(1973): pp.68－78.

Kropf, Carl R. "Dialogical Engagement in Joseph Andrews and the Community of Narrative Agencies." *Compendious Conver－sation: The Method of Dialogue in the Early Enlightenment*. Ed. Cope Kevin L. Frankfurt: Peter Lang, 1992. pp.206－217.

Lavin, Henry ST. C. "Rhetoric and Realism in Tom Jones." *The University Review* 32(1965): pp.19－25.

Lockwood, Thomas. "Theatrical Fielding." *Studies in the literary Imagination* 32(1999): pp.105−114.

Lodge, Thomas. *Rosalynde, Euphues Golden Legacie.* London: Thomas Orwin for T. G. And John Busbie, 1590.

Longmire, Samuel E. "Partridge's Ghost Story." *Studies in Short Fiction* 11(1974): pp.423−426.

Low, Donald. "Mr. Fielding of Bow Street." *Henry Fielding: Justice Observed.* Ed. K. G. Simpson. London: Vision Press Ltd., 1985. pp.13−33.

Lynch, James J. *Henry Fielding and Heliodoran Novel.* Cranbury: Associated University Press, 1986.

Lynch, James J. "Moral Sense and the Narrator of Tom Jones." *SEL* 25(1985): pp.599−614.

Masubuchi, Masafumi. "Henry Fielding's Tom Jones as Epic." *Aberdeen and the Enlightenment,* Aberdeen University Press, 1987. pp.339−343.

McKeon, Michael. The Origins of the English Novel 1600−1740. Baltimore, Maryland: The Johns Hopkins University Press, 1987.

McKillop, Alan Dugald. *The Early Masters of English Fiction.* Lawrence and London: The Univ. Press of Kansas, 1968.

McCrea, Brian. "Romances, Newspapers, and the Style of Fielding's True History." *SEL* 21(1981): pp.471−480.

McCrea, Brian. "Rewriting Pamela: Social Change And Religious Faith in Joseph Andrews." *Studies in the Novel* 16(1984):

pp.137－149.

McCrea, Brian. *Henry Fielding and the Politics of Mid－Eighteenth
－Century England.* Athens, Georgia: Georgia UP, 1981.

McDowell, Alfred. "Fielding's Rendering of Speech in Joseph Andrews
and Tom Jones." *Language and Style* 6(1973): pp.83－96.

Merrett, Robert James. "Natural History and the Eighteenth－
Century English Novel." *English Century Studies* 25(1991):
pp.145－170.

Miller, Henry Knight. *Henry Fielding's Tom Jones and the Romance
Tradition.* Canada: Univ. of Victoria press, 1976.

Miller, Henry Knight. "The 'Digressive' Tales in Fielding's Tom
Jones and the Perspective on Romance." *Philological
Quarterly* 54(1975): pp.258－273.

Miller, Henry Knight. "The Functions of Rhetoric in Tom Jones."
Philological Quarterly 45(1966): pp.209－235.

Miller, Henry Knight. *Essays on Fielding's Miscellanies.* Princeton,
New Jersey: Princeton Univ. Press, 1961.

Montalvo, Garci Rodriguez. *Amadis of Gaul.* Translated by Edwin B.
Place and Herbert C. Behm. Kentucky: University of Kentucky
Press, 2003.

Park, William. "What was New about the 'New Species of
Writing'?" *Studies in the Novel* 2(1970): pp.112－127.

Park, William. "Ironist and Moralist: The Two Readers of Tom
Jones." *Studies in Eighteenth－Century Culture* 8(1979):
pp.233－42.

Parker, A. A. "Fielding and The Structure of Don Quixote." *Bulletin of Hispanic Studies* 33(1956): pp.1 − 16.

Paulson, Ronald. Ed. *Fielding: A Collection of Critical Essays.* Englewood Cliffs: Prentice − Hall, Inc, 1962.

Paulson, Ronald. *The Beautiful Novel and Strange.* Baltimore and London: The Johns Hopkins Univ. Press, 1996.

Rawson, Claude. "Henry Fielding." *The Cambridge Companion to the Eighteenth − Century Novel.* Ed. John Richetti. Cambridge: Cambridge UP, 1996. pp.120 − 152.

Paulson, Ronald. *Henry Fielding.* London: Routledge & Kegan Paul Ltd., 1968.

Reilly, Patrick. *Tom Jones: Adventure and Providence.* Boston: Twayne Publishers, 1991.

Reilly, Patrick. *Tom Jones.* Boston: Twayne Publishers. 1991.

Richter, David H. *The Progress of Romance.* Columbus: Ohio State Univ. Press. 1996.

Richetti, John. "The Old Order and the New Novel of the Mid− Eighteenth Century: Narative Authority in Fielding and Smollett." *Eighteenth − Century Fiction* 2(1990): pp.183 − 196.

Rivero, Albert J. "Pamela/ Shamela/ Joseph Andrews: Henry Fielding and the Duplicities of Representation." *Augustan Subjects: Essays in Homer of Martin C. Battestin.* Ed. Albert J. Rivero. London, England: Univ. of Delaware Press, 1997. pp.207 − 27.

Rivero, Albert J. Ed. *Critical Essays on Henry Fielding.* New York: G. K. Hall & Co., 1998.

Rosengarten, Richard A. *Henry Fielding and the Narration of Providence.* England: Hampshire: Palgrave. 2000.

Shesgreen, Sean. "The Moral Function of Thwackum, Square, and Allworthy." *Studies in the Novel* 2(1970): pp.159－167.

Simpson, K. G. Ed. *Henry Fielding: Justice Observed.* London: Vision Press Limited, 1985.

Spilka, Mark. "Fielding and the Epic Impulse." *Criticism* 11(1969): pp.68－77.

Spilka, Mark. "Comic Resolution in Fielding's Joseph Andrews." *Fielding: A Collection of Critical Essays.* Ed. Ronald Paulson. Englewood Cliffs: Prentice－Hall, Inc, 1962. pp.59－68.

Stevenson, John Allen. "Fielding's Mousetrap: Hamlet, Partridge, and the '45." *SEL* 37(1997): pp.553－571.

Stevick, Philip. "On Fielding Talking." *College Literature* 1(1974): pp.19－33.

Stovel, Bruce. "Tom Jones and the Odyssey." *Eighteenth Century Fiction* 1 (1989): pp.263－279.

Stratmann, Gerd. "Undermining Public Opinion. The Function of Narrative in Fielding's Tom Jones." *Telling Stories.* Eds. Elmar Lehmann and Bernd Lenz. Amsterdam/Philadelphia, 1992. pp.84－95.

Stugrin, Michael. *Sir Gawain and the Green Knight.* Harmondsworth, 1978.

Takase, Fumiko. "Some Considerations of The Man of the Hill in Tom Jones." English Studies 69(1988): 37－47.

Tandrup, Birthe. "The Technique of Qualification in Fielding's Joseph Andrews and Tom Jones." *Orbis Litterarum* 37 (1982): pp.227 − 240.

Thornbury, E. M. *Henry Fielding's Theory of the Comic Prose Epic.* New York: Russell & Russell, 1966.

Thompson, James. "Patterns of Property and Possession in Fielding's Fiction." *Eighteenth − Century Fiction* 3(1990): pp.27 − 43.

Tillyard, E. M. W. "Fielding and the Epic Theory of the Novel." *The Epic Strain in the English Novel.* Fair Lawn, N.J.: Essential Books, 1958. pp.51 − 58.

Trainor, Charles. "Fielding's Novels: The Transformation of Drama." *Greyfriar* 27(1986): pp.22 − 30.

Varey, Simon. *Joseph Andrews: A Satire of Modern Times.* Boston: Twayne Publishers, 1990.

Varey, Simon. *Henry Fielding.* Cambridge: Cambridge UP, 1986.

Vopat, James B. "Narrative Technique in Tom Jones: The Balance of Art and Nature." Journal of *Narrative Technique* 4(1974): pp.144 − 154.

Warren, Leland. "History as Literature and the Narrative stance of Henry Fielding." *CLIO* 9(1979): pp.89 − 102.

Watt, Ian. *The Rise of the Novel.* Berkeley and Los Angeles: Univ. of the California Press, 1957.

Williams, Aubrey. "Interpositions of Providence and the Design of Fielding's Novels." *The South Atlantic Quarterly* 70(1971): pp.265 − 286.

Williams, Jeffrey. "The Narrative Circle: The Interpolated Tales In Joseph Andrews." *Studies in the Novel* 30(1998): pp.473－488.

Work, James A. "Henry Fielding, Christian Censor." *Age of Jonson.* New Haven: Yale UP, 1949. pp.139－148.

Wright, Andrew. "A Review of Robert Alter's Fielding and The Nature of the Novel." *Studies in the Novel* 2(1970): pp.239－245.

Zirker, Jr. Malvin R. *Fielding's Social Pamphlets.* Berkeley and Los Angeles: University of California Press, 1956.

조유정 

•약 력•

이화여자대학교 불문학 학사
성균관대학교 교육학 석사(영어교육전공)
성균관대학교 영문학 박사
현재 성균관대, 경기대 외래교수

•주요논저•

필딩의 사회비평으로서의 글쓰기 (2006)
필딩의 "새로운 글쓰기": 희극적 로맨스로서의 글쓰기(2006)
필딩의 『톰 존스』에 나타난 문학적 혼종성(2005)
Mark Twain의 회화적 풍자(1995)

필딩의 새로운 글쓰기
희극적 로맨스로서의 '히스토리'

초판인쇄 | 2009년 1월 23일
초판발행 | 2009년 1월 23일

지은이 | 조유정
펴낸이 | 채종준
펴낸곳 | 한국학술정보㈜
주 소 | 경기도 파주시 교하읍 문발리 513-5 파주출판문화정보산업단지
전 화 | 031) 908-3181(대표)
팩 스 | 031) 908-3189
홈페이지 | http://www.kstudy.com
E-mail | 출판사업부 publish@kstudy.com

등 록 | 제일산-115호(2000. 6. 19)
가 격 | 16,000원

ISBN   978-89-534-0879-1 93810 (Paper Book)
       978-89-534-0880-7 98810 (e-Book)